DANS LE LIT
DES REINES

DU MÊME AUTEUR

CHEZ PERRIN

Le Sang des Koenigsmark :
1. Aurore, 2006.
2. Fils de l'Aurore, 2007.
Le Temps des poisons :
1. On a tué la reine ! 2008.
2. La Chambre du Roi, 2009.
Dans le lit des rois, Nuits de noces, 2010.

CHEZ PLON

Dans le lit des rois, 1983.
Dans le lit des reines, 1984.
Les Loups de Lauzargues :
1. Jean de la nuit, 1985.
2. Hortense au point du jour, 1985.
3. Felicia au soleil couchant, 1987.
Le Roman des châteaux de France :
1. 1985.
2. 1986.
3. 1987.
La Florentine :
1. Fiora et le Magnifique, 1988.
2. Fiora et le Téméraire, 1989.
3. Fiora et le pape, 1989.
4. Fiora et le roi de France, 1990.
Le Boiteux de Varsovie :
1. L'Étoile bleue, 1994.
2. La Rose d'York, 1995.
3. L'Opale de Sissi, 1996.
4. Le Rubis de Jeanne la Folle, 1996.
Secret d'État :
1. La Chambre de la Reine, 1997.
2. Le Roi des Halles, 1998.
3. Le Prisonnier masqué, 1998.
Les Émeraudes du Prophète, 1999.
Le Jeu de l'amour et de la mort :
1. Un homme pour le roi, 1999.
2. La Messe rouge, 2000.
3. La Comtesse des ténèbres, 2001.
La Perle de l'Empereur, 2001.
Les Chevaliers :
1. Thibaut ou la Croix perdue, 2002.
2. Renaud ou la Malédiction, 2003.
3. Olivier ou les Trésors templiers, 2003.
Les Joyaux de la sorcière, 2004.
Marie des intrigues, 2004.
Marie des passions, 2005.
Les Larmes de Marie-Antoinette, 2006.
Le Collier sacré de Montezuma, 2007.
L'Anneau d'Atlantide, 2009.
Le Bal des poignards :
1. La Dague au lys rouge, 2010.
2. Le Couteau de Ravaillac, 2010.

AUX ÉDITIONS JULLIARD

Les Dames du Méditerranée-Express :
1. La Jeune Mariée, 1990.
2. La Fière Américaine, 1991.
3. La Princesse mandchoue, 1991.
Les Treize Vents :
1. Le Voyageur, 1992.
2. Le Réfugié, 1993.
3. L'Intrus, 1993.
4. L'Exilé, 1994.

AUX ÉDITIONS CHRISTIAN DE BARTILLAT

Cent ans de vie de château, 1992.
Un aussi long chemin, 1995.
De deux roses l'une, 1997.
Reines tragiques, 1998.
Tragédies impériales, 2000.
Elles ont aimé, 2001.
Des maris pas comme les autres, 2004.
Suite italienne, 2005.
Les Chemins de l'Aventure, 2006.
Les Reines du Faubourg, 2006.

Juliette BENZONI

DANS LE LIT DES REINES

Les amants

PERRIN
www.editions-perrin.fr

Pour en savoir plus
sur les Éditions Perrin
(catalogue, auteurs, titres,
extraits, salons, actualité...),
vous pouvez consulter notre site internet :
www.editions-perrin.fr

ISBN : 978-2-262-03643-0

À Henri Spade
par qui se réalisent les rêves…
Affectueusement

Moi j'ai trouvé l'amour d'une reine
Et moi je l'ai gardé...

L'amour d'une reine ! De tous temps et bien avant le cher Brassens qui n'avait pourtant rien d'un royaliste, il a fait rêver les hommes comme il advient de tout ce qui est rare, précieux mais surtout inaccessible. N'apparaissant à ses peuples qu'auréolée d'un apparat de robes somptueuses et de joyaux – ce qui parfois arrangeait bien les choses quand le physique n'y était pas – la reine se situait à mi-chemin entre la divinité et la femme.

Sous le nimbe incomparable de la couronne, scintillante d'or et de pierreries, elle semblait d'une autre essence à la foule qui s'entassait derrière la double haie des gardes armés. Belle ? Sans doute, car même le laideron le plus confirmé se parait alors d'une sorte d'éclat. D'ailleurs, élevée la plupart du temps en vase clos, préparée de longue main pour ce rôle de vivante idole, exempte naturellement des rudes travaux domestiques ou champêtres auxquels était astreinte la grande majorité des autres femmes, elle possédait, obligatoirement, des avantages certains même s'il ne s'agissait que d'une peau plus blanche et plus fine, d'une main plus douce, d'un pied mieux fait, d'une gorge mieux mise en valeur, toutes choses que la pompe royale exaltait.

Le charme demeure entier en notre XXe siècle où les multitudes, républicaines de préférence, se pressent sur le passage de Sa Majesté Élisabeth II ou de la reine Margrethe de Danemark et qui ne dépenseraient même pas un ticket de métro pour regarder passer, dans sa voiture, lady Windsor-Mountbatten ou Madame de Montpezat. Et les médias de renchérir : une souveraine ne saurait être que gracieuse, parfois charmante ; aimable ou imposante quand elle a pris de l'âge. Et d'épuiser les adjectifs louangeurs lorsqu'il s'agit d'une souveraine vraiment très belle comme la reine de Suède, la Shabanou Farah, Sirikit de Thaïlande ou l'ex-impératrice Soraya. Leur éclat éclipse même celui de ces reines de cinéma, couronnées par les feux des *sunlights,* que notre siècle s'est données. Et c'est bien le diadème qui leur confère cette suprématie car, à l'exception peut-être de Jacqueline Kennedy, aucune épouse de chef d'État républicain n'a jamais déclenché le même intérêt.

À l'échelle de ces curiosités et de ces admirations qui sont les nôtres, on peut mesurer ce que pouvaient être celles de nos ancêtres touchant ces femmes placées au plus haut rang et qui, seules, apparaissaient dans les lumières de l'actualité. Aucune, jamais, n'a laissé ses sujets indifférents. On les aimait ou on les haïssait, on les enviait ou on les plaignait et, lorsqu'elles possédaient cette beauté ou ce charme qui signent les créatures privilégiées, elles déchaînaient des passions dont les ondes de choc viennent encore troubler ou ravir les esprits de notre temps. Combien d'amoureux comptent encore de nos jours Marie Stuart, Marie-Antoinette, Joséphine de Beauharnais et, surtout, cette Élisabeth d'Autriche qui, pour le monde entier est devenue Sissi ? Peut-être parce que leur beauté s'est alliée à un destin tragique. Une couronne où le sang remplace les rubis porte l'imagination à un paroxysme.

Au milieu de ce grand concours d'hommes dont les sentiments divers accompagnaient le chemin d'une reine, un seul pouvait échapper à sa magie : son époux ; c'est-à-dire son semblable, son égal mais le plus souvent son maître. Pour ce dernier qui, au soir des noces, pouvait confronter sa réalité physique à celle d'une jeune inconnue que la politique venait de glisser dans son lit, la reine n'était qu'une créature comme une autre, souvent beaucoup moins attirante, selon ses critères personnels, mais à laquelle il importait de faire des enfants. En fait, ce sont les rois qui ont inventé le devoir conjugal dans ce qu'il pouvait avoir de plus déplaisant.

Pour eux, l'échappatoire était à portée de la main : aventure discrète ou favorite déclarée, ils n'avaient que l'embarras du choix au milieu d'une cour et même d'un peuple où l'élément féminin a, de tous temps, été le plus nombreux. La femme qui s'abandonnait y trouvait généralement à défaut de satisfaction physique, profit, fortune et même honneur. C'étaient là plaisirs royaux qui ne devaient pas tirer à conséquence. L'homme n'est-il pas naturellement polygame ? Alors, un roi... Il pouvait bien s'encanailler si cela lui chantait, cela faisait tout juste froncer quelques sourcils sévères.

Il n'en allait pas de même pour la reine, porteuse de dynastie, ce symbole et cette source, l'alpha et l'oméga d'un règne. Qui osait, par amour ou par ambition, lever les yeux et, à plus forte raison, porter la main sur elle, risquait sa vie et devait savoir que l'antichambre d'une alcôve royale pouvait être aussi celle de l'échafaud car son intervention mettait en jeu la pureté d'une lignée. Tout au moins dans les siècles de fer où toute atteinte à l'honneur conjugal d'un roi devenait crime de lèse-majesté. Et le châtiment, parfois, atteignait l'épouse adultère aussi cruellement que son complice.

Pourtant, certaines de ces amours défendues, réprouvées par la loi, la société, les commères et les gazetiers forcent l'admiration. Elles sont émouvantes, très belles en dépit de la stricte morale bourgeoise, dignes de la légende. Elles sont celles qu'a emportées le vent de folie de la passion, celles qui refusent la raison. Celles-là ont laissé dans l'Histoire, des traces si brûlantes que leurs cendres n'en sont pas encore refroidies.

Il y a les amours innombrables des reines pour qui l'amour était la grande affaire, sans trop s'attacher à ceux qu'elles choisissaient, l'amour à tous les vents du caprice ou de la sensualité...

Il y a les amours terribles achevées dans le sang coulant d'un échafaud, dans les tortures et dans l'horreur. Elles sont, heureusement, l'apanage de temps lointains où le prix des choses était un peu plus élevé... Il y a aussi, échevelées, drôles, émouvantes parfois ces amours militaires qui furent celles des princesses d'empire...

Bien sûr, ce livre ne rassemble pas, loin de là, toutes les amours, de toutes les femmes couronnées. D'autres reines que celles dont on va suivre l'histoire ont cherché des bras, des cœurs plus tendres ou plus ardents que ceux de leurs légitimes époux. J'ai choisi simplement les romans qui me sont apparus comme les plus attachants et aussi les plus différents entre eux parmi la vaste histoire des amours royales.

Et maintenant, avant d'entrouvrir la porte dérobée par laquelle se glissait l'amant ; avant de soulever une fois encore les brocarts dorés des courtines royales, je veux lever un doute : celui qu'a pu laisser planer ma première incursion sous les baldaquins couronnés. « Les femmes, dit Balzac, se tiennent dans une position équivoque, comme à un carrefour qui mène également au respect, à l'indifférence, à l'étonnement ou à la passion. » Il aurait pu ajouter à la curiosité. Pourtant, il n'entre ni curiosité malsaine, ni équivoque dans ma quête des amours royales. Rien que la passion de l'Histoire qui les a reflétées pour en souffrir, parfois, mais aussi une tendresse pour ces femmes dont le pied chaussé de satin a parfois pesé si lourd sur la terre où elles sont retournées et qui ne sont plus qu'ombres légères.

Justement parce qu'elles furent femmes, parce que leurs cœurs ne battaient pas à un rythme différent du nôtre. Et parce qu'au détour de l'une ou l'autre de ces histoires, n'importe quelle contemporaine peut rencontrer le miroir où elle se reconnaîtra...

Et puis parce qu'elles sont légion, les anciennes petites filles qui, comme moi jadis, se sont regardées dans une glace avec un vieux rideau en guise de manteau de cour, un plumeau figurant le sceptre et, sur la tête, la couronne de carton doré du dernier jour des Rois...

MESSALINE

La dolce vita à Suburre

Un soir d'été de l'an 43, les prétoriens de garde aux portes du Palatin voient passer deux femmes sans leur prêter beaucoup d'attention. Ce sont sans doute des servantes qui rentrent chez elles, la journée faite et, habitués à en voir sortir beaucoup, les soldats se contentent de leur adresser quelques grosses plaisanteries en guise de bonsoir puis reprennent leur faction, contents d'eux-mêmes et ne songeant pas le moins du monde à s'offusquer de ne pas avoir reçu de réponse.

On aurait beaucoup étonné ces hommes si on leur avait dit que ces femmes modestement vêtues n'étaient autres que la toute-puissante impératrice Messaline, quatrième épouse de l'empereur Claude et sa suivante préférée Myrthale. Et leur stupeur n'aurait pas connu de bornes s'ils avaient pu deviner où elles allaient. L'impératrice à Suburre ! Aucun militaire, même imbibé de vin jusqu'aux ouïes n'imaginerait pareille chose, même si l'on tient compte du peu d'imagination qui afflige habituellement les militaires...

Et c'est pourtant vers ce quartier, le plus bas et le plus louche de Rome, que se dirigent les deux femmes avec une hâte que ne justifie guère le charme de l'endroit...

Voisin du Tibre et du port, le quartier qui jouxte la via Suburrana est aussi dangereux que malodorant car il est le lieu d'élection de la pègre. La puissante confrérie des mendiants, les voleurs, les prostituées, les hommes de main y sont chez eux, de même que les gladiateurs et les bateliers du fleuve. Ils s'y pressent pour trouver le vin et les filles qui sont leurs seuls plaisirs. Les tavernes y sont nombreuses et constituent autant de maisons closes. Certaines servent aussi de quartier général à des bandes organisées qui y tiennent leurs assises sans paraître se soucier d'un voisinage qui aurait pourtant de quoi les faire réfléchir : c'est là, en effet, que vivent les bourreaux de Rome et il n'est pas rare de voir des fouets encore sanglants sécher devant leur porte.

C'est pourtant vers cet enfer que se dirige allègrement une souveraine de dix-huit ans qui est aussi la plus jolie femme de Rome. Seule concession à la prudence, elle s'est maquillée outrageusement et porte une perruque blonde sur ses cheveux noirs…

Quand les deux femmes pénètrent dans Suburre, elles tombent droit sur le tumulte d'une querelle qui anime l'entrée d'une taverne : un gros homme au visage luisant de sueur – visiblement le patron de l'endroit – et une fille au visage peint se disputent avec la fougue et la luxuriance d'injures habituelles aux gens de la Péninsule. Au travers de leurs vociférations, Messaline parvient tout de même à démêler la cause du litige : la fille, une pensionnaire de la maison, est en train de planter là un patron brutal sans se soucier des clients qui attendent. Et cela pour une excellente raison : elle a réussi à réunir l'argent nécessaire à sa liberté et entend désormais s'administrer elle-même. Le patron, qui a pourtant touché l'argent, ne l'entend pas de cette oreille : qu'au moins son ex-pensionnaire achève la soirée, sinon il va y avoir du vilain. Elle est en effet la plus désirable de la maison et il y a au moins cinq ou six clients qui attendent ses grâces. Si elle ne fait pas son travail, ils vont démolir la maison…

La dispute pourrait dégénérer en bagarre car on en est venu aux menaces si Messaline n'intervenait.

— Laisse aller cette femme ! dit-elle à l'homme. Je la remplacerai si tu veux !

On imagine le hoquet d'horreur de Myrthale devant pareille proposition : l'impératrice dans un lupanar ! Que pareille chose se sache et Messaline aura sans doute quelques ennuis mais, elle, Myrthale, témoin inerte d'un pareil scandale est certaine de disparaître discrètement dans l'estomac d'un lion affamé...

Le tenancier cependant examine la postulante.

— Qui es-tu ? Je ne te connais pas.

— On m'appelle Lycisca. Je viens de Grèce...

Satisfait de son examen superficiel, l'homme conclut l'affaire rapidement et Messaline est invitée à entrer. Quant à Myrthale, présentée comme la sœur malade de Lycisca, on la fait entrer elle aussi et on l'installe dans un coin de la salle en compagnie d'un gobelet de mauvais vin tandis que Messaline disparaît dans une étroite cellule fermée par un rideau de grosse toile effrangée. Quelques instants plus tard, un gladiateur à la peau couturée de cicatrices soulève ce rideau...

D'autres suivent au cours d'une nuit interminable pour la suivante. Et quand, enfin, au lever du jour, les deux femmes reprennent le chemin de leur « logis », c'est Messaline, une Messaline plus en forme que jamais qui doit soutenir sa compagne pour la ramener au Palatin. Myrthale est si mal en point que, mécontente, Messaline déclare que « la prochaine fois » elle sortira toute seule... Et comme l'autre s'effare de ce qu'elle peut souhaiter une prochaine fois, la jeune impératrice se contente de répondre avec désinvolture qu'elle a passé une nuit « étonnante »... Ce qui dit tout : elle a bien l'intention de recommencer. Et, au fond, pour qui connaît bien cette jeune et jolie femme de dix-huit printemps, cela n'a rien de particulièrement étonnant : nymphomane et perverse elle est destinée à devenir le prototype de la débauche la plus insolente.

Valeria Messalina est, depuis trois ans, l'épouse du très noble Claude, oncle de Caligula, l'empereur alors régnant, et ce mariage n'est certes pas un mariage d'amour : à cinquante ans, Claude, en dehors d'un prodigieux appétit pour l'amour n'a pas grand-chose pour séduire une adolescente. Bien que son visage ne soit pas repoussant, il est contrefait, boiteux, bègue, épileptique et passe pour idiot.

Or, un an après son mariage, Claude devenait empereur, bien contre son gré d'ailleurs. Après l'assassinat de Caligula par les prétoriens, ceux-ci ont récupéré Claude qui se terrait derrière une colonne, emballé dans sa toge dans le meilleur style de l'autruche et l'ont traîné presque de force jusqu'au trône avec, bien sûr, l'arrière-pensée de s'adjuger ainsi le pouvoir.

Ils furent déçus. Claude était beaucoup moins stupide qu'il ne le laissait croire depuis des années. En fait il ne jouait l'idiot, en permanence, que pour préserver sa vie. Cela lui avait permis de survivre, seul d'une famille décimée depuis le règne d'Auguste, son grand-père, par l'activité intense de sa grand-mère Livia et des successeurs d'Auguste, Tibère et Caligula. Confortablement abrité sous cette réputation d'imbécillité, Claude avait pu s'adonner tranquillement aux études qui lui étaient chères. Il était devenu ainsi un érudit doublé d'un politique assez fin. Et il aurait fait un excellent empereur s'il n'avait, en quatrièmes noces, épousé la ravissante Messaline dont il s'était follement épris.

Les premiers temps du mariage avaient été heureux. Claude était pratiquement infatigable au lit et Messaline trouvait plaisir à partager la couche de son époux, peut-être parce qu'il était contrefait et qu'elle avait de ces curiosités. Mais elle s'en lassa vite et, après avoir donné le jour à deux enfants : Britannicus, de racinienne mémoire, et Octavie, elle se mit en devoir de profiter de la vie comme elle l'entendait, c'est-à-dire de s'offrir tous les hommes qui lui plaisaient. Sans pour autant, toutefois, cesser de surveiller Claude et d'entretenir une passion qui lui était une grande sécurité.

Nombreux furent alors les téméraires qui partagèrent, pour une nuit ou simplement une heure, la couche de l'impératrice. Téméraires parce qu'il apparut bientôt que l'entreprise n'était pas sans danger. La discrétion étant, en effet, le plus sûr garant de sa tranquillité, Messaline, forte du principe établi que seuls les morts ne parlent pas, entama pour ses amants le chapitre des morts rapides et mystérieuses : jamais on ne vit à Rome tant d'indigestions mortelles ni tant d'imprudentes promenades sur les bords du Tibre dont on sait pourtant que les raz de marée y sont plutôt rares. De temps en temps, aussi, un coup de poignard s'égarait, mais ce n'était un secret pour personne que les rues de Rome étaient fort mal fréquentées, surtout la nuit.

Apparemment, les mauvaises langues y allaient également de leur train. Que ce fût parmi le personnel mâle du Palatin, les beaux prétoriens particulièrement musclés ou les patriciens consommables, un petit bruit se mit à voleter, chuchotant que Messaline était aussi dangereuse à fréquenter qu'un serpent à sonnette.

Ceux qui croyaient déceler dans les vertes prunelles impériales la moindre lueur de convoitise font alors assaut d'imagination pour s'esquiver : l'un ne se sent pas bien du tout, l'autre doit courir à sa villa de Campanie menacée par les sauterelles, celui-là a reçu un ordre de l'empereur, un quatrième choisira de partir en campagne quelque part sur le Rhin et, l'été, les épidémies de malaria prennent des proportions inattendues. Seuls les hommes hors d'âge et les femmes se hasardent dans les alentours de Messaline.

Lasse d'agiter un mouchoir qu'elle n'arrive plus à laisser tomber, celle-ci a perdu la plus grande partie de sa belle joie de vivre jusqu'au matin où voyant Myrthale venir prendre son service avec une mine épanouie, elle apprit que la jeune Grecque venait de vivre quelques heures exceptionnelles avec un jeune batelier du Tibre. Cela ouvrit de nouveaux horizons pour Messaline. De là, l'étrange visite à la taverne de Suburre…

Plusieurs fois, l'impératrice retourne dans l'alcôve au rideau effrangé mais, désormais, elle s'y rend seule. Cet endroit misérable où elle rencontre tant d'hommes différents l'attire comme une drogue et lorsque Claude quitte Rome à la tête de ses légions pour aller conquérir l'Angleterre, c'est chaque nuit que sa femme quitte le palais pour s'en aller rejoindre, sous sa perruque blonde, les bateliers, les gladiateurs et les truands de Suburre. Myrthale terrifiée pense que sa maîtresse est devenue folle et fait des sacrifices à tous les dieux de l'Olympe pour que nul ne découvre cet effrayant secret...

Elle pourrait faire une sérieuse économie de sesterces car il y a déjà quelqu'un, dans Rome, qui sait où Messaline passe ses nuits. Et ce quelqu'un c'est sans doute l'homme le plus dangereux qui soit : Narcisse, l'un des deux favoris de Claude, l'autre étant Polybe.

Secrétaire de l'empereur, Narcisse est un homme vénal mais fort intelligent et, à l'occasion, il peut se révéler un bon conseiller. Il le sera pour l'œuvre architecturale de Claude et pour d'autres choses encore. Sachant donner de l'or là où il est le mieux employé, il possède sa propre police qui est sans doute la mieux informée de tout l'empire. Il sait en effet qu'il a intérêt à être bien informé.

Or, Narcisse a entendu vanter les charmes et surtout le tempérament d'une certaine Lycisca, une courtisane nouvellement arrivée à Suburre et qui remporte un très vif succès auprès de sa clientèle. Pensant que cette Lycisca pourrait lui être utile, Narcisse envoie auprès d'elle l'un de ses séides sous un déguisement. Or, l'homme est revenu abasourdi car la perruque blonde ne l'a pas trompé : Lycisca n'est autre que Messaline...

La nouvelle est redoutable mais combien précieuse. Afin d'être certain d'en être le seul dépositaire, Narcisse n'hésite pas à faire tuer son informateur. Ses relations avec l'impératrice sont excellentes pour le moment et il ne souhaite pas qu'elles changent mais, au cas où Messaline cesserait de se montrer amicale, l'affaire Lycisca pourrait permettre au favori d'avoir barre sur elle. Et il enfouit soigneusement l'information dans ses archives les plus secrètes. D'ailleurs, brusquement Lycisca va se faire plus rare à la taverne de la via Suburrana. Et même on ne va plus l'y voir du tout... Simplement parce que le consul Caius Silius vient de rentrer de Germanie, rappelé par Claude.

Caius Silius est le seul homme que Messaline ait jamais aimé. Elle n'avait encore que quatorze ans quand elle l'avait vu pour la première fois dans la maison de ses parents, Barbatus Messala et Domitia Lepida. Mais elle s'en était follement éprise et n'avait eu de cesse de lui appartenir. Le beau Caius n'avait peut-être pas été l'initiateur de Messaline mais il lui avait révélé que, lorsque le cœur et les sens sont d'accord, l'amour est la plus divine chose du monde.

Malheureusement il avait dû quitter Rome pour s'en aller veiller en Germanie au salut de l'empire et, en dépit des lettres que Messaline, devenue impératrice, lui écrivait pour le faire revenir, Silius s'en était abstenu : c'était à l'empereur qu'il appartenait de le rappeler. Et Claude, discrètement manœuvré par sa femme, avait fini par le rappeler à Rome.

Caius Silius vient donc de rentrer. Malheureusement il ne rentre pas seul : il s'est marié et l'on dit que Junie, sa femme, est très belle... Il ne va guère avoir de temps à lui consacrer car, à peine arrivé, il est convoqué officiellement par Claude et, officieusement, par Messaline qui le reçoit en privé et dans le lit de laquelle il se retrouve sans même avoir eu le temps de comprendre ce qui lui arrive. Mais il ne songe pas un instant à se plaindre car c'est avec le plus vif plaisir qu'il renoue les liens d'autrefois avec une jeune femme qui se révèle une éblouissante maîtresse. Une maîtresse dont la passion inattendue mais visible commence à éveiller en lui de singulières ambitions : que ne peut espérer l'homme qui se sait le maître de l'impératrice ? Après tout, Claude n'est pas jeune et, au cas où il viendrait à disparaître...

En attendant, pour la recevoir à l'abri des regards indiscrets, Silius commence par acheter une ravissante demeure, celle des chevaliers Petra, deux frères qui viennent d'être exécutés : quelques pièces dans un fouillis de plantes et de fleurs. La plus discrète, la mieux cachée des garçonnières. Là, Messaline et Silius vont s'aimer chaque jour avec emportement.

Mais bientôt Messaline se met à détester cette discrétion qu'impose leur situation. Le germe de folie qui habite son sang la pousse aux excès et ce qu'elle voudrait, à présent, c'est pouvoir étaler ses amours aux yeux de tous. Rome tout entière doit savoir qu'elle aime Caius Silius...

Elle commence par combler son amant de présents fastueux, n'hésitant même pas à déménager plus ou moins le Palatin pour faire porter chez Silius les objets et les meubles les plus précieux. La maison du consul sur le Quirinal devient un véritable musée.

Mais ce musée a une gardienne : c'est Junie, l'épouse légitime de Silius et quand Messaline évoque la mince et gracieuse silhouette de la jeune femme, elle se sent pousser des griffes. Elle n'a droit, elle, qu'à quelques heures dans la journée tandis que Junie a toutes les nuits de son époux. Ce sont de ces choses qu'une Messaline ne tolère pas. Mais, heureusement, à tout problème correspond une solution.

La solution de l'impératrice s'appelle Locuste. C'est une femme de grand savoir mais de peu de scrupules, particulièrement versée dans cette sorte de pharmacopée qui, depuis, a fait la fortune des Borgia. Cette aimable créature demeurait dans un superbe isolement, au bord d'un marais situé en dehors de la porte Capène. Dans la meilleure tradition du boulevard du Crime, elle y vivait en compagnie d'un esclave noir, affreux naturellement, sourd et muet non moins naturellement. Et la charmante petite famille se complétait d'une nichée de serpents, fournisseurs privilégiés d'une matière première irremplaçable.

Les poisons concoctés par Locuste peuvent tuer de façon foudroyante ou si doucement que la mort apportée par eux paraît naturelle. C'est ainsi qu'un jour où

Silius est parti pour Ostie en compagnie de Claude qui souhaite y élever un phare, sa femme, restée au logis reçoit un superbe panier de fruits en provenance directe du Palatin.

Les présents impériaux sont quotidiens et Junie, habituée, ne voit aucun inconvénient à goûter quelques-uns de ces beaux fruits, d'autant que si son époux prolonge son absence, il risque de les retrouver blets sinon pourris. Et elle se régale... Résultat : une quinzaine de jours plus tard, Caius Silius dans une toge noire qui lui sied particulièrement allume, dans le jardin de sa villa, le bûcher funèbre de sa femme.

Le fit-il d'une âme sereine et exempte de tout soupçon ? Certainement pas. Jusqu'à l'arrivée du maudit panier Junie jouissait d'une belle santé et, d'ailleurs, elle ne fut pas la seule à passer de vie à trépas, *in casa Siliana* grâce au fameux panier ; Caius connaissait Messaline et savait qu'elle était capable de tout pour vivre avec lui. Somme toute, c'était un obstacle en moins sur le chemin du trône et le veuf se consola vite.

Restait l'obstacle majeur c'est-à-dire l'actuel occupant dudit trône : Claude lui-même...

Le problème peut paraître simple à première vue : un bon plat de champignons semblables à ceux dont Livia a jadis régalé son époux Auguste ou une bonne tisane signée Locuste et Claude part en fumée pour l'Olympe où sa place d'ancien dieu mortel est déjà marquée. Seulement Messaline n'est pas certaine de lui survivre longtemps et encore moins de se voir offrir la couronne : elle a bien trop d'ennemis !...

Il y a d'abord les femmes, toutes les femmes à la seule exception de Myrthale et de la chère Locuste. Il y a une bonne partie des hommes : ceux qui n'ont pas bénéficié de ses caresses, ceux qui ont connu Lycisca et ceux qui lui reprochent presque ouvertement de se vautrer dans la luxure. Enfin il y a le peuple qui l'accuse à demi-mot de faire assassiner ses amants. Cela fait tout de même pas mal de monde.

Mais Messaline n'est pas femme à se laisser arrêter par de telles broutilles : elle a déjà trouvé un moyen génial et qui lui semble sans danger : épouser son amant du vivant même de Claude et avec la bénédiction de celui-ci par-dessus le marché. Après quoi Claude sera victime d'une indigestion quelconque et Caius, devenu l'époux de Messaline, n'aura plus qu'à escalader les marches du trône.

Lorsqu'elle expose son plan à ce dernier, sa première réaction est des plus saines : Messaline est complètement folle ! Mais, à la réflexion et en vertu de cet adage qui veut que les dieux rendent aveugles et fous ceux qu'ils veulent perdre, Caius Silius en vient à se dire : « Après tout, pourquoi pas ?... » Bien mise en scène l'idée de Messaline peut réussir.

Elle tient tout entière dans un détail : Claude a l'habitude de faire chaque soir une promenade solitaire dans les jardins du Palatin, des jardins trop bien gardés pour qu'un assassin éventuel ose s'y risquer.

C'est ainsi qu'un soir de brume, alors qu'il s'approche d'un petit temple d'Apollon presque entouré par un bosquet d'ifs, Claude aperçoit un vieillard blême et loqueteux qui creuse un trou. Étonné d'abord de ce qu'un jardinier soit encore à l'ouvrage à pareille heure et ensuite de l'équipement du bonhomme – en général ses esclaves sont mieux habillés – Claude s'approche à portée de voix et demande à l'homme ce qu'il fait là. Il paraît si vieux, si fragile, si pâle ! En outre il est à un âge où le brouillard ne vaut rien pour les rhumatismes... Et voilà le vieux qui répond d'une voix caverneuse : il creuse une tombe, la tombe de l'époux de Messaline qui doit mourir dans trois fois trois jours...

On peut être un esprit éclairé, un homme de science et ne pas aimer beaucoup ce genre de prophétie. Retrouvant un bégaiement qu'il réussissait à maîtriser dans les grandes occasions, Claude fait remarquer au vieillard que l'époux de Messaline c'est l'empereur mais l'autre n'en démord pas : que ce soit l'empereur où qui l'on veut il ne sait rien d'autre que sa consigne qui est de creuser la tombe du mari de l'impératrice...

Le pauvre Claude s'enfuirait bien à toutes jambes s'il n'était boiteux et d'ailleurs paralysé par la peur. Il trouve tout de même assez de courage pour demander au vieux de lui confier son nom et le vieux accède à son désir : il se nomme Alecton... Et là-dessus, trouvant sans doute que la conversation risque de s'éterniser, il s'évanouit à la fois dans le brouillard et dans le buisson d'ifs laissant Claude s'enfuir enfin, aussi vite que le permettent ses jambes inégales...

Rentré chez lui et encore haletant, celui-ci fait appeler Narcisse et lui demande de se renseigner : existe-t-il chez les jardiniers un nommé Alecton ? Et dans l'affirmative, il importe de l'envoyer de vie à trépas au plus vite ! Ce ne sera sans doute pas difficile, le bonhomme n'a l'air de tenir debout que par miracle.

Or, quand Narcisse revient, il dit des choses singulièrement désagréables : le jardinier nommé Alecton est mort depuis deux mois !...

Après une mauvaise nuit passée tout entière la tête sous l'oreiller à compter combien d'heures font trois fois trois jours, Claude se résout à déverser ses angoisses dans le sein généreux de sa chère Messaline qui lui conseille benoîtement de demander conseil au pontife suprême de Rome : la chose est trop grave !...

Quand le haut personnage religieux arrive, on lui soumet le problème : il faut qu'il trouve quelque chose car l'empereur estime qu'il a encore beaucoup à faire sur cette terre, même si tout le monde n'est pas de cet avis. Et naturellement le pontife ne trouve rien ! Les manifestations de l'au-delà sont choses trop respectables pour qu'un humain, même Pontifex Maximus, ose s'en mêler...

Alors Messaline qui voit avec satisfaction son époux se faner à vue d'œil avance timidement, avec les hésitations de quelqu'un qui cogite lentement, une idée baroque : pour que Claude échappe à la prophétie, il faut qu'il cesse d'être son époux, au moins pour le jour fixé... Et elle explique son plan : Claude s'éloigne de Rome quelques jours, juste le temps de laisser passer la période fatidique... Pendant ce temps, Messaline, avec un rare dévouement, restera au poste et fera face à l'adversité en contractant un faux mariage avec un vieil ami... Caius Silius par exemple, assez courageux et assez dévoué pour accepter ce rôle dangereux d'époux de Messaline au jour fatal... Ainsi, c'est cet homme de bien qui sera sacrifié...

Le pontife a un haut-le-corps et s'apprête à protester mais Claude, lui, ressuscite. L'idée de se trouver un remplaçant momentané ne lui semble pas folle du tout. En outre, il n'imagine absolument pas que sa chère Messaline n'est pas tout à fait l'épouse tendrement admirative qu'elle prétend être. Et il s'en va en battant des mains laissant sa femme s'expliquer avec le pontife.

Celui-ci bien sûr agite un argument massif : Messaline croit-elle les dieux si bêtes ? Elle va commettre un sacrilège qui ne sauvera pas l'empereur. Mais la rouée a déjà trouvé sa réponse : le sacrilège, il a eu lieu le jour même de son mariage avec Claude car en mettant sa main dans celle du futur empereur, c'est à Caius Silius qu'elle pensait, c'est avec son image devant les yeux qu'elle a prononcé la fameuse formule : *Ubi tu Gaius, ego Gaïa...* Évidemment, le pontife n'est pas absolument convaincu mais il comprend vite que s'il ose se mettre en travers de ce projet insensé il risque de ne pas profiter encore longtemps des joies de la vie à Rome...

L'obstacle allègrement franchi, Claude annonce son départ prochain pour Ostie où il compte aller surveiller son phare. Il est à peine parti que Messaline prépare activement la fête superbe que va être son mariage avec Caius Silius, sans imaginer un seul instant que quelqu'un va trouver cela bizarre...

Elle a compté sans Narcisse qu'elle croit toujours son fidèle soutien. Or, il y a beau temps que Narcisse, dûment éclairé sur le compte de sa souveraine, a porté son intérêt sur une autre femme, encore plus belle. Cette femme c'est Agrippine la Jeune, une nièce de Claude, mère d'un gamin impossible nommé Néron et qui ne verrait aucun inconvénient à devenir sa propre tante en épousant son oncle. Et Narcisse commence à caresser l'idée d'une impératrice qui lui devrait tout quand il voit soudain se dérouler sous ses yeux une cérémonie proprement aberrante : Messaline, en l'absence de Claude va épouser un autre homme, celui dont tout Rome sait bien qu'il est son amant. Et, plus grave encore, Caius Silius est en train de se rassembler une honnête poignée de partisans visiblement destinés à l'installer sur le trône dès que Claude aura disparu…

Du coup, Narcisse n'hésite plus. Fouillant hâtivement dans ses archives pour en extraire les rapports touchant les activités de Lycisca, il saute à cheval et fonce à bride abattue sur la route d'Ostie où il arrive peu d'heures plus tard et où il tombe comme la foudre aux pieds de Claude.

Il a d'abord du mal à se faire entendre. Claude sourit de ses frayeurs. Mais bien sûr, il est au courant : ce mariage n'est qu'une aimable comédie destinée à préserver sa vie à lui, Claude… Sa vie ? Elle ne tiendra plus qu'à un fil s'il ne se décide pas à rentrer immédiatement à Rome. S'il attend, ne fût-ce que quelques heures, il se trouvera proprement déposé et son empereur ce sera ce bon Caius Silius, si dévoué. Et pour mieux accréditer ses dires, Narcisse fait à son maître un récit haut en couleurs : celui de la vie secrète de son épouse qu'il appuie de certaines preuves.

Finalement, il allume si bien la peur et la colère dans le cœur de Claude que celui-ci ordonne le départ. On va marcher sur Rome en récupérant au passage toutes les troupes que l'on pourra trouver. Mais Narcisse part devant. Un cheval va forcément plus vite qu'une armée à pied et il annoncera le retour du maître.

La nouvelle de ce retour atteint Rome au moment où Claude n'en est encore qu'à mi-chemin mais elle tombe sur le Palatin au beau milieu de la fête nuptiale alors qu'étendus sur le même lit Messaline et Caius commencent à se donner quelques preuves de leur grand amour. L'entrée en scène de Narcisse fait l'effet d'une bombe et, tandis que les plats refroidissent, c'est un sauve-qui-peut général mené d'ailleurs par Caius Silius qui voudrait bien tenter de sauver ce qui peut encore être sauvé : sa propre tête.

Il n'y arrivera pas. Narcisse est pressé. Quand Silius arrive chez lui, les prétoriens sont sur ses talons, avides de se livrer à un pillage en règle de la plus belle maison de Rome. Un bon coup de glaive et tout est fini.

Quant à Messaline, elle s'est enfuie, elle aussi mais pas pour aller mourir avec le bien-aimé. C'est chez sa mère, avec laquelle elle est pourtant brouillée depuis longtemps, qu'elle a cherché refuge pour attendre que Claude arrive. Une fois qu'il sera là, elle se fait forte de le reconquérir...

Cela Narcisse le sait. Claude ne résisterait pas aux larmes de sa jeune épouse. Et là aussi, il envoie des soldats. Domitia tente alors de persuader sa fille qu'elle est perdue, qu'il lui reste seulement le temps de mourir en Romaine, de sa propre main. Elle perd son temps. Messaline s'accroche à la vie de toutes ses forces, cette vie qu'elle aime tant... Et c'est entre les bras de sa mère que le glaive d'un centurion la frappera...

Claude n'avait pas ordonné sa mise à mort et il commencera par la pleurer sincèrement. Narcisse alors lui enverra Agrippine qui saura essuyer les larmes de ce vieil amoureux en attendant de réveiller en lui des instincts moins nobles mais tout aussi naturels.

Et Agrippine succédera à Messaline. Pas pour le bien du pauvre Claude : Locuste trouvera en elle sa meilleure et sa plus généreuse cliente...

ISABELLE, REINE D'ANGLETERRE

Un curieux ciel de lit

Sir Walter Scott, Alexandre Dumas et d'autres auteurs, le cinéma et la télévision ont fait beaucoup plus pour l'immortalisation de l'infâme « prince Jean » qu'il n'en fit jamais lui-même. Des générations successives ont frémi d'indignation à la lecture ou au spectacle des noirceurs de l'anti-chevalier Jean, antithèse et ennemi juré de son frère Richard au Cœur de Lion, parangon de toutes les vertus chevaleresques et de son fidèle *supporter* Robin des Bois. À la longue, le prince Jean a fini par perdre à peu près toute sa substance historique pour n'être plus qu'un héros de bandes dessinées.

Il a pourtant existé bien réellement, ce vilain prince, aussi noir et aussi pervers que l'a dépeint sa légende mais, ce que l'on sait moins c'est qu'il forgea lui-même son propre châtiment en se donnant pour femme – au moyen d'un de ces « coups tordus » dont il avait le secret d'ailleurs ! – une femme digne de lui et même supérieure à lui en ce sens qu'elle réussit plusieurs fois à lui faire regretter d'être venu au monde. Ce sont de ces choses que l'on se doit de raconter à ceux qui déplorent que, dans l'Histoire, Jean ait finalement réussi à s'installer sur le trône de Richard en toute légalité...

Cet événement eut lieu le 27 mai 1199, six semaines environ après la mort de Richard, tué d'une flèche impie devant le château de Châlus qu'il assiégeait d'ailleurs au mépris de tout droit pour s'attribuer une large part d'un trésor. Richard aurait, avant de mourir, désigné Jean comme son successeur, ce qui semble difficile à croire lorsque l'on se rappelle leurs relations d'après-croisade. Si l'on se souvient aussi du fait que Richard avait eu un frère plus âgé que Jean et que celui-ci avait un jeune héritier : Arthur de Bretagne. Mais Richard mourant pouvait avoir été victime d'une absence de mémoire et, d'ailleurs, il n'était pas vraiment intelligent. Pas assez surtout pour résister à sa mère, la grande Aliénor d'Aquitaine, l'Aigle des deux royaumes qui tenait beaucoup à voir son benjamin sur le trône...

Quoi qu'il en soit, Jean reçoit la couronne de son frère et abandonne, non sans satisfaction, son surnom de Sans Terre pour le titre de roi d'Angleterre qui est nettement plus flatteur. Cela fait, il franchit la mer et s'en va passer l'automne et l'hiver en Aquitaine, un climat qui lui convient et une terre succulente entre toutes. C'est justement la saison des vendanges et le nouveau roi aime le vin, comme d'ailleurs tout ce qui touche à la table.

À Bordeaux, Jean fête joyeusement la fin de l'année et entame non moins joyeusement le nouveau siècle après quoi il se dispose pour de nouvelles fêtes : celles qui vont se dérouler à Angoulême chez l'un de ses plus puissants vassaux : Aymar Taillefer, comte d'Angoulême. Celui-ci va marier sa fille Isabelle à l'un des nombreux soupirants de celle-ci : Hugues de Lusignan, comte de la Marche, un autre grand feudataire. Ce sera l'événement de l'année et Jean a promis d'être là pour mener la mariée à l'autel afin de montrer quel bon suzerain il entend être.

À Angoulême Aymar Taillefer s'apprête à faire somptueusement les choses. Il est orgueilleux de sa fortune et de sa ville comme de la beauté de sa fille. À quinze ans, Isabelle est en effet l'une des plus jolies filles qui se puissent voir. Le seul portrait que l'on en a est l'admirable gisant de son tombeau à l'abbaye de Fontevrault, mais il ne saurait rendre justice à la vitalité qui habitait la jeune fille ni à l'éclat de ses yeux verts, s'il donne une image assez exacte de son orgueil.

Car cette superbe adolescente en est pétrie. Un an plus tôt elle a elle-même élu Hugues de Lusignan en se référant à un critère assez simple : « Je suis la plus belle, j'épouserai le plus beau… »

À condition, bien entendu, qu'il soit très noble et très riche. Manants s'abstenir, même taillés sur le patron d'Antinoüs !… Hugues de Lusignan qui descendait, comme chacun sait, en droite ligne de la fée Mélusine répondait entièrement à ces exigences. En plus sa famille avait donné des rois à Jérusalem. Aussi, à quatorze ans, Isabelle s'était-elle follement éprise de ce superbe baron…

On pourrait supposer qu'arrivée au seuil du mariage, la jeune fille serait possédée d'une joie profonde. Or, il n'en est rien car, depuis un an, bien des choses ont changé et Isabelle n'est plus tout à fait aussi fière, ni aussi heureuse d'épouser Lusignan. Son grand emballement, c'était avant la révolte qui a soulevé les féodaux, d'Aquitaine et d'alentours, contre le roi Richard. Or, fidèle à sa réputation, le Cœur de Lion a fait mordre la poussière aux rebelles. Il est entré dans Angoulême en vainqueur et peut-être même aurait-il fait pire encore si Philippe Auguste n'était intervenu fermement. Devant la menace que dirigeait sur lui le Capétien, Richard a lâché prise, accepté la négociation, une négociation que la flèche de l'archer de Châlus a rendue caduque mais, pour Isabelle, l'humiliation ressentie est demeurée intacte. À ses yeux, Hugues de Lusignan et même son propre père Aymar d'Angoulême ne sont plus que des vaincus qui doivent au roi de France d'être encore en vie et en possession de leurs biens. Elle, elle rêve d'empire ! Et ce sont de ces choses qu'elle ne pardonne pas !…

Une seule consolation en guise de baume sur son orgueil blessé : le roi d'Angleterre va venir et, demain, c'est sa main royale qui la conduira à l'autel. Compensation bien fragile, bien futile certes mais qui apaise un peu les meurtrissures invisibles…

Néanmoins, quand Jean fait son entrée au château, Isabelle retient une moue de déception : elle s'attendait à une copie conforme, en plus jeune, de Richard Cœur de Lion. Ce n'est pas exactement cela… À trente-trois ans, Jean a un physique convenable mais sans plus. Il est un peu dodu – la bonne chère toujours ! – et son allure, un peu oblique comme le regard qui filtre sous ses paupières, le fait ressembler à un matou qui médite un mauvais coup. Mais la couronne apporte son incomparable auréole… et puis ce n'est pas lui qu'Isabelle doit épouser !

À la limite, et à condition que le superbe Lusignan ne soit pas dans les environs, elle le regretterait presque. D'autant que Jean est libre. Il vient tout juste, en effet, de répudier son épouse Hadvise de Gloucester sous un prétexte fumeux et avec l'arrière-pensée d'épouser quelqu'un de beaucoup plus riche.

Leur première rencontre se déroule dans la meilleure tradition de ces cours d'amour qu'Aliénor avait jadis mises à la mode. La jeune fille s'est inclinée avec la grâce d'une fleur sous le poids d'un trop chaud soleil et Jean est demeuré un instant sans voix, sans réaction devant l'éclatante beauté d'Isabelle, mais il a eu pour la saluer la nuance tendre et dévote d'un croyant en face d'une Vierge longtemps espérée… Au souper qui les a mis côte à côte, Jean a repris ses esprits et se montre si galant, si empressé que le futur époux commence à ronger ses ongles. Au sortir de table, il fait remarquer à Isabelle que ce n'est pas Jean le futur époux mais bien lui, Lusignan. Mal lui en prend ; sous prétexte qu'elle se marie, une damoiselle doit-elle se montrer revêche envers les autres hommes ? Et plus encore lorsqu'il s'agit d'un roi ? Si Hugues se sent des dispositions pour la jalousie, il aurait mieux fait de choisir une fiancée laide !…

Le lendemain, la ville entière est pavoisée. Les pièces de soie, les draps fins, les tapisseries coulent de toutes les fenêtres. Les rues sont pleines d'un peuple joyeux, en habits de fête qui, aux abords de la cathédrale Saint-Pierre, toute blanche encore dans sa nouveauté, devient une foule dense et difficilement contenue par les cordons d'hommes d'armes. Par les grandes portes ouvertes, on aperçoit le chœur, tout flambant d'une multitude de cierges dont les flammes se reflètent sur les superbes chapes d'un clergé en habit de cérémonie.

Quand paraît le cortège qui va à cheval, une longue ovation monte vers le ciel, bleu comme aux plus beaux jours d'été. Ces cris saluent à la fois le bon comte Aymar, la beauté de la mariée et le roi Jean qui montre ainsi hautement l'estime dans laquelle il tient les Taillefer. Hugues de Lusignan passe un peu inaperçu, sauf des femmes mais il n'est que le fiancé !...

Au son des trompettes, on met pied à terre devant l'église et Jean prenant Isabelle par la main s'avance avec elle gravement sur le chemin jonché de fleurs qui mène à l'autel. Au moment même où ils sont entrés, l'orgue et les chœurs se sont fait entendre. Dans la main du roi, celle de la jeune fille tremble un peu. Elle ne voit rien de la foule brillante qui l'entoure, elle ne voit que ce roi qui la mène à un autre et, à cette minute où elle se sent reine, Isabelle voudrait bien que le chemin de l'autel fût de plusieurs lieues. Quel regret de n'avoir pas rencontré Jean avant de se promettre sottement à Lusignan ! Certainement, il l'eût demandée à son père... Mais déjà l'autel est là et, devant lui l'évêque...

Or, au lieu de lâcher la main d'Isabelle et de s'effacer est-ce que Jean ne vient pas d'ordonner à l'évêque de le marier sur-le-champ à la fille d'Aymar ?

— Je déclare ici ma volonté de prendre sur-le-champ cette jeune fille pour épouse !

Le brouhaha qui éclate empêche que l'on entende la réponse d'un prélat pour le moins désorienté. Le comte Aymar a protesté. Quant à Lusignan, donnant libre cours à sa fureur, mal contenue depuis la veille, il se rue sur son rival. On le retient juste au moment où son poing va aplatir le royal visage. Mais Jean tient à son idée. Au comte Aymar qui tente de lui représenter que ce mariage ne peut se faire il répond, non sans insolence, que lui et sa fille étant ses vassaux, ils lui doivent obéissance pleine et entière. Et qu'en tout état de cause, ils devraient dire merci au lieu de crier si fort. De toute façon, il veut Isabelle et il l'aura, même s'il faut employer la force…

La jeune fille ne semble d'ailleurs pas autrement choquée. Elle serait même plutôt contente et, avec une parfaite hypocrisie elle conseille à son père l'obéissance, à son ex-fiancé la résignation. Hors de lui le jeune homme oublie sa bonne éducation et l'insulte puis se sauve pour ne pas être accusé de lèse-majesté.

Car l'évêque va bien réellement unir le roi Jean et Isabelle d'Angoulême. Après quoi, entraînant sa nouvelle épouse au pas de charge, Jean, suivi de ses gens, gagne la sortie, saute à cheval et fendant la foule stupéfaite qui n'a pas compris grand-chose à ce qui vient de se passer, il quitte Angoulême aussi vite que possible. Il n'est tout de même pas assez brave pour risquer sa vie au cas où, revenu de sa surprise, le comte Aymar déciderait d'appeler ses vassaux à la rescousse.

Au lieu du somptueux banquet prévu, Isabelle et son nouvel époux vont manger la poussière de la route et ne s'arrêteront guère qu'à Chinon où se déroulera la nuit de noces.

Enthousiaste, la nuit de noces ! Du moins du côté de Jean. Un roi laissant en général sa couronne sur la table de chevet, Isabelle aux prises avec un homme aux formes un peu trop moelleuses eut peut-être un soupir de regret en évoquant la splendeur physique d'Hugues l'Abandonné.

À Chinon d'abord, puis en Normandie et enfin au palais de « Westmoutier » et au château de Windsor, Isabelle s'englue dans une lune de miel interminable et en vient à penser que le métier de femme mariée a des côtés bien astreignants. En effet, l'amour glouton que lui porte Jean ne lui laisse ni trêve ni repos. Des jours, des nuits il tient sa jeune épouse enfermée dans leur chambre, livrée à une passion qui semble insatiable. Les seuls temps morts sont les moments où, à table, le roi s'emploie à réparer solidement les forces qu'il dépense au lit. Encore n'oublie-t-il jamais de faire monter des « en-cas » afin de pallier une éventuelle défaillance sur le terrain. Néanmoins, et comme un roi se doit astreindre à un minimum de vie publique, Jean consent à s'extraire de temps en temps de sa tendre tanière et, naturellement, Isabelle l'accompagne. Mais il la couve alors d'un regard si jaloux que la jeune femme n'ose même pas regarder un autre homme dans les yeux. Il en est pourtant qui l'intéresseraient mais Jean l'a bien prévenue : si quelqu'un se hasarde à s'approcher de son épouse bien-aimée, il le fera périr dans les plus affreux supplices... Inutile donc de faire courir à de beaux garçons un risque aussi grave : ce serait du gâchis.

Et Jean fait tant et si bien que, lorsqu'elle reçoit enfin, au mois d'octobre, cette couronne qui lui faisait si fort envie, Isabelle en est déjà à rêver d'émancipation et de liberté... Non seulement les charmes physiques de son époux ont beaucoup perdu de leur attrait, si jamais ils en ont eu, mais encore la nouvelle reine a découvert très vite quel genre d'homme elle a épousé...

Faux, cruel et veule, Jean n'a aucune des qualités qui font un vrai roi. Par contre, il a toutes celles d'un tyran. En plus c'est un lâche ! Se produit-il quelque affaire ennuyeuse, il court se réfugier dans son lit, en compagnie d'Isabelle bien sûr, pour y chercher l'oubli de ses tracas dans les délices de l'amour. Et si les barons poitevins entraînés par Hugues de Lusignan n'emportent pas sa puissance continentale au vent de leur fureur, Jean le doit uniquement à la valeur des troupes et des gouverneurs de ses terres françaises.

Battu mais pas calmé, Lusignan en appelle au roi de France. Pour la Normandie, Jean est vassal du Capétien et Philippe Auguste, ravi du prétexte, se hâte de le sommer à comparaître devant la cour des pairs de France. Ce qu'il se garde bien de faire, en dépit des objurgations d'Isabelle qui souffle la guerre par les naseaux et voudrait désespérément le voir entrer en vainqueur au palais de la Cité. Mais elle peut s'épuiser à crier qu'il faut en finir avec le roi de France et voir une bonne fois qui est le meilleur. Jean qui n'a guère d'illusions sur sa propre valeur et qui déteste la vie en campagne, se contente de hausser les épaules. Pourquoi ne pas laisser faire le temps ? D'autant qu'à ce que l'on dit, Lusignan vient de se marier. Il se calmera bien un jour…

La nouvelle ne cause aucun plaisir à Isabelle. La reine est de ces femmes qui ne peuvent supporter l'idée d'être oubliées, remplacées. Pour elle, un homme honoré un instant de son amour se doit d'y demeurer fidèle éternellement, même si elle l'a laissé tomber avec la plus grande désinvolture. La pensée de Lusignan soupirant indéfiniment accoudé au créneau de son château faisait partie de son imagerie personnelle… Or, le jeune homme osait refuser le beau rôle d'inconsolable qu'elle lui destinait. Il osait chercher l'oubli dans les bras d'une autre femme ! Qui pouvait imaginer pareille insolence ? Et l'image réconfortante dut, bon gré mal gré, faire place à une autre, beaucoup moins aimable à contempler : Hugues avec une autre femme dans les bras, l'aimant, lui souriant alors qu'elle-même Isabelle doit se soumettre interminablement à un amour quotidien devenu vraiment fatigant.

Les choses s'enveniment lorsque Jean, sommé de comparaître à nouveau devant Philippe Auguste pour le meurtre de son neveu Arthur de Bretagne, refuse une fois de plus de marcher sur Paris. Même la nouvelle que le Français est allé prendre l'oriflamme à Saint-Denis pour lui faire la guerre ne réussit pas à lui faire passer la Manche. Le résultat ne se fait pas attendre : en un rien de temps le Capétien arrache au roi d'Angleterre ses fiefs du nord de la France. En 1204, c'est Château-Gaillard la forteresse des Andelys construite avec amour par Richard Cœur de Lion qui tombe… avec toute la Normandie. Alors Isabelle explose.

— Vous n'êtes pas un roi, lui jette-t-elle à la figure. Vous n'êtes même pas un homme !

Mais Jean s'étire et bâille.

— Qu'importe ces terres que Philippe tôt ou tard aurait reprises ! Ne nous en reste-t-il pas assez pour être heureux ?

C'est plus qu'Isabelle n'en peut supporter. Elle a un vrai courage d'homme et ne demande qu'à se battre. En attendant elle commence par fermer à double tour la porte de sa chambre.

La situation est grave, d'ailleurs, si grave que la vieille reine Aliénor va en mourir de chagrin, heureuse pourtant de s'en aller rejoindre son fils Richard sous les nobles voûtes de Fontevrault. Mais ce deuil ne frappe guère Jean : il ne pense qu'à cette porte fermée qu'on ne veut plus lui ouvrir…

Chaque soir, dès lors, une tragi-comédie se joue devant la chambre d'Isabelle. Aux prières, aux menaces, aux objurgations de toutes sortes, la jeune femme tient sa réponse toute prête : elle est mariée au roi d'Angleterre, non à un pleutre. Que Jean aille réclamer, les armes à la main, ses terres à Philippe de France et elle ouvrira sa porte.

Naturellement Jean songe à faire démolir cette porte. Isabelle qui le sait bien le prévient : s'il entre de force, elle se tuera ! Mais comme, tous comptes faits, elle aime encore la vie, elle décide de mettre entre Jean et elle quelque chose de moins fragile qu'une porte. Elle fait de discrets préparatifs et par une belle nuit – autrement dit une nuit bien noire – elle quitte le palais et avec quelques personnes de sa suite s'embarque pour les côtes françaises, laissant seulement derrière elle, en guise de lettre sur la cheminée, un chambellan chargé d'apprendre au roi que son épouse s'est rendue à Angoulême auprès de son père et qu'ensuite elle ira tenir sa cour à Bordeaux. À lui de voir ce qu'il veut faire...

À Angoulême, Isabelle se sent plus heureuse qu'elle ne l'a été depuis longtemps parce qu'elle se sent libre. Elle sait aussi qu'elle est plus belle que jamais : deux maternités ont épanoui son corps d'une plénitude bien attirante. Nombreux sont les hommes qui tombent amoureux d'elle mais plus que tous peut-être, Geoffroy de Rancon qui, d'ailleurs, avait jadis brigué sa main.

Geoffroy est jeune, aimable, plus beau que Jean et surtout il est infiniment plus vaillant. Isabelle découvre dans ses bras que l'infidélité a bien du charme et qu'elle a été sotte de se comporter comme elle l'a fait. D'autant que son tempérament n'est pas de ceux qui se satisfont d'un seul amant, à moins qu'il ne soit exceptionnel.

Geoffroy ne l'était pas. Et Isabelle se laissa tenter par d'autres expériences. C'est ainsi que le poète Savary de Mauléon devient, un temps, l'homme de ses pensées.

Mais tromper Jean est une chose, s'en séparer définitivement en est une autre car il y a toujours la couronne d'Angleterre qui, même dépréciée, garde un charme intact. Et quand Jean, venu s'installer à Bordeaux réclame son épouse, Isabelle s'arrachant à ses amours ne le fera attendre que quinze jours en dépit des objurgations d'Aymar Taillefer qui s'inquiète pour l'avenir de sa fille.

Il a bien tort et c'est Isabelle qui a raison. Jean est si heureux de retrouver une femme qu'il a bien cru ne revoir jamais qu'il l'accueille à bras ouverts. Et même il lui demande pardon de l'avoir déçue. Magnanime, Isabelle accorde gracieusement son pardon et ouvre à nouveau sa chambre. Éperdu de bonheur, Jean s'y précipite et l'on choisit d'un commun accord d'en chasser l'ombre toujours menaçante de Philippe Auguste. Bientôt la nouvelle lune de miel se poursuivra en Angleterre où le grand beau temps semble revenu dans le ciel conjugal des souverains.

Il y a tout de même quelque chose de changé. À présent, c'est Isabelle qui mène la danse et, non seulement elle ne se laisse plus séquestrer comme aux premiers temps de son mariage, mais encore elle ne voit plus aucune raison de ne pas poursuivre les agréables expériences entamées à Angoulême. Son pouvoir sur les hommes est intact et elle trouve un singulier plaisir à en user, et même à en abuser.

Parmi ceux qui osent à présent lui faire la cour, Isabelle distingue le beau comte de Coventry et lui ouvre une alcôve dont elle est demeurée seule maîtresse : Jean n'y est admis que lorsqu'elle le veut bien et il a fini par accepter cet étrange *modus vivendi* par crainte de voir repartir loin de lui sa bien-aimée reine. C'est une fidèle servante qui est chargée d'ouvrir discrètement, la nuit, la chambre royale mais, la plupart du temps, Isabelle choisit de rencontrer son amant dans un petit château des environs de Londres car, malgré tout, elle est soucieuse de ménager la jalousie toujours latente de son roi...

Malheureusement son histoire est cousue de fil blanc ; l'ancien prince Jean est la méfiance incarnée et il est loin d'être sot. Ce grand besoin de solitude affiché par sa femme lui est tout de même apparu comme suspect et il a pris ses informations : autrement dit, il a graissé quelques pattes déjà fort sales et qui ne craignaient pas de se polluer davantage.

Le résultat des efforts de ces bas espions, Isabelle s'y trouve confrontée un soir, en rentrant dans sa chambre après le souper : le beau Coventry, les mains liées derrière le dos est pendu au-dessus de son lit. On suppose que, cette nuit-là, la reine préféra aller coucher ailleurs, assez inquiète d'ailleurs : cela ne signifiait-il pas qu'elle allait subir le même sort ?

Elle est vite rassurée. Ce n'est qu'un avertissement et Jean ne se permet pas le moindre reproche. De son côté, Isabelle ne sonne pas mot de sa macabre trouvaille, rapidement emportée hors du palais...

Dès lors, une guerre étrange s'engage entre les deux époux. Décidée à tout pour ne pas abandonner des plaisirs qui lui sont chers, Isabelle prend un autre amant : cette fois il s'agit d'un troubadour venu de Guyenne. Le malheureux, après quelques semaines, se retrouve transformé en ciel de lit sans que d'ailleurs le roi manifeste la moindre mauvaise humeur. Il continue à adorer ostensiblement une femme qui cependant s'obstine à le tromper. Un troisième amant rencontre le même sort… et Jean ne dit toujours rien ! Momentanément découragée, Isabelle trouve alors plus simple de lui donner un troisième enfant, regrettant seulement que ce ne soit pas lui qui ait à le porter…

Il convient, à présent, de revenir à l'Angleterre qui, durant ces menues chicanes conjugales, poursuit un destin sans gloire. Le règne de Jean est toujours aussi désastreux, tellement qu'en 1213 le pape Innocent III l'excommunie et proclame sa déchéance. Un an plus tard, ses barons révoltés lui arrachent la fameuse Grande Charte.

C'est tout de même beaucoup, même pour un lâche. La signature de ce dernier document qui n'a pas encore été aboli actuellement – c'est dire qu'il a eu la vie dure ! – lui arrache des crises furieuses qui font penser qu'il pourrait bien devenir fou. Il n'en est rien et ce n'est que rage impuissante. Mais c'est au tour d'Isabelle de garder le silence car son humiliation, à elle, est cent fois plus cuisante. Elle exècre à présent cet homme sans honneur qui ne sait pas se faire respecter.

Et le mal empire encore. S'appuyant sur l'interdit jeté par le pape sur le royaume, les barons appellent le roi de France au secours et celui-ci envoie son héritier, le jeune Louis, pour qu'il arrache sa couronne à l'indigne souverain.

Fidèle à lui-même, celui-ci prend la fuite et galope à travers son royaume, traînant après lui une Isabelle plus révoltée que jamais. Et il s'enfuit même si vite qu'il perd sa couronne d'or, noyée dans les marais de Lincoln…

Pour se consoler, Jean mange plus que jamais. Les plaisirs de la table c'est tout ce qu'il lui reste car Isabelle a repris sa politique de la porte fermée et des romances de passage. En voyant du pays on voit d'autres hommes et la reine apprécie fort ce genre de tourisme mais sans oublier pour autant le danger que représente la présence de Louis de France sur le sol anglais. Il est tout de même impensable qu'un Français coiffe la couronne – quand on l'aura retrouvée ! – alors qu'elle-même a donné des héritiers... Des héritiers qui seraient peut-être bien accueillis par le peuple si Jean consentait à partir pour un monde meilleur... Il n'y a, à cela qu'une seule solution : il faut que Jean disparaisse...

Au soir du 17 octobre 1216, à Newark, Jean se gave sans mesure d'une succulente compote de pêches marinées dans le vin et le cidre. Dans la nuit, une violente dysenterie se déclare et, le lendemain, le roi Jean meurt aussi peu glorieusement qu'il a vécu...

Sa mort sauve la couronne qui passe naturellement à son fils aîné. Louis de France n'a plus qu'à reprendre le bateau. Quant à Isabelle, devenue reine mère et, il faut bien le dire, assez indésirable en Angleterre, elle s'en va retrouver son doux pays d'Angoumois... et Hugues de Lusignan devenu veuf entre-temps.

Trois ans après la mort de Jean, Isabelle épousait Hugues mais pas vraiment pour le plus grand bonheur de celui-ci. Le malheureux dut se mettre dans la tête qu'il avait épousé une reine et, en dehors du lit, il n'eut guère droit à d'autre statut que celui d'un sujet privilégié. Isabelle lui appliqua dans toute leur force les règles de l'amour courtois...

Il fut son valet, son esclave et, lorsqu'en 1241 le frère de saint Louis, Alphonse, devint comte de Poitou et d'Auvergne, donc le suzerain de Lusignan, Isabelle, non seulement poussa son époux à refuser l'hommage mais le rejeta loin d'elle quand il fut vaincu... Elle était vieille à présent mais toujours belle et toujours intraitable : pour se débarrasser d'une tutelle qu'elle jugeait insupportable, elle voulut recourir au moyen qui l'avait si bien servie pour se débarrasser de Jean… en tentant de faire empoisonner saint Louis…

Le coup échoua. Isabelle, vêtue d'une longue robe de laine noire sans ornements, les cheveux défaits sous un voile de deuil, blanche de rage, dut venir demander à sa victime manquée un pardon qu'on lui accorda généreusement et même qu'on lui adoucit au maximum. Mais c'était plus qu'elle n'en pouvait supporter.

Après cette épreuve, elle dit à son époux un définitif adieu. Qu'il aille son chemin : elle voulait redevenir reine et le rester jusqu'à son dernier jour. Pour cela un seul lieu, une seule possibilité : l'abbaye de Fontevrault… Et le silence des pierres bénédictines se referma sur cette reine qui ne se voulait dépendante de personne. Trois ans plus tard, elle y mourait…

Abandonné pour la seconde fois avec les fils qu'Isabelle lui avait donnés, Hugues de Lusignan choisit la croisade et alla se faire tuer devant Damiette…

MARGUERITE, BLANCHE ET JEANNE DE BOURGOGNE REINES DE FRANCE

La maudite tour des reines maudites

Les flammes du bûcher incendiaient la nuit. Elles montaient à l'assaut du ciel noir, en ce 14 mars 1314, enveloppant de toutes parts les poteaux de chêne où l'on avait enchaîné deux hommes, deux vieillards mais si hauts et si grands que nul n'eût pu supposer, naguère encore, que pareil sort pût leur être réservé. Le feu ronflait si fort qu'il semblait impossible que quelque chose de vivant pût encore subsister au cœur de cet enfer. Pourtant, de cet enfer surgit une voix terrible.

« Pape Clément !... Chevalier Guillaume de Nogaret !... Roi Philippe !... Avant un an je vous cite à paraître au tribunal de Dieu pour y recevoir votre juste châtiment ! Maudits ! Maudits !... Tous maudits jusqu'à la treizième génération de vos races !... »

Ce fut tout. Le tourbillon de flammes étouffa la voix prophétique. Jacques de Molay, Grand maître de l'ordre du Temple venait de mourir. Son compagnon, Geoffroy de Charnay, précepteur de Normandie, avait expiré quelques instants avant lui. Il n'y eut plus, sur l'îlot des Juifs, ponctuant la pointe occidentale de la Cité, qu'un énorme brasier dont les reflets illuminaient la façade du Palais... et les visages pétrifiés de ceux qui, d'une sorte de balcon, venaient d'assister à ce terrible spectacle, de ceux que concernait la malédiction du mourant.

Il y a là, impassible à son habitude, le roi Philippe, quatrième du nom, beau comme un archange glacé et plus secret qu'une tombe. Vivante statue du pouvoir, nul ne peut se vanter de savoir ce qu'il pense car il faut une bien grande hardiesse pour oser le regarder en face. On sait pourtant qu'il a aimé. Une seule fois. Encore était-ce la femme dont la raison d'État avait fait son épouse : Jeanne de Navarre, comtesse de Champagne. Elle était fort belle mais d'humeur hautaine et presque aussi secrète que Philippe. En tout cas, depuis sa mort, survenue neuf ans plus tôt, aucune femme n'a pu se vanter d'avoir entrouvert le cœur fermé du roi. Seules, la France et son symbole la Couronne, ce cercle d'or fleuronné qu'il porte mieux que personne, l'habitent. Et il ne doute pas d'avoir raison, toujours raison grâce à une sorte d'infaillibilité quasi papale lorsqu'il agit en leur nom, même lorsqu'à l'issue d'un effrayant procès de sept longues années au moyen duquel il a écrasé le Temple, il en jette au feu le Grand maître comme un vulgaire sorcier.

La malédiction l'a-t-elle touché ? Ce n'est pas certain. Si elle l'a fait c'est uniquement parce que le peuple en a été le témoin et que l'esprit d'un peuple est chose vacillante, changeante et fragile. Il était assez satisfait, ce peuple, de voir abattre le Temple si riche et si puissant. Les terribles paroles sorties des flammes peuvent le retourner. Et c'est d'ailleurs ce qu'il fera, ce déraisonnable chœur antique, en commençant à construire la mauvaise réputation historique de Philippe le Bel. Il oubliera, ce peuple, que le roi s'est toujours profondément soucié de lui, qu'il a « inventé » les états généraux, aboli le servage sur ses domaines, tiré de classes modestes ses meilleurs conseillers et imaginé, pour mieux l'entendre, les « bains de foule » presque quotidiens. Il est vrai qu'il a aussi procédé à la première dévaluation et on ne la lui pardonnera pas. La superstition fera le reste...

Le pape Clément V, bien sûr, est absent mais il y a là Guillaume de Nogaret, un juriste de la région de Toulouse que l'on dit fils de Cathare, ancien juge royal de la sénéchaussée de Beaucaire, à présent le maître absolu de la Justice et l'un des conseillers du roi. C'est l'homme qui, de son gantelet de fer a souffleté, à Anagni, le vieux pape Boniface VIII. C'est lui encore qui, depuis sept ans, mène l'effrayant procès, les interrogatoires, les enquêtes. Il n'a pas plus de sensibilité que ses bourreaux et les cris d'agonie ne l'ont jamais fait pâlir. La malédiction lui arrache tout juste un haussement d'épaules... Pourquoi donc le maudirait-on puisqu'il n'a fait que son devoir ? Jamais la France n'eut si rude garde des Sceaux...

Il y a là aussi les trois fils de Philippe et, à l'exception d'un seul – Philippe, comte de Poitiers le second –, le roi n'a guère de raisons de s'en louer. L'aîné, Louis, roi de Navarre par héritage maternel, s'est déjà vu affublé par la *vox populi* d'un surnom mérité. On l'appelle le Hutin, c'est-à-dire le confus, l'embrouillé, sans la moindre nuance d'originalité ou d'espièglerie. C'est un capétien raté. Il n'est pas laid et même il ressemble un peu à son père mais comme un brouillon hésitant ressemble à une œuvre achevée. Vaniteux comme un paon avec cela et fier de sa couronne navarraise, il ne s'intéresse guère qu'au jeu de paume et, bien que pourvu d'une femme aussi attractive que possible, il a mis sept ans à lui faire un enfant. Et un enfant qui n'est qu'une fille... Côté cœur, il n'est pas plus intéressant. Le Grand maître était son parrain et, non seulement il n'a pas levé le petit doigt pour le secourir mais encore il l'a regardé brûler sans broncher et même, dirait-on, avec un certain plaisir. Jusqu'aux redoutables paroles toutefois qui l'ont terrifié...

Philippe de Poitiers, dit le Long ce qui le décrit, est sage et réfléchi. Son père l'apprécie et déplore, en son for intérieur, qu'il ne soit pas l'héritier. Mais on ne choisit pas l'ordre d'entrée en scène de ses enfants.

Charles, comte de la Marche, le dernier, dit le Bel comme son père, n'est encore qu'un beau garçon, à peine sorti d'adolescence. Malheureusement il n'en sortira jamais. C'est une superbe coquille vide et ce qui vient de se passer l'a terrifié. Aussi est-ce avec une sorte de soulagement que les trois frères reçoivent l'autorisation de rentrer chacun chez soi afin d'y retrouver, avec un décor plus souriant, la présence de leurs épouses.

Tous trois, en effet, sont mariés et, encore qu'ils les apprécient différemment, leurs femmes comptent parmi les plus belles de tout le royaume. Toutes jeunes et ravissantes, elles sont la lumière et la joie d'une cour qui n'était déjà pas gaie avant la mort de la reine Jeanne. Pour elles seules l'impassible Philippe trouve parfois un sourire.

La jeune reine de Navarre, l'épouse de Louis, l'héritier agité est Marguerite de Bourgogne, sa cousine, fille du duc Robert II de Bourgogne, l'un des plus fidèles conseillers du roi Philippe, et d'Agnès de France, la plus jeune des filles de saint Louis et de Marguerite de Provence. Marguerite a vingt-quatre ans cette année-là et sa beauté épanouie atteint la perfection. Brune et plutôt petite mais faite comme une déesse, elle a les grands yeux sombres et le teint chaud des Méridionales comme sa grand-mère la Provençale. Elle en a aussi la vitalité, le goût de la musique, des arts et de la toilette et, il faut bien le dire, un tempérament exigeant qui ne trouve guère son compte à l'hommage rare et parcimonieux que lui rend parfois son époux.

Elle n'avait que quinze ans, le 13 septembre 1305, quand elle a épousé Louis qui en avait seize. Le mariage a eu lieu à Vernon, dans la vallée de la Seine – l'histoire a de ces retours étranges ! – à quelques cinq lieues du farouche gardien de ladite vallée, le Château-Gaillard, sourcilleuse forteresse jadis construite par Richard Cœur de Lion.

La chose était toute naturelle car Vernon faisait partie de la dot de sa mère. Saint Louis, en effet, aimait beaucoup cette petite ville où il faisait de fréquents séjours afin de s'y régaler du délicieux cresson de fontaine que l'on y cultivait pour lui[1] et il avait fait cadeau de Vernon à sa fille lorsqu'elle avait épousé Robert de Bourgogne. Celui-ci d'ailleurs, allait y mourir environ six mois après le mariage de Marguerite et de Louis.

On ne sait ce que fut la nuit de noces du nouveau couple. Les jeunes époux avaient été pratiquement élevés ensemble car le contrat qui les liait avait été signé quelque six ans plus tôt, le 28 février 1299 à Longchamp, mais la suite de leurs relations peut laisser à penser qu'ils ne s'aimaient guère. Fière et ardente, Marguerite avait besoin d'être subjuguée et, en dehors de son côté sportif, le Hutin ne possédait aucune des qualités physiques ou intellectuelles capables d'en faire le maître d'une telle femme.

Le même traité de Longchamp avait signé le sort des autres fils du roi. Il avait été décidé que Philippe de Poitiers épouserait la Franche-Comté en la personne de Jeanne de Bourgogne, une cousine de Marguerite, fille d'Othon IV comte de Bourgogne et de la redoutable comtesse Mahaut d'Artois. Et puis, pour faire bonne mesure la dernière fille de Mahaut, la petite Blanche avait été fiancée à Charles, le dernier fils du roi. Ces deux mariages avaient été célébrés tous les deux au château de Corbeil, le premier en 1307 et le second en 1308, à l'entière satisfaction des nouveaux couples. Philippe le Long, l'Intelligent, avait tout de suite aimé cette Jeanne élégante, racée, d'un joli blond cendré et aussi discrète dans son comportement que dans ses atours. Elle le lui avait rendu en lui donnant cinq enfants : un fils qui n'avait guère vécu et quatre filles.

De son côté, le beau Charles avait été ravi de sa petite Blanche, blonde et rose comme une aurore, espiègle et gaie comme un farfadet. Une fille leur était née.

---

1. C'est en reconnaissance gourmande que le saint roi avait donné à la ville ses armoiries à trois bottes de cresson.

Toute cette jeunesse entretient une atmosphère brillante et gaie dans les châteaux royaux. Les trois princesses s'entendent à merveille, ne se quittent guère et traînent après elles toute une cour de jeunes seigneurs et de jolies femmes. Une cour qui, d'ailleurs, fréquente plus volontiers l'hôtel de Nesle, résidence du roi et de la reine de Navarre, que le palais de la Cité ou le vieux Louvre.

Cet hôtel de Nesle aurait mérité l'appellation de palais. Il s'agissait d'un ensemble de vastes constructions dont l'emplacement est occupé, de nos jours, par l'Institut de France et la Monnaie. Construit jadis par un prévôt de Paris, bordé par l'ancien rempart de Philippe Auguste, il était ponctué au nord par une haute tour crénelée dont le pied baignait dans la Seine.

Complètement détachée des logis d'habitation, la tour de Nesle n'a pas encore, à l'heure où les flammes du bûcher des Templiers se reflètent sur sa muraille, la détestable réputation qu'elle va acquérir par la suite. Des conteurs se sont faits l'écho de certaine légende selon laquelle l'épouse de Philippe le Bel, Jeanne de Navarre aurait été pourvue d'un tempérament beaucoup plus chaleureux que son abord sévère ne le laissait prévoir. Elle aurait, par des nuits bien noires, attiré dans cette tour des amants recrutés pour elle parmi les bateliers de la Seine ou les étudiants de l'Université. Lesquels amants étaient, vers la fin de la nuit, égorgés ou étranglés puis proprement cousus dans un sac et jetés ainsi à la Seine. En fait, jamais la reine Jeanne n'eut l'idée et encore moins la possibilité d'aller installer une quelconque chambre d'amour chez le seigneur de Clermont-Nesle, prévôt de Lille. Elle quitta ce monde, en effet, en avril 1305, cinq mois avant le mariage de son fils avec la troublante Marguerite et ce ne fut qu'en 1308 que Philippe le Bel acheta l'hôtel de Nesle, pour la somme de cinq mille livres et pour en faire la demeure des jeunes Navarre.

C'est donc en toute tranquillité d'esprit, tout au moins en ce qui concerne les éventuels fantômes de la tour de Nesle, que Le Hutin regagne son logis, non pour y retrouver les tendres bras d'une épouse aimante mais pour tenter d'y effacer, à l'aide de quelques pots de vin, l'impression pénible que lui laisse le testament oral de son parrain. Qu'il le veuille ou non, il est bel et bien maudit même s'il n'est vraiment pas pour grand-chose dans cette apocalypse où a sombré le Temple.

Pourtant, si la réputation de la tour de Nesle est encore vierge, cela ne va plus durer bien longtemps car l'infortune du roi de Navarre est beaucoup plus grande encore qu'il ne l'imagine. Non seulement il est maudit mais il est aussi cocu. Et ce depuis environ quatre ans...

Non que Marguerite se livrât à la débauche et changeât d'amant toutes les nuits comme le cher Alexandre Dumas allait l'en accuser dans la suite des temps. Mais elle s'était éprise à cette époque d'un superbe garçon, un jeune gentilhomme blond et magnifiquement bâti qui avait nom Philippe d'Aunay et qui appartenait à la maison du comte de Poitiers.

La beauté de Marguerite n'était pas de celles qui laissent indifférent un homme normalement constitué. Elle était de celles qui parlent à l'imagination et promettent d'inépuisables délices par la grâce d'un simple geste ou la langueur d'un sourire.

En outre, la jeune reine était passée maîtresse dans l'art de la mettre en valeur. Elle avait ainsi inventé une nouvelle mode, immédiatement adoptée par ses deux belles-sœurs et qui avait créé une sorte de petite révolution de palais le jour où elles l'avaient, ensemble, inaugurée. Marguerite avait en effet imaginé une robe, fendue sur le côté jusqu'à la hanche mais coupée si habilement qu'elle ne s'ouvrait que dans la marche pour laisser entrevoir, dans toutes leurs perfections, la finesse d'un mollet et la rondeur d'une cuisse.

Le rythme cardiaque des hommes de la cour s'était notablement accéléré, ce jour-là. Les femmes, envieuses et scandalisées avaient guetté la réaction des maris des princesses mais aucun d'eux n'avait dit quoi que ce soit. Seul le roi avait froncé le sourcil en signe de réprobation, mais le fugitif spectacle était si joli et les trois jeunes femmes avaient tant de charme qu'un seul sourire un tout petit peu implorant avait suffi à ramener la sérénité sur le masque royal. La nouvelle mode fit d'ailleurs fureur auprès de celles qui pensaient pouvoir la porter, ce qui donna lieu à des spectacles de valeur diverse, les longues jambes fines n'étant guère plus fréquentes au XIVe siècle qu'au temps des mini-jupes.

Quoi qu'il en soit, l'art de vivre des trois princesses entretenait autour d'elles une atmosphère de griserie légère et de désirs secrets qu'un rien suffisait à enhardir. Et le jour où Marguerite s'éprit de Philippe d'Aunay elle n'eut aucune peine à en faire son amant : le jeune homme était déjà fou d'elle depuis pas mal de temps...

Philippe d'Aunay appartenait à une excellente famille. Son père était seigneur de Moussy-le-Vieil, près de Dammartin-en-Goële, du Mesnil et de Grand-Moulin. Son frère aîné, Gautier, qui était écuyer de Philippe le Long, avait contracté l'une des plus nobles alliances qui soient, la plus noble peut-être si l'on excepte le sang royal, en épousant Agnès de Montmorency, descendante du premier baron chrétien de France, ce qui donne la hauteur de la maison d'Aunay.

Le bonheur que Marguerite connaissait dans les bras de Philippe tenta Blanche, sa jeune belle-sœur, plus peut-être par fantaisie et goût de la nouveauté que par détachement de son bel époux. La jeune folle avait pu constater que l'aîné des frères d'Aunay était aussi beau que son cadet et elle n'eut guère de peine, elle non plus, à faire de Gautier son amant. Ainsi donc, sur les trois fils du roi, deux se voyaient affligés de cette invisible ramure, si légère lorsqu'on l'ignore, si pénible lorsque l'on en a conscience. Seul, Philippe de Poitiers échappait au triste sort commun. Sans doute parce que Jeanne se trouvait parfaitement satisfaite de son sort

Elle n'en était pas moins indulgente aux aventures des deux autres et les protégeait de tout son pouvoir – qui était grand – puisque les frères d'Aunay appartenaient à la maison de son époux. C'était donc elle qui, le plus souvent, se chargeait des messages et, quand les amants étaient réunis, veillait à ce que nul ne les surprît. Les trois princesses savaient parfaitement que la chose eût été grave...

Et c'est afin de mieux assurer leur sécurité que Marguerite eut l'idée de faire aménager en réduit personnel la rébarbative tour de Nesle. L'excuse invoquée étant qu'elle souhaitait posséder un appartement un peu écarté pour s'y recueillir et y réfléchir sur les graves problèmes de l'existence tout en y goûtant un calme et un repos inconnus dans le reste de l'hôtel...

En réalité, grâce à la complicité de serviteurs dévoués ou achetés à prix d'or, la reine de Navarre y avait aménagé une sorte de chambre d'amour où, quand leurs époux étaient retenus au palais ou chassaient loin de Paris, les frères d'Aunay venaient les rejoindre, elle et Blanche. Ils pénétraient à la nuit close par une petite porte donnant sur la grève et repartaient par le même chemin quelques heures plus tard emportant avec eux une nouvelle provision de charmants souvenirs...

Or, deux mois à peine après le bûcher des Templiers et en dépit des précautions prises par les trois princesses, les heures exquises de l'amour vont s'évanouir pour faire place à l'horreur, au sang, à la mort... Une femme, une reine va, au nom de la Couronne, s'abaisser au rôle de dénonciatrice et semer le désastre chez les trois fils de Philippe le Bel. Une femme qui est leur sœur.

Car, outre ses trois garçons, le roi a aussi une fille : Isabelle qui lui ressemble beaucoup plus que ses fils. Même beauté altière et glacée, même âme inflexible, même orgueil de race... Sans l'ombre d'une hésitation, il l'a, voici cinq ans, vouée délibérément à un sort peu enviable parce que sa politique l'exigeait et parce qu'il la voulait reine. Et elle est reine, Isabelle, reine d'Angleterre… mais elle est sans doute aussi la femme la plus malheureuse des deux royaumes car son époux, Édouard II, est tout ce que l'on veut sauf un mari convenable…

Le jour – 22 janvier 1309 – où, à Boulogne-sur-Mer, il a remis sa fille à Édouard, Philippe a compris que cette haute alliance était peut-être un mariage mais ne serait jamais une union. Non que l'époux fût âgé, malade ou répugnant. Tout au contraire : à vingt-quatre ans, Édouard II offrait l'image d'un grand garçon blond, bien bâti et de visage agréable et jouissant selon toute évidence d'une belle santé. Mais les traits du visage sont mous et les airs de tête, superbes comme les regards hautains, ne parviennent pas à tromper l'observateur averti qu'est le Capétien. Ce garçon-là n'a rien de son père Édouard Ier, le « Justinien britannique », le « Marteau des Écossais ». Ce n'est qu'une apparence de roi et si, secrètement, le roi de France s'est réjoui de voir l'Angleterre entre des mains si peu dignes, le père n'a pu s'empêcher de craindre, pour sa fille de seize ans, une vie conjugale sans joie. Comment, en effet, n'aurait-il pas remarqué l'intimité trop tendre qui semblait unir Édouard à certain chevalier gascon, Pierre de Gabaston, compagnon de jeunesse peut-être mais surtout gentillâtre sans fortune dont il a fait un comte de Cornouailles bientôt marié à l'une des plus riches héritières d'Angleterre, Marguerite de Clare, sœur du comte de Gloucester ? Mais rejette-t-on un roi d'Angleterre sous prétexte qu'il est visiblement pédéraste ? Philippe garda pour lui ses réflexions et Isabelle s'embarqua sur la nef, pavoisée de léopards sur champ de gueules et de lys sur champ d'azur, qui allait la conduire dans son royaume…

Le voyage n'eut rien d'un voyage de noces. La mer était ce qu'elle est en général en hiver et Édouard, s'il fit quelques efforts pour sa jeune épouse, ne les soutint pas longtemps. Et Isabelle à peine eut-elle reçu à « Westmoutiers », le 22 février suivant son mariage, la couronne royale, qu'elle en mesura la pesanteur tout en se demandant si elle avait bien réellement épousé un roi.

Le comportement d'Édouard n'avait, en effet, rien de royal. C'était celui d'un hobereau sportif aimant les bains, l'aviron, la chasse, la musique et les travaux manuels. Il s'entourait de valets d'écuries, de jeunes et vigoureux ouvriers, surtout des maçons auxquels il se plaisait à donner un « coup de main » pendant les travaux de son palais. Quant à son amour, il allait tout entier à Pierre de Gabaston avec lequel il passait le plus clair de ses jours et le plus sombre de ses nuits...

Traitée avec indifférence, délaissée, voire pillée car Édouard ne se gênait nullement pour lui « emprunter » ses joyaux afin d'en parer son favori, Isabelle qui n'avait pour accrocher ses rêves que l'idée abstraite d'occuper un trône, perdit toute joie de vivre et sombra dans l'amertume. Seule la venue d'un fils, après trois ans de mariage, parvint à lui rendre quelque courage. Mais son cœur semble s'être irrémédiablement desséché et, quand elle revoit la France, quatre ans après l'avoir quittée, chacun peut s'apercevoir qu'elle a changé.

En effet, au printemps de l'an 1313 Philippe le Bel a convié son gendre et sa fille aux fêtes qu'il entend donner pour l'adoubement de ses trois fils auxquels il doit conférer la chevalerie de sa propre main.

À Paris, les souverains anglais reçoivent un magnifique accueil. Le roi donne en leur honneur un somptueux festin dans les jardins de Saint-Germain-des-Prés. Des serviteurs à cheval servent le banquet sous d'immenses tentes tissées de soie et d'or... On joue des fabliaux, on chante des chansons, on fait assaut de galanterie et de gaieté. Toutes choses qui viennent ajouter aux regrets d'Isabelle, surtout lorsqu'elle compare son sort à celui de ses trois belles-sœurs. Elles sont superbement parées, entourées, encensées, adulées, visiblement heureuses de vivre alors qu'elle-même doit faire effort pour ne pas laisser voir sa détresse morale. Leur comportement, d'ailleurs, est à la limite de la décence. Ces robes insensées qu'on leur permet de porter… Quand elle songe que l'une de ces folles portera un jour la couronne de France, Isabelle sent la colère envahir son cœur.

Elle les aimait bien pourtant quand, jeune fille, elle voyait en elles d'agréables compagnes et, venant en France, elle a pensé à leur porter des présents. C'est très certainement lors de cette visite qu'Isabelle remit aux trois jeunes femmes les trois aumônières identiques, brodées d'or et enrichies de pierreries qu'elle avait fait confectionner à leur intention… et qui allaient causer leur perte. Marguerite, Jeanne et Blanche avaient paru ravies de ce beau présent mais elles avaient remis à plus tard de s'en parer. Elles étaient tellement gâtées en matière de toilettes !…

Isabelle qui l'était si peu s'était sentie blessée… or, dans l'entourage royal quelqu'un a remarqué sa mine assombrie. Ce quelqu'un c'est son cousin, Robert d'Artois, un personnage hors du commun, haut en couleurs, haut en violence. Depuis de longs mois déjà, une haine solide l'oppose à sa tante Mahaut, mère de Jeanne et de Blanche, pour le comté d'Artois dont elle a hérité de son père Robert II, alors que Robert le réclamait en tant que petit-fils du même Robert II. C'est un jugement royal qui, en 1309, a tranché entre eux et ce jugement, le grand Robert ne l'a jamais accepté. La haine qu'il a vouée à Mahaut s'est étendue au roi Philippe, à ses belles-filles surtout Jeanne et Blanche parce qu'elles sont filles de Mahaut, à Marguerite pour une raison plus obscure : peut-être parce qu'il s'est épris d'elle et qu'elle a repoussé ses avances…

Quoi qu'il en soit, il a deviné en Isabelle une alliée possible. Il trouve bientôt en elle une oreille complaisante, encore que scandalisée par les insinuations qu'il y glisse touchant la conduite des princesses. Il est certain qu'elles sont infidèles. Il ne peut pas en être autrement. Mais avec qui ? Comment ? Et où ?…

Cela, il le saura. Elle peut repartir tranquille pour son triste royaume. Dès qu'il aura une preuve, il la fera prévenir. Et Isabelle accepte que ce garçon que le roi vient lui aussi d'armer chevalier en même temps que ses fils (et en même temps que les frères d'Aunay d'ailleurs) oublie sa chevalerie pour se faire espion. Et bas espion puisqu'il s'agit de surveiller des chambres à coucher...

Il a des doutes sérieux d'ailleurs. Marguerite et Blanche montrent assez aisément une préférence pour les frères d'Aunay. C'est de ce côté-là qu'il faudra surveiller...

Et il surveille. Et il épie les abords de l'hôtel de Nesle... et il s'ingénie à rencontrer les frères d'Aunay autant qu'il est possible. Très vite il découvre toute l'intrigue et le jour où à la ceinture des jeunes gens il reconnaît les aumônières de la reine d'Angleterre, il comprend qu'il tient à la fois la preuve et sa vengeance. Alors, il prévient Isabelle qui, sous un prétexte quelconque, revient en France...

On peut se demander quelle folie a poussé Marguerite et Blanche à offrir les présents de leur belle-sœur à leurs doux amis. Sans doute parce qu'ils étaient frères, que les aumônières étaient semblables. Peut-être aussi parce qu'elles n'imaginaient pas revoir Isabelle de sitôt...

Mais elle revient et le drame éclate car à peine arrivée la reine d'Angleterre livre ses trois belles-sœurs. Elle les dénonce à son père qu'elle est allée rejoindre à l'abbaye de Maubuisson près de Pontoise où il aime à se retirer pour « prendre conseil de son silence ». Elle parle, excusant sa délation par le souci de grandeur du trône paternel. S'il n'y avait eu que Blanche, sans doute n'aurait-elle rien dit. Mais Marguerite, déjà reine de Navarre, sera un jour reine de France. L'idée qu'une femme adultère pourrait souiller la Couronne jadis portée par sa mère lui est intolérable...

On ne sait comment le plus silencieux de nos rois prit la révélation. On sait seulement qu'il demeura seul de longues minutes, réfléchissant. Sans doute fut-il tenté d'étouffer le scandale mais cela pouvait-il encore être étouffé ? Isabelle prétendait qu'il était de notoriété publique. En outre, lui qui avait appliqué au Grand maître du Temple si rude justice pouvait-il épargner des femmes adultères sous prétexte qu'elles étaient princesses ? Sa justice se voulait la même pour tous. Alors, il frappa...

Dans la nuit, Marguerite, Blanche et Jeanne sont arrêtées, gardées à vue dans leurs appartements tandis que l'on s'assure des frères d'Aunay, immédiatement livrés aux tourmenteurs que dirige Guillaume de Nogaret.

Jusqu'à l'aube, dans les caveaux du château de Pontoise, ils subiront la question. On les torturera jusqu'à ce qu'ils avouent. Et ils finissent par avouer. Nogaret qui a su arracher à tant de chevaliers du Temple des aveux parfois invraisemblables, sait comment faire parler les récalcitrants. Ce ne sont que deux jeunes hommes qui ne sont guère endurcis. Ils parlent. Ils avouent tout : les rendez-vous secrets, les nuits de la tour de Nesle, les noms de ceux qui leur ouvraient les portes. Ce n'est que lorsqu'ils ont tout dit qu'on leur laisse un peu de repos, que l'on soigne un peu leurs blessures, leurs brûlures... Ils mourront bientôt, de mort cruelle car leur crime est celui de lèse-majesté. Mais auparavant, on juge les princesses...

Informée des aveux de son amant, Marguerite à son tour avoue, et aussi Blanche qui pleure. L'adultère est prouvé et d'autant plus grave pour Marguerite que l'on ne saura jamais si sa fille unique, venue si longtemps après mariage, est du Hutin ou de Philippe d'Aunay. Alors on leur rase la tête, on les revêt de bure grossière et, en cet appareil, à genoux sur les dalles, elles entendent leur sentence : la prison à vie...

Jeanne, pourtant, se défend. Jamais elle n'a trahi le mariage, elle. Son aumônière, elle la possède toujours et, au milieu des tourments, les frères d'Aunay n'ont rien dit qui puisse l'accuser dans ce sens. Simplement qu'elle a aidé ses belles-sœurs, qu'elle a joué les entremetteuses.

Aux juges elle répond dignement qu'elle ne sait rien des amours de Marguerite, qu'elle « n'était pas de leur cour ni en leurs secrets conseils appelée... » Bien mieux ; elle exige de voir le roi et, en face de lui, proclame : « Je dis que je suis prude femme !... »

Il y a tant de force dans son affirmation que Philippe répond : « Dame, nous saurons de ce, et droit vous ferons, mais par devers nous demeurerez... Et droit et raison aurez ! »

Sans doute ! Mais en attendant, elle n'a plus de cheveux, elle est traitée en prisonnière d'État. Seul adoucissement : alors que Marguerite et Blanche doivent être emprisonnées à Château-Gaillard, elle ira au château de Dourdan où elle sera traitée avec plus de ménagements en attendant que l'on en sache davantage sur ses agissements.

Néanmoins, elle devra, avec les deux autres, assister au supplice des frères d'Aunay. Et quel supplice ! Hissés sur un échafaud bas, sur la place du Martroi à Pontoise, les malheureux sont rompus, châtrés, écorchés puis traînés sur un chaume fraîchement coupé, après quoi on leur fait tout de même la grâce de leur trancher la tête avant de les accrocher au gibet par les aisselles.

Debout chacune dans un charriot grossier, face à la foule, Marguerite, Blanche et Jeanne ont vu cette horreur mais seule Marguerite a gardé fière contenance. Blanche ne cessait de sangloter. Quant à Jeanne, cramponnée aux planches de son chariot, et à demi folle de terreur, elle cria quand on l'emmena : « Dites à mon seigneur Philippe que je suis innocente ! Dites que je ne l'ai pas honni, que je n'ai pas trahi le mariage !... »

Autant en emporte le vent de mai, habitué cependant à de plus doux murmures, à de plus fraîches odeurs que celle du sang... Jeanne, pourtant, verra un jour son bon droit reconnu. Philippe, son époux, pardonnera ce qui n'était, après tout, qu'inconséquence et la rappellera auprès de lui. Sans doute l'aimait-il réellement. Et puis il y avait les enfants. Et puis il y avait... la Franche-Comté qui, sans doute, lui était plus chère que l'honneur de ses frères.

Marguerite et Blanche n'eurent pas cette chance. Enfermées dans les affreuses prisons de la forteresse, réduites au pire dénuement, à une nourriture à peine mangeable, à l'humidité et au froid, elles atteignirent bientôt le fond de la misère.

Pourtant, un espoir revint quand, à la fin de cette année qui avait vu leur désastre, les prisonnières apprirent que le roi Philippe venait de mourir subitement… comme était mort le pape, comme était mort Guillaume de Nogaret ! Tous morts avant que l'année ne fût close. Le Hutin devenait le roi, Louis X ! Et Marguerite, toute prisonnière qu'elle était n'en était pas moins, aussi, reine de France.

Elle se cramponna à ce titre car elle connaissait la faiblesse de Louis, refusa d'accepter une séparation qui lui eût au moins assuré un sort plus convenable, s'entêta… Elle n'imaginait pas que Louis pût, à présent, la haïr pour l'affront sanglant infligé à son orgueil, qu'il n'eût qu'une hâte : être débarrassé d'elle pour pouvoir se remarier et se donner un héritier…

Une nuit, la porte du cachot de Marguerite s'ouvrit. Un homme masqué parut… Les murs de Château-Gaillard sont énormes. Nul n'entendit rien. Au matin, la reine de France fut trouvée morte, étranglée… On l'enterra à Vernon, là où elle s'était mariée, là où son père était mort…

Blanche, elle, accepta la séparation, signa tout ce qu'on voulut. On dit qu'elle était moins malheureuse que Marguerite parce que l'un des geôliers s'était épris d'elle et adoucissait son sort. Elle quitta pourtant sa prison mais pour devenir nonne en l'abbaye de Maubuisson où elle mourut douze ans après le drame.

Ce fut au moment de l'arrestation des trois princesses que la tour de Nesle acquit sa désastreuse réputation. Fou de rage devant le ridicule qui lui incombait, Louis fit arrêter à peu près tous les serviteurs de sa femme. On tortura, on exécuta sommairement. Et la Seine charria des corps que l'on mettait quelquefois dans des sacs mais pas toujours... Les imaginations firent le reste. On dit d'abord que le mari faisait tuer les amants de sa femme, puis le temps s'écoulant, que la femme elle-même les faisait exécuter après l'amour...

Le règne du Hutin ne dura guère. Un an et deux mois après Marguerite, il mourait à Vincennes auprès de Clémence de Hongrie qu'il avait épousée. C'est alors que la faute de Marguerite pesa sur la dynastie. Les doutes qui planaient sur sa naissance, l'aventure avec Philippe d'Aunay écartèrent la petite Jeanne de la succession. On alla déterrer l'antique loi des Francs Saliens qui interdisait le trône à une femme. Et Philippe le Long succéda à son frère. Jeanne de Bourgogne fut reine de France. Pas très longtemps. Tout juste un peu plus de cinq ans jusqu'à cette nuit du 2 au 3 janvier 1322 où Philippe le Long mourut de dysenterie, à Longchamp.

Alors, elle s'en alla vivre dans l'hôtel de Nesle dont le Hutin avait fait présent à son frère en aimable cadeau de joyeux avènement. Alla-t-elle parfois se souvenir dans les salles désertes de la vieille tour, contempler cet îlot des Juifs où certain soir de mars, s'était dressé le bûcher des Templiers ? Ce fut là en tout cas qu'elle mourut, le 21 janvier 1330. Peut-être du poison qui avait fait périr Mahaut d'Artois, sa mère... tout juste deux mois auparavant...

ISABELLE, REINE D'ANGLETERRE

On l'appelait la Louve…

Ses trois belles-sœurs dûment écrasées, rasées et emprisonnées, Isabelle avait regagné l'Angleterre sans paraître remarquer les traces de sang que laissait sa traîne. Elle n'avait plus grand-chose à faire en France où, à l'exception peut-être de son père et de son complice Robert d'Artois, on n'avait plus tellement plaisir à la rencontrer. En Angleterre non plus d'ailleurs car les goûts de son époux s'ils avaient changé d'objet n'en avaient pas pour autant changé de direction.

Pour bien comprendre le paysage politique tel qu'il se présentait de l'autre côté de la Manche en cette année 1314, il faut revenir quelques années en arrière et quelques mois après le mariage d'Isabelle et d'Édouard II. À ce moment, la jeune femme avait fait table rase, ou à peu près, de tout espoir de bonheur conjugal. Elle en était venue à penser que l'honneur d'être reine pouvait le remplacer car, fille d'un homme qui ne vivait que pour la grandeur de son royaume, elle aurait eu assez de hauteur d'âme pour demander à l'exercice du pouvoir de compenser sa vie gâchée de femme. Or, un an après son mariage, elle a vu cet espoir-là s'effriter comme l'autre.

À la suite d'une révolte des barons anglais, elle a vu son époux contraint d'autoriser barons et prélats anglais à nommer pour un an, à chaque Saint-Michel, douze seigneurs nantis du pouvoir de promulguer des ordonnances à l'usage de la Curie royale et que, de ce fait, on nomma les Lords ordonnanciers. À leur tête le neveu du roi, Thomas de Lancastre, et le puissant comte de Warwick. Le troisième homme de cette ligue fut un seigneur gallois destiné à jouer, dans la vie de la reine, un rôle prépondérant : Roger Mortimer, comte de March et époux de la dame d'honneur favorite d'Isabelle, Jeanne de Joinville.

Naturellement, l'orgueil de la reine a souffert en voyant son époux mis ainsi en tutelle mais elle découvrit bientôt que les Lords ordonnanciers avaient du bon ne fût-ce que par la haine solide qu'ils portaient à Gabaston dont les railleries incessantes et les ingérences dans les affaires de l'État entretenaient chez eux une fureur latente.

Sentant venir l'orage, Édouard II et son favori tentèrent bien de le détourner en lançant sur les Écossais cette opposition grandissante. En vain. L'an 1311, les Lords ordonnanciers rendaient contre Gabaston un arrêt d'exil à perpétuité. Bon gré mal gré le favori dut abandonner son confortable poste et gagner les Flandres en toute hâte. Isabelle, reconnaissante, s'en crut délivrée.

Ce n'était hélas qu'une illusion. Rusé comme beaucoup de faibles, Édouard parut accepter aisément le départ de son mignon. Mais, sous le prétexte que l'air de Londres était mauvais pour sa santé, il décida un petit voyage à York pour y « chercher le bon air » Isabelle, naturellement fut du voyage, sans la moindre méfiance.

Mais, au cœur des provinces où le respect de la personne royale était intact, Édouard se sentit plus fort. Il rappela Gabaston qui ne se le fit pas dire deux fois. Les deux compères trouvèrent plus de saveur encore à ces retrouvailles parce qu'elles avaient un parfum de défi envers les Lords ordonnanciers. Un parfum qui s'évapora bien vite.

Ceux-ci, en effet étaient décidés à tout pour se débarrasser du favori et lui ôter le goût des voyages. À la tête d'une troupe solide Lancastre et Warwick marchèrent sur York ce qui eut pour effet d'affoler Édouard. Laissant Isabelle s'arranger comme elle l'entendrait, celui-ci partit précipitamment pour Tinmouth en compagnie du cher Gabaston. Puis de là, on gagna la puissante forteresse de Scarborough aux solides murailles de laquelle le roi confia celui qui lui était si scandaleusement cher. Après quoi, rassuré, Édouard s'en revint tranquillement vers York, arborant, du moins il l'espérait, une mine pleine d'innocence.

Malheureusement pour lui, Warwick n'était pas de ceux qui croient aux contes de fées. Tandis qu'Édouard rentrait à York, il vint mettre le siège devant Scarborough où Gabaston, terrifié de se retrouver seul, lui proposa de traiter. Naturellement Warwick accepta puis, une fois les portes ouvertes, il renia tranquillement l'engagement pris. Il fit charger de fers le favori puis l'emmena chez lui à Warwick afin d'en disposer plus tranquillement. Et là, sur la colline de Blacklow, il le fit tout bêtement décapiter. Après quoi il revint en hâte à York afin d'aider Lancastre à protéger Isabelle contre ce qu'il pensait être l'affreux désespoir du roi.

Or, il n'y eut pas d'affreux désespoir. Édouard II parut accepter la fin de Gabaston avec un certain détachement. Non seulement il ne montra aucun déplaisir mais au contraire fit soudain preuve d'une certaine amabilité envers sa jeune femme.

Un peu surprise, celle-ci en vint à penser qu'il serait peut-être possible d'amener doucement Édouard à une vie plus digne et plus normale. Et quand, quelques mois plus tard, le 13 novembre 1312, elle mit au monde, à Windsor, un petit garçon, elle pensa que son existence était enfin remplie. L'enfant reçut le prénom d'Édouard et le titre de prince de Galles que son père, premier des héritiers royaux anglais, avait porté avant lui.

Hélas, Édouard pensait, de son côté, qu'il en avait fait assez à présent pour le royaume et qu'il pouvait retourner paisiblement à ses chères habitudes. Il remarqua bientôt – le contraire eût été difficile, on le lui mit littéralement sous le nez – un garçon blond, de belle mine et de figure avantageuse qui eut devant lui des rougeurs de jeune fille et de charmants battements de cils qu'il avait fort longs. Ce jeune éphèbe se nommait Hugh Despenser, de bonne noblesse normande. Solidement étayé par une famille très au fait de ses intérêts, il réussit au-delà de ses espérances dans son entreprise de séduction. Les Lords ordonnanciers achevaient tout juste de boire à la santé du nouveau-né et Isabelle relevait à peine de ses couches que tous découvrirent que Gabaston avait un successeur. Et un successeur qui n'allait pas tarder à leur faire regretter le Gascon.

Car l'affaire Despenser prit bientôt l'allure d'une exploitation familiale. Derrière le mignon du roi apparut son père, Hugh l'aîné, homme avide, rusé et sans scrupules qui, par le truchement de son trop joli rejeton, mit bientôt la cour en coupe réglée. Puis, Édouard maria son nouveau favori à la belle-sœur de feu Gabaston, Éléonore de Clare qui obtint sans peine le poste de dame d'honneur de la reine, aux lieux et places de lady Mortimer. Isabelle et les Lords avaient changé leur cheval borgne pour un aveugle.

Dès lors la vie de la reine devint positivement intenable. Les Despenser mirent la main sur ses biens personnels, rognèrent sur sa cassette, contrôlèrent sa toilette. Bafouée dans sa dignité de reine, d'épouse et même de mère, la jeune reine s'aigrit et se cuirassa d'une dureté qui ne fût peut-être jamais née en d'autres circonstances et qui explique, sans l'excuser tout à fait, le drame qu'elle allait déchaîner en France. Son amertume était d'autant plus grande que l'or royal, manié largement par le favori avait réussi à lui concilier quelques-uns des Lords ordonnanciers.

Les choses en sont là quand Isabelle, laissant derrière elle la ruine et le deuil, regagne Londres pour y faire face à deux autres drames : l'un qui la touchera à la tête, c'est-à-dire à la couronne, l'autre qui la touchera au cœur.

À la fin du printemps 1314, Robert Bruce, le nouveau champion de l'Écosse a mis le siège devant la forteresse de Stirling tenue par les Anglais. Édouard, décidé à en finir une bonne fois avec les Écossais s'est arraché aux joies de l'alcôve, a levé une armée de vingt-cinq mille hommes – ce qui est énorme pour l'époque – et, au début de juin, cette armée franchit la Tweed pour rencontrer les quelque dix mille hommes du roi d'Écosse.

Habile stratège et vaillant chevalier, celui-ci sait mettre les chances de son côté. Disposant son armée entre d'épais fourrés qui gardent ses ailes au-delà du ruisseau de Bannock, il fait creuser devant ses troupes des trous larges et profonds qu'il camoufle de branchages et de mottes d'herbes destinés à engloutir la charge des lourds escadrons anglais.

Le 24 juin, le désastre de Bannockburn coûte à Édouard II les neuf dixièmes de son armée et le renvoie à Londres honteusement battu. Encore que la tactique de Bannockburn dut profiter aux Anglais qui nous la resserviront plus tard, à Crécy, la facture est lourde à payer : des milliers d'hommes ont péri, le trésor est à sec et le roi entièrement au pouvoir de ses barons. Pendant un moment, Lancastre se retrouve l'homme du jour. Puis le pouvoir passe à Pembroke qui est un modéré et finalement, il se retrouve comme par magie, reposer tout entier aux mains des Despenser. Mais Isabelle n'a même pas le courage de s'en soucier. C'est qu'une terrible nouvelle lui vient d'arriver : celle de la mort de son père. Philippe le Bel est mort à Fontainebleau, le 29 novembre de cette année 1314. Huit mois après le Grand maître du Temple…

Alors, des années vont passer, mornes et lugubres pour la reine d'Angleterre murée dans un silence qui rappelle celui qu'elle ne cesse de pleurer quand les regards malveillants ne sont pas fixés sur elle. Une seule joie dans l'enfer qui est le sien : son fils, le petit Édouard dont l'intelligence vive, l'énergie et la vaillance lui rappellent chaque jour davantage Philippe le Bel. Avec orgueil, Isabelle regarde grandir devant elle le dernier des grands capétiens.

Tout de même, on ne se croise pas absolument les bras chez les barons anglais. Les lords des marches galloises ayant à leur tête le comte de March, Roger Mortimer, se sont unis à Lancastre pour attaquer les Despenser. Un instant ils ont tenu la victoire : exilés, les rapaces n'ont pas tardé à revenir, rappelés par Édouard et donc plus forts que jamais. Pour la première fois de sa vie – et peut-être la seule –, le roi a fait preuve d'énergie. Il s'est porté lui-même au-devant des révoltés et, en 1321, il les a battus à Boroughbridge, dans le Yorkshire.

Le résultat ne se fait pas attendre. Montrant qu'il est toujours un sportif bien entraîné, Édouard décapite lui-même, sur le champ de bataille, son oncle Thomas de Lancastre, non sans mentionner que c'est la seule manière de lui remettre la tête d'aplomb. Et de rire... Pour sa part Roger Mortimer est enfermé à la Tour de Londres cependant que sa femme, chassée définitivement du service de la reine en dépit des protestations de celle-ci – mais qui peut bien faire attention à une protestation d'Isabelle ? – est contrainte de se retirer au château de Kenilworth avec interdiction d'en sortir. Cette fois, Isabelle est bien seule entre un époux devenu franchement haineux et les abominables Despenser. Mais nul ne devinera l'effrayant désir de vengeance qui brûle sourdement au fond de ce cœur muré, derrière la lisse et pure façade d'un beau visage blond immobile...

Si peu de puissance qu'elle possède, Isabelle n'en use pas moins avec habileté. Une belle nuit Roger Mortimer réussit à s'évader de la Tour avec l'aide quasi officielle de l'évêque d'Hertford, Adam Orleton. Les derniers joyaux d'Isabelle ont disparu dans l'opération mais Mortimer a pu gagner Paris où le troisième frère de la reine, Charles IV le Bel, lui accorde une généreuse hospitalité.

S'il n'y avait son fils, Isabelle l'eût volontiers suivi. Rentrer en France, quitter ce trône bourbeux qui lui fait horreur, c'est le plus beau rêve de la reine d'Angleterre car la fuite de Mortimer a rendu sa position plus inconfortable encore. À présent, elle en vient à craindre pour sa vie et se garde de tous côtés…

Sur ces entrefaites, et encouragé par Mortimer, Charles IV s'empare brusquement de la Gascogne, à l'exception d'une mince bande côtière. Isabelle alors saisit la balle au bond. Si quelqu'un peut négocier avec le roi de France le retour à la couronne anglaise de la précieuse province, c'est elle et elle seule. Content peut-être d'être débarrassé d'elle sans avoir à la supprimer ainsi que l'en prie son favori, Édouard accepte et par un beau jour du printemps 1325, Isabelle s'embarque pour la France qu'elle n'a pas revue depuis onze ans…

Lorsqu'elle y arrive, la joie qu'elle en éprouve l'effraye un peu. Jamais le printemps de Paris ne lui est apparu si beau ! Son frère, le roi Charles, et sa belle-sœur Jeanne d'Évreux – celle qui a remplacé la blonde et folle Blanche – lui réservent un accueil chaleureux. Le temps, en effet, a effacé les souvenirs tragiques. Marguerite est morte depuis longtemps, Blanche est moniale à Maubuisson, Jeanne vit retirée dans son hôtel de Nesle. Les autres témoins sont morts. Et puis Isabelle refuse de se souvenir. Pour la première fois de sa vie, elle veut oublier qu'elle est reine et ne se souvenir que de trois choses : elle est femme, elle est belle et elle n'a que trente-trois ans…

Celui qui lui remet en mémoire ces vérités oubliées n'est pourtant qu'un proscrit, mais de ce proscrit elle a pu mesurer, au temps où avec Lancastre et Warwick il menait les Lords ordonnanciers, le courage, la volonté, l'autorité. La seule chose qu'elle n'ait pas encore mesurée en lui, c'est l'appétit de puissance et quand elle s'en apercevra, il sera trop tard pour l'endiguer. Cet homme, c'est Roger Mortimer.

Pour que sa présence à Paris ne soit point trop grave offense au roi d'Angleterre, il a pris logis à l'abbaye de Saint-Germain-des-Prés mais il n'est pas de fête chez le Roi où il ne soit convié. Ainsi ce banquet dans la grande salle du palais de la Cité, si magnifiquement agrandi et en partie reconstruit par Philippe le Bel. C'est là qu'il retrouve Isabelle. C'est là que, pour la première fois peut-être, il osera parler d'amour puisqu'en venant à Paris où elle sait le retrouver, elle a en quelque sorte fait le premier pas vers lui…

Depuis combien de temps Isabelle aime-t-elle Mortimer ? Il est impossible de le savoir. Le masque de la jeune reine est presque aussi difficile à déchiffrer que celui de son père. Mais on peut imaginer que cela ne date pas d'hier. Peut-être depuis des années, depuis qu'elle a pu établir une comparaison entre son triste époux et le beau comte de March. N'a-t-elle pas tout récemment mis en péril sa situation déjà précaire et peut-être sa propre vie pour l'arracher à la Tour de Londres ?

Le printemps de Paris fait le reste et il s'écoule bien peu de temps entre l'arrivée de la reine et l'instant où, dans les bras de Mortimer, elle va oublier tous ces principes rigides dont elle faisait si grand état, toute cette grande dévotion à l'intangibilité de la couronne dont elle a fait payer si cher l'oubli à ses trois belles-sœurs, coupables seulement au fond d'être plus heureuses qu'elle. Elle et Mortimer découvrent alors combien il est difficile de se résister à soi-même quand la passion vous emporte.

Habilement contrôlée d'ailleurs, cette passion, chez Mortimer !… Certes, il aime Isabelle, il la désire mais il n'oublie pas ce qu'elle représente. Ce qu'il veut c'est en faire l'instrument de son pouvoir personnel après avoir abattu Édouard.

Mais avant de passer à l'attaque, il faut arracher à l'Angleterre le gage précieux qu'elle détient : le jeune prince de Galles. Et de cela Mortimer ne doute pas un seul instant car son plan, ourdi de longue main, a été soigneusement établi. N'est-ce pas lui qui a poussé le faible Charles IV à s'emparer de la Gascogne ? N'est-ce pas lui qui a soufflé l'idée de faire venir Isabelle pour en négocier le retour à la Couronne anglaise ? Retour qu'Isabelle, soutenue par lui, n'a eu guère de peine à obtenir. À présent le prétexte à la venue du jeune Édouard est tout trouvé : le duché d'Aquitaine est son apanage ; il convient donc qu'il vienne rendre hommage au roi de France, son suzerain pour le duché qui lui est ainsi rendu. Et bientôt, l'héritier d'Angleterre arrive.

C'est un garçon de quatorze ans, grand et vigoureux pour son âge et dans lequel Isabelle retrouve plus d'un trait de Philippe le Bel. Plus mûr que la normale, témoin de trop de choses grisâtres, il hait les Despenser. Retrouver sa mère lui est une grande joie et surtout la retrouver libre. Le jeune Édouard ignorera longtemps le lien d'amour qui unit Isabelle à Mortimer.

Mère et fils s'attardent à Paris. Assez pour inquiéter Édouard II qui, bientôt, las d'ordonner un retour qui ne se produit jamais, se met à accabler Charles IV et son entourage de lettres aux termes desquelles il dénonce inlassablement l'ignominie de sa femme. Il va jusqu'à exiger que l'on s'assure d'elle et qu'on l'embarque de force sur un vaisseau en partance pour l'Angleterre.

Comme il en vient aux menaces, Charles le Bel en vient, lui, à penser que ses trois Anglais deviennent encombrants. Ceux-ci en sont d'ailleurs parfaitement conscients et annoncent leur départ. Non pour l'Angleterre mais pour le Hainaut où le comte Guillaume leur prépare une armée de mercenaires commandée par son propre frère, Jean. On quitte Paris en grande cérémonie et... au grand soulagement de Charles IV.

En Hainaut, l'accueil est chaleureux. L'accord qu'Isabelle conclut avec le comte trouve un ciment inattendu dans un amour juvénile : celui qui fleurit soudain entre le jeune Édouard et la petite Philippa, troisième fille de Guillaume. Les deux adolescents s'aiment de si tendre amour qu'on les fiance sur-le-champ. Pour une fois, la politique et le cœur se sont trouvés d'accord. Il ne reste plus qu'à rentrer en Angleterre.

Partie d'un port hollandais, la petite armée que mènent Isabelle, Mortimer et le prince de Galles prend terre à Harwich puis se dirige sur Londres que l'on atteint d'ailleurs sans coup férir. Une série de révoltes en chaîne a ouvert le chemin à celui que l'on nomme déjà le roi Édouard III. Balayé par la vague qui l'a emporté avant même qu'il ait eu le temps de se reconnaître, le triste Édouard II a été conduit sous bonne garde au château de Kenilworth. Là, on l'a contraint à signer son abdication...

Mais Kenilworth est encore trop près de Londres. On conduit l'ex-roi qui n'est plus qu'un prisonnier au château de Berkeley. C'est là qu'il va vivre un calvaire qui d'un roi honni fera peu à peu un martyr. Quant aux Despenser père et fils, on les mène à l'échafaud. Hugh le Jeune fut châtré. Puis le bourreau lui arracha le cœur et les entrailles avant de lui trancher la tête et de couper son corps en quatre morceaux. Celui de son père avait déjà subi un sort semblable ou presque et les quartiers furent envoyés, pour y être exposés sur les remparts, aux plus importantes villes du royaume.

Isabelle et Mortimer triomphent. Certes, le 1er février 1328, ils font couronner à Westminster le jeune prince de Galles qui devient le roi Édouard III. Mais il n'est pas encore majeur et la régence, attribuée tout naturellement à sa mère, passe en fait entre les mains de Roger Mortimer, avec le beau titre de « Gardien d'Angleterre »...

Il devrait s'estimer heureux puisqu'à présent il a tout, tout ce qu'a pu lui apporter l'amour d'Isabelle. Mais c'est un homme violent, ambitieux, cruel et il ne sait pas jouir de son triomphe. Rapidement son règne s'étend sur le pays aussi despotiquement que sur le cœur de la reine auprès de laquelle il occupe, ouvertement à présent, la place d'un époux. La douce Jeanne de Joinville qui, cependant, lui a donné onze enfants – onze ! – a dû s'éloigner. Elle l'a fait d'elle-même ayant enfin compris comment les deux amants entendaient la payer l'un de son amour l'autre de son dévouement aux plus mauvais jours.

Alors, parce que Mortimer ne sait pas s'arrêter, lui et Isabelle vont peu à peu s'aliéner le pays d'abord puis, ce qui est plus grave, le jeune roi dont les yeux sont enfin ouverts. Sans grande peine car ils ne se cachent plus.

Le scandale qui grandit, la férule que Mortimer fait peser sur l'Angleterre, les têtes qui commencent à tomber, enfin, la mort atroce que le Gardien d'Angleterre va ordonner pour le roi détrôné vont tracer un cercle d'horreur autour de ces amants maudits.

À Berkeley, en effet, le prisonnier coule des jours affreux. On le maltraite, on l'affame, on le réduit à une abjecte misère dans l'espoir qu'il se décidera à mourir. Mais son organisme est solide et Édouard ne se résigne pas à quitter une vie qu'il a beaucoup aimée. Il espère encore, contre toute logique, contre toute évidence. Il espère follement en tout : en sa femme bafouée et qui le hait, en son fils qu'il a ignoré, en l'amour de ses sujets qu'il n'intéressait guère…

Pourtant, il faut qu'il meure. Ainsi le veut Mortimer pour que la reine ne soit plus adultère, tardive délicatesse qui frise l'hypocrisie. En outre il faut qu'il meure « sans que la moindre trace demeure » afin qu'Isabelle ne soit pas accusée de meurtre. Et ce n'est pas si facile : le poison noircit, la corde marque et plus encore le poignard…

Est-ce Mortimer lui-même qui trouve l'abominable solution ou bien ses deux hommes à tout faire, Mautravers et Gournay qu'il a chargés de garder le prisonnier ? On ne sait. Mais dans la nuit du 21 septembre 1327 le malheureux qui avait été le roi Édouard II d'Angleterre fut empalé avec un fer rouge enfoncé dans ses entrailles au moyen d'une corne coupée. On dit que le hurlement poussé par le supplicié fut si effroyable qu'il perça les murs du château et s'en alla frapper de terreur les paysans au fond de leurs lits…

Une chose est certaine : il ne fit doute pour personne qu'Édouard avait été tué. La vérité se sut et, par les chemins mystérieux qu'elle se plaît souvent à emprunter, parvint jusqu'au jeune roi et jusqu'au peuple d'Angleterre.

De cet instant, Isabelle que l'on avait plainte et admirée devint, comme Mortimer un objet d'exécration. On l'appela « La Louve de France » et la haine qui enveloppait déjà son amant l'enveloppa elle aussi.

De cette haine, Mortimer se souciait peu. Il était ivre de puissance et d'orgueil. Tellement qu'oubliant toute prudence il commit un crime de trop : lorsque profitant d'une absence du jeune roi, il fit trancher la tête de son jeune oncle Edmond comte de Kent. Édouard III se souvint alors qu'il était roi couronné.

Édouard abhorrait à présent Mortimer. Il ne voyait plus en lui que l'homme qui déshonorait sa mère, une mère qu'il jugeait à présent avec les yeux sans pitié d'un homme et d'un fils jaloux. D'ailleurs le meilleur de ce cœur allait à Philippa devenue sa petite épouse et qui, au mois d'octobre 1330, lui donna un fils, le futur Prince Noir. Ce fut la naissance de l'héritier qui le décida à frapper.

Une nuit de novembre, au château de Nottingham, le roi et ses jeunes partisans s'emparent de Mortimer dans la chambre même d'Isabelle. Le Gardien d'Angleterre ne porte que sa chemise et ses chausses. Dans le lit, Édouard peut apercevoir sa mère dont la nudité s'abrite sous les draps. Elle en sortira bien vite pour implorer la clémence de celui qui est bien réellement roi à cette heure. Pas pour elle mais pour celui qu'elle aime toujours aussi passionnément…

Peine perdue ! À l'aube, une charrette emporte Mortimer enchaîné vers le châtiment. Il va retrouver son cachot de la Tour de Londres dont Isabelle l'avait tiré jadis. Mais quand il en sort, cette fois, c'est pour aller à la mort.

Cette mort, il en espérait quelque grandeur : un grand échafaud tendue de noir comme pour le quasi-souverain qu'il a été, un certain apparat... Il n'aura rien de tout cela ; on le traîne sur une claie dans la boue et les ordures jusqu'au gibet de Tyburn, le gibet des voleurs où on le pend comme un simple tire-laine.

Pour Isabelle tout est fini. L'impitoyable justice qui fut celle de son père vient de se manifester dans son fils. Elle sait qu'Édouard ne pliera pas plus que ne pliait Philippe ou qu'elle ne pliait elle-même. Alors elle accepte son sort. Va-t-il l'exécuter elle aussi ?

Non. Elle vivra au château de Rising, dans le Norfolk. Elle vivra entourée d'un apparat et d'une cour conforme à son rang de reine-douairière mais sans que jamais s'ouvrent devant elle les portes de sa prison dorée. Une fois l'an seulement, à date fixe, Édouard franchira ces portes pour venir s'incliner devant elle et elle l'accueillera toujours avec honneur et affection sans jamais se plaindre d'une existence qu'elle ne souhaite pas différente et qui lui est à charge depuis que Roger Mortimer ne la partage plus.

Pour Isabelle de France, les regrets dureront vingt ans jusqu'à ce 26 août 1358 où s'éteindra enfin la fille de Philippe le Bel...

ISABEAU, REINE DE FRANCE

Des sacs au fil de l'eau

Peu de dames couronnées peuvent disputer à Messaline la palme de la souveraine la plus dévergondée. Il semble pourtant que, sur le soyeux terrain des lits en désordre, Isabeau de Bavière l'emporte d'une grande tête. Peut-être parce qu'elle vécut beaucoup plus longtemps. En outre, l'amour de Messaline pour Caius Silius la rachète un peu. Isabeau dont son petit-fils, Louis XI devait dire, employant pour la circonstance un italien aussi pudique que transparent, qu'elle fut *« una gran putana... »*, Isabeau ne fut rachetée par aucun grand amour et, en outre, elle mena la France à deux doigts de l'abîme dont on ne remonte pas sans même imaginer un seul instant qu'elle n'en avait aucunement le droit. Allemande elle était, allemande elle resta, ne se donnant même pas la peine d'apprendre convenablement le français qu'elle parla toujours avec un fort accent tudesque.

À sa décharge – s'il peut s'en trouver une ! – il est permis d'évoquer une dangereuse hérédité. Son père, le duc de Bavière, Étienne le Jeune, un Wittelsbach, avait épousé Taddea Visconti, fille du tyran de Milan Barnabo Visconti. Ce Barnabo à qui l'on hésite à attribuer le titre de duc de peur de le déshonorer à jamais fut sans doute l'être le plus cupide, le plus fourbe, le plus dissolu, le plus inhumain et le plus cruel non seulement d'une époque cependant bien pourvue de spécimens analogues mais aussi de toute l'Europe. Veut-on un exemple ? Un paysan ayant braconné un lièvre sur ses terres, Barnabo le força à manger l'animal tout entier y compris les dents, la peau et les poils. Puis on fit rôtir l'homme…

Les instincts de ce joyeux grand-père allaient rejoindre chez la future reine ceux de ses autres grands-parents, les Wittelsbach dont déjà, à cette époque, la tête n'était pas toujours des plus solides. Mais il semblerait qu'Isabeau, contrairement à son frère Louis qui se contenta d'être une sorte de condottiere aimant le faste et jetant l'argent par les fenêtres, eût hérité presque exclusivement des instincts pervers, de la cupidité et du monstrueux égoïsme de feu Barnabo…

Mais quand au début de l'été 1385, elle part pour la France, la petite-fille de Barnabo n'est encore qu'une gamine de treize ans, très italienne physiquement, c'est-à-dire brune de peau, brune de cheveux et fort jolie. On la disait charmante, très douce, très pieuse mais déjà très attentive aux choses de l'amour…

Pourtant, Dieu sait qu'elle n'a guère été élevée en vue d'une vie déréglée. Quand, pour la première fois, les oncles du jeune roi Charles VI ont fait au duc Étienne des ouvertures en vue d'un mariage, celui-ci a refusé avec une certaine hauteur. Il a entendu dire qu'il était d'usage en France que la fiancée d'un prince héritier ou d'un roi « fust regardée et avisée toute nue par dames à savoir si elle estoit propice et formée à porter enfants… » et s'en est indigné. Alors, si sa fille n'a pas l'heur de plaire aux matrones en question, on la lui renverra sans se soucier de la honte qu'elle rapporterait en Bavière ? Et Étienne avait préféré renoncer à voir Isabeau – qui s'appelait alors Élisabeth ! – devenir reine de France.

Les pourparlers avaient repris, peu d'années après, grâce à la duchesse de Brabant qui était sans doute la plus acharnée marieuse de toute l'Europe. Et l'on était convenu d'un compromis : les éventuels fiancés se rencontreraient, fortuitement en apparence, au cours d'un pèlerinage à Saint-Jean-d'Amiens où ils se rendraient comme par hasard au même moment. Et Isabeau partit sous la garde de son oncle auquel Étienne avait d'ailleurs promis qu'il le tiendrait désormais pour son mortel ennemi s'il osait revenir avec une candidate évincée...

La fausse pèlerine et les siens atteignirent Bruxelles à la Pentecôte et y demeurèrent trois jours chez la duchesse de Brabant puis celle-ci, après avoir promis qu'on la retrouverait à Amiens, fit mener Isabeau au château du Quesnoy, chez le comte de Hainaut. Là, elle fut prise en main durant un grand mois par la comtesse qui remplaça sa garde-robe un peu simplette par de riches atours et s'employa elle-même à donner à la candidate le ton et les allures qui convenaient à la cour d'un roi. Après quoi l'on se dirigea sur Amiens où l'on arriva le 13 juillet en même temps que le jeune roi de seize ans.

Froissart a laissé le récit de l'entrevue qui eut lieu au palais épiscopal :

« Quand elle (Isabeau) fut auprès de lui (Charles) elle s'agenouilla bien bas. Le roi vint vers elle, la prit par la main, la fit se relever et la regarda de belle manière. Avec le regard plaisance et amour entrèrent dans son cœur car il la vit belle et jeune, et il avait grand désir de la prendre pour femme. Alors, le connétable de France dit au seigneur de Coucy et au seigneur de La Rivière : "Cette dame nous demeurera. Le roi ne la peut quitter des yeux..." Quand la princesse Isabeau et ses dames eurent pris congé du roi, le duc de La Rivière lui demanda : "Sire, que dites-vous de cette jeune dame ? Nous demeurera-t-elle ? Sera-t-elle reine de France ? – Par ma foi, dit le roi, oui et nous n'en voulons point d'autre. Dites à mon oncle de Bourgogne, pour Dieu, qu'il s'en acquitte."

« Le duc de Bourgogne partit donc de la chambre du roi et s'en alla dans la chambre de la duchesse de Hainaut où il trouva avec elle la princesse qui devait être sa nièce. Le duc la salua comme il lui appartenait et comme il le savait bien faire, et puis il dit à la duchesse tout en riant : "Madame et belle cousine, Monseigneur a brisé votre projet d'aller à Arras car ce mariage le presse trop fort. Vous vous reposerez donc aujourd'hui et demain en cette ville et lundi seront les noces." »

On ne saurait être plus rapide en affaire. Le lundi donc les noces ont lieu. Noces bâclées. On n'a même pas le temps de faire faire une robe de mariée, mais le banquet, offert au palais épiscopal, n'en est pas moins aussi copieux que joyeux. Mais ce n'est pas la table qui intéresse le jeune Charles : c'est sa nouvelle femme et il ne tient pas en place. Aussi, dès la fin du repas, les dames emmènent la mariée pour procéder au coucher rituel. Puis – c'est encore Froissart qui parle – « se coucha le roi qui la désirait à trouver dans son lit. Si furent la nuit ensemble en grand déduit, ce vous pouvez bien croire... »

Le couple, en effet, est un couple d'amoureux et si Isabeau n'en est sans doute qu'à ses premières armes, Charles, lui, est déjà un vieux routier car l'amour a toujours été pour lui la grande affaire et, depuis l'âge de douze ans à peine, si l'on en croit Christine de Pisan, il y excelle. En outre, si Isabeau est charmante, il est loin d'être repoussant si l'on s'en tient au Religieux de Saint-Denis :

« Sa taille, sans être trop grande, surpassait la moyenne ; il avait des membres robustes, une large poitrine, un teint clair, les joues couvertes d'une barbe naissante, des yeux vifs ; son nez n'était ni trop long ni trop court. L'ensemble de sa figure était embelli par une chevelure assez blonde que, dans son âge mûr il avait coutume de ramener du sommet de la tête sur le front parce qu'il n'aimait pas à laisser voir qu'il était chauve. Aux grâces de sa personne se joignait une grande force de corps et la nature semblait lui avoir prodigué des dons d'une main généreuse. On remarquait en lui toutes les heureuses dispositions de la jeunesse : fort adroit à tirer de l'arc et à lancer le javelot, passionné pour la guerre, bon cavalier, il témoignait une impatiente ardeur toutes les fois que les ennemis le provoquaient de leurs attaques. Enfin, il montrait de l'aveu de tous, une rare habileté dans tous les exercices militaires... Il se mêlait trop souvent aux tournois et autres jeux guerriers dont ses prédécesseurs s'abstenaient dès qu'ils avaient reçu l'onction sainte... »

Avec cela affectueux, aimable, d'une folle générosité, ne sachant rien refuser parce que trop faible en face de ce qu'il aime. En résumé un véritable prince charmant. Malheureusement cette brillante façade cache une raison fragile car Charles, fruit d'une succession de mariages consanguins, possède une hérédité aussi lourde qu'Isabeau, la cruauté en moins... Mais pour le moment, personne ne s'en est encore aperçu quand le jeune couple va enfermer sa courte lune de miel au château de Beauté-sur-Marne[1], un petit manoir à la mesure de sa jeunesse et pourvu de jardins qui en font une sorte de Paradis terrestre. Ils n'ont d'ailleurs rien d'autre à faire que s'y aimer car, le pouvoir, ce n'est pas Charles, roi depuis l'âge de douze ans, qui l'exerce. Un Conseil de régence s'en charge ou plutôt une sorte de quatuor d'oncles.

Il porte un bien beau nom, ce quatuor : « les Princes des Fleurs de Lys », désignation qui fait rêver et sent son conte de fées... On évoque le soleil de la Crète, le palais de Cnossos, les vacances... En fait ce n'est pas du tout cela : il s'agit, en fait, du plus redoutable quadrige de forbans qui ait jamais été attelé au char de l'État. Oh, des forbans de bonne compagnie, artistes, raffinés, fastueux... mais des forbans tout de même. Et on ne peut pas dire qu'entre leurs mains la France se porte bien.

Voici l'aîné : Louis, duc d'Anjou, prince énergique, tenace et dévoré d'ambitions. Il ne manque pas de certaines qualités mais il est cupide comme il n'est pas permis et sans le moindre scrupule dès qu'il s'agit

1. Ce château s'élevait à Nogent-sur-Marne

d'argent. D'ailleurs, de l'argent, il en a besoin pour soutenir à Naples cette couronne que lui a léguée sa femme Jeanne de Naples et il en prend où il en trouve, c'est-à-dire en France.

Voici Berry, celui des *Très Riches Heures,* vaniteux sensuel avide de jouissance, il compense un physique de vilain par une véritable folie des arts. « Aussi luxurieux que luxueux... », c'est l'un des grands collectionneurs de l'Histoire. Infatigable bâtisseur de châteaux sublimes, tel celui de Mehun-sur-Yèvre dont il ne reste hélas pas grand-chose, il dévore d'un égal appétit les nourritures rares, les jolies filles, les joyaux, les beaux livres, les miniatures, les objets d'Église, les statues, les tableaux. En d'autres temps, et en d'autres circonstances, il eût fait un prodigieux antiquaire doublé d'un bienfaiteur de la Société protectrice des animaux. Car cet homme, qui met tranquillement à sac les finances de son neveu, adore les animaux et s'en soucie beaucoup plus que des hommes. Ce qui ne l'empêche pas d'ailleurs d'être assez généreux pour son entourage, surtout les femmes dont il raffole : largement quinquagénaire il s'éprit de sa petite cousine, Jeanne de Boulogne, qui avait... douze ans, et l'épousa sans sourciller.

Voici Philippe duc de Bourgogne, dit le Hardi. Il a bien grandi le gamin qui, à la bataille de Poitiers s'escrimait d'une épée aussi grande que lui autour de son père, Jean le Bon : « Père, gardez-vous à droite, Père, gardez-vous à gauche !... » Ses terres aussi ont grandi sans parler de son appétit. Remuant, sans cesse sur les routes, il est en train de préparer pour ses descendants cet énorme apanage qui, aux deux Bourgognes joindra les riches Flandres et fera d'eux ces grands ducs d'Occident qui donneront tant de fil à retordre à Charles VII et à Louis XI. Pour enrichir sa Bourgogne, Philippe utilise sans vergogne les ressources du royaume dont il écrème aussi les forêts car de plus grand chasseur jamais ne fut. C'est lui qui, dédaignant une princesse anglaise et quelques autres menues broutilles, a concocté le mariage bavarois avec obstination pour des raisons familiales[1]. C'est à lui que la France est redevable d'Isabeau…

Enfin le quatrième n'est qu'un oncle maternel. C'est Louis II de Bourbon. Un brave homme au demeurant, point malhonnête pour un sou et c'est sans doute pourquoi personne ne l'écoute et pourquoi on n'en parle guère. D'ailleurs c'est un « mélancolique » et il est déjà à moitié fou…

Dans les premiers temps, Isabeau semble mener une vie normale. La vie de cour, fastueuse, semée de fêtes et de chasses a tout ce qu'il faut pour séduire une jeune femme amie du plaisir. Côté physique, outre le fait qu'elle aime réellement son époux – charnellement tout au moins – l'ardeur génésique constante du jeune roi ne lui laisse guère le loisir de s'intéresser à d'autres hommes. En outre, elle se retrouve très vite enceinte et, durant les six premières années de son mariage, les six années que l'on peut appeler heureuses, elle le sera cinq fois – en tout, elle donnera douze enfants à son époux.

L'an 1392 amène avec lui le début du martyre d'un roi, un martyre qui durera trente ans…

Tous les manuels d'histoire ont popularisé la fameuse scène de la forêt du Mans. Le roi est parti à la poursuite de Jean de Craon, l'assassin de son connétable Olivier de Clisson, alors même qu'il est mal remis de la maladie qui l'a abattu au printemps lors d'une visite à Amiens – peut-être une typhoïde à forme convulsionnaire qui l'a rendu à moitié chauve. Il a déjà donné quelques signes d'aliénation mentale. Le 5 août, passant outre aux inquiétudes de son entourage, Charles ordonne le départ. Il fait une chaleur torride sous un soleil blanc, aveuglant. Mais, en dépit de la température, le roi est vêtu de velours noir sous un chaperon de même tissu mais écarlate.

Le Religieux de Saint-Denis, témoin oculaire, a donné une vivante relation du drame :

1. Son fils épouse Marguerite de Bavière, cousine d'Isabeau.

« À peine était-il arrivé jusqu'à la léproserie qu'un misérable couvert de haillons vint à sa rencontre et lui causa une vive frayeur. Malgré les efforts qu'on fit pour éloigner cet homme par les menaces et la terreur, il suivit le roi pendant près d'une demi-heure en criant d'une voix terrible : “Ne va pas plus loin, noble roi, car on te trahit !” L'imagination du roi, déjà troublée, lui fit ajouter foi à ces paroles et un nouvel incident acheva d'égarer ses esprits : un des hommes d'armes qui chevauchaient à ses côtés, se trouvant trop pressé dans la foule, laissa tomber à terre son épée. Au bruit du fer, le roi fut saisi tout à coup d'un accès de fureur : dans son égarement il tira son épée du fourreau et tua cet homme. En même temps il donna de l'éperon à son cheval et, près d'une heure entière, il fut emporté de côté et d'autre avec une extrême rapidité en criant : “On veut me livrer à mes ennemis !” et en frappant ses amis aussi bien que les premiers venus. Tout le monde fuyait devant lui comme devant la foudre. Pendant cet accès de fureur il tua quatre hommes, entre autres, un fameux chevalier de Gascogne nommé Polignac, qui était bâtard. Il aurait causé de plus grands malheurs encore si son épée ne se fût brisée. Alors on l'entoura, on l'attacha sur un chariot et on le ramena au Mans pour lui faire prendre un peu de repos. Ses forces étaient tellement épuisées qu'il resta deux jours sans connaissance et privé de l'usage de ses membres. Bientôt son état empira, le corps commença à se refroidir ; la poitrine seule conservait encore un reste de chaleur et de vie qu'on distinguait à peine aux légers battements de son cœur ; les médecins eux-mêmes déclaraient que le roi allait mourir… »

Il ne mourut pas, mais l'accès dura suffisamment pour qu'au retour on isolât le malheureux au château de Creil où il eut la chance de recevoir les soins d'un des rares médecins de valeur de l'époque, Guillaume de Harsely. Ce dernier avait beaucoup voyagé en Orient et y avait beaucoup appris avant de revenir s'installer à Laon. Il isola le roi, le mit au repos et lui donna quelques calmants tout en interdisant autour de lui le bruit et l'agitation et en préconisant une nourriture légère. Bientôt l'accès passait, laissant le malheureux Charles VI désespéré d'apprendre le mal qu'il avait fait sans le vouloir...

Il est à peine remis – en décembre 1392 – de cette terrible alerte qu'en janvier 1393 il subit une nouvelle épreuve au célèbre bal des Ardents : déguisé en sauvage avec quelques compagnons, c'est-à-dire cousu dans de la toile enduite de poix sur laquelle on a collé des paquets d'étoupe, il échappe de justesse à une mort horrible due à l'imprudence du duc d'Orléans qui, ayant pris une torche de la main d'un valet, laisse tomber « une bluette de feu » sur l'un des sauvages. Celui-ci s'enflamme aussitôt communiquant le feu à ses compagnons auquel d'ailleurs il est attaché. Seul le roi est demeuré libre, mais son costume s'enflamme lui aussi et il ne doit son salut qu'à la présence d'esprit de la toute jeune duchesse de Berry qui jette sur lui son ample robe et éteint le feu. Les quatre autres meurent, les uns sur place, les autres peu après...

D'aucuns – il s'agit de Paris tout entier ! – ont voulu voir dans le geste du duc d'Orléans un propos nettement délibéré d'assassiner le roi, pour la raison qu'il est déjà, peut-être, l'amant d'Isabeau et parce que la mort de Charles lui rapporterait la couronne : le Dauphin qui est né n'a guère que le souffle. On a dit, de même, que le fou de la forêt du Mans avait été commandé par l'action conjointe de la reine et du duc. Il se peut que ce soit vrai, il se peut que ce soit faux mais comment de pas nourrir de doutes lorsqu'il s'agit d'une femme aussi profondément perverse, aussi monstrueusement égoïste que le fut Isabeau ? Comment, d'ailleurs, cette femme qui aime les hommes, pourrait-elle résister, alors que son mari passe par des alternatives de folie et de raison – de plus en plus courtes en ce qui concerne la raison – à un prince aussi séduisant que l'est Louis d'Orléans, duc de Touraine puis duc d'Orléans ?

Il est, à la lettre et avant la lettre un prince de la Renaissance. Il en a les grâces, les qualités et les défauts : artiste, lettré, intelligent, délicat, superficiel, orgueilleux, éloquent, superstitieux, caustique, aussi ardent à l'amour que son aîné, dévot bien que versé dans les sciences occultes, il possède, dit-on, un anneau magique dont la vertu lui soumet toutes les femmes, volontaires ou non. Il est volage comme il n'est pas permis en dépit du charme et de la beauté de son épouse, Valentine de Milan, qui lui a apporté une dot énorme. Il a une grande réputation de séducteur et la cultive :

« Je tiens, dit-il, de la plus grande jusqu'à la plus petite qui soit au monde, qu'elle ne se plaigne de moi. Si j'ai aimé et on m'a aimé, ce a fait amours. Je m'en réjouis, bien heureux… »

La plus grande, c'est naturellement Isabeau et les deux amants mènent une folle vie de fête et de luxure dans l'élégant hôtel Barbette que la reine s'est fait construire pour y vivre à l'abri des crises de folie de son époux, crises au cours desquelles il ne la reconnaît pas, la chasse de sa vue et menace parfois de la frapper. Mais pour la Bavaroise qu'importe ! Cela lui vaut liberté et puissance car les oncles ont l'un après l'autre disparu, à l'exception de Philippe de Bourgogne qui, à présent, s'affronte à Louis d'Orléans…

Quand commence le XVe siècle, le rideau se lève sur une France bien malade. La guerre avec l'Angleterre menace. Une grande partie de la noblesse est allée se faire massacrer en Hongrie par les Turcs de Bayézid Ildérim au cours d'une folle croisade qui n'aboutit pas. L'Église sombre en partie dans la perversion. Les finances sont de plus en plus à sec car les dépenses insensées de la reine et des princes ont épuisé le trésor royal. S'élève alors la plainte du poète Eustache Deschamps pleurant « la France veuve de son roy » :

Lasse, lasse, chétive et esgarée,
Pauvre d'amis, défaillant de seigneurs

Qui jadis fut partout si renommée
Riche d'avoir, franche et digne d'honneur,
Qui aujourd'huy suis si pleine de pleurs
Serve en tous cas et presque anéantie
Droit me défaut, sur moi règne rigueur.
Que deviendra la dolente esbahie ?...

Isabeau n'en a cure. Elle vit et vit bien, entassant pour elle-même une énorme fortune en même temps qu'elle accumule la graisse sur un corps déjà déformé. Mais elle n'en a pas pour autant perdu son charme qui a pris quelque chose de maléfique. De brune elle est devenue rousse « avec un teint d'orage, douée d'une sorte de beauté fatale qui enchaîne les hommes » – car naturellement Orléans n'est pas seul à fréquenter le lit de la reine – en dépit d'un corps dont les canons appartiennent à Rubens plus qu'à l'élégant XVe siècle et de jambes, déformées d'ailleurs à l'origine, que la graisse n'arrange pas. Isabeau, un jour, se déplacera dans une petite voiture sans cesser pour autant de participer aux orgies qu'elle organise à Vincennes ou dans ses autres palais quand le roi est en proie à ses démons.

Bientôt la querelle entre Louis d'Orléans et Philippe de Bourgogne prend un tour plus aigu quand meurt le Bourguignon. Le fils qui lui succède, le fameux Jean sans Peur, non seulement ne lui ressemble en rien mais encore représente l'antithèse totale d'Orléans. Petit, taillé comme un cube avec un visage dur aux yeux méchants, il est totalement dépourvu de scrupules et encore plus avare que tout le reste de la famille. Il entend achever de saigner la France pour faire sa Bourgogne plus riche et Orléans le gêne d'autant plus qu'il tient Isabeau sous son charme... Pour cela une seule solution : s'en débarrasser.

Le 23 novembre 1407, Louis vient de passer la soirée avec Isabeau qui se trouve à l'hôtel Barbette où elle est accouchée de son dernier enfant, le petit Philippe qui ne vivra pas. Vers huit heures du soir, un valet du roi vient dire au prince que Charles VI le demande d'urgence et, moitié riant moitié grognant, Louis quitte sa maîtresse sans imaginer le moins du monde qu'il va droit à la mort : n'a-t-il pas, la veille même, soupé chez le duc de Berry avec son rival Bourgogne, repas chaleureux au cours duquel on s'embrassa après avoir juré d'enterrer la hache de guerre ?

Or, c'est justement une hache qui l'attend : celle de Raoul d'Octonville, gentilhomme normand à la solde de Jean sans Peur qui, avec l'aide d'une troupe d'estafiers, le massacre proprement. Et sous l'œil même de son affectueux cousin. Un témoin rapportera qu'il a vu, de ses yeux, le duc de Bourgogne…

La mort du beau duc d'Orléans frappe les trois coups de la célèbre querelle des Armagnacs et des Bourguignons[1] dont la rivalité meurtrière va ouvrir la porte à l'Anglais et achever de saigner la France à blanc.

Isabeau a-t-elle pleuré son bel amant ? Quelques larmes de crocodile peut-être car elle est avant tout soucieuse de sa sécurité : le nouveau maître de Paris, c'est Jean sans Peur qui a su s'attirer les corporations et le petit peuple. Ce prince des Fleurs de Lys là a le goût populaire : il fraternise avec les bouchers et les étudiants couvrant de son meilleur vin de Beaune les « écorcheurs » et aussi le noble recteur de l'Université, le tristement connu Pierre Cauchon qui est encore mince mais déjà pourvu d'une échine particulièrement souple.

Alors, comme le Bourguignon possède tous les moyens de rendre la vie impossible à sa reine et qu'il peut, en tout cas, fermer les robinets de la rivière d'or dans laquelle elle se vautre, Isabeau emploie le seul moyen qu'elle connaisse : elle devient la maîtresse du Bourguignon, hypnotisé lui aussi par ses charmes maléfiques…

---

1. Bernard VII comte d'Armagnac maria sa fille à Charles Ier duc d'Orléans et prit, du même coup, la tête de la faction qui soutenait la cause de son gendre.

C'est d'ailleurs un amant commode : pourvu qu'on le laisse faire ce qu'il veut à Paris, Isabeau peut bien avoir autant d'amants qu'elle le désire. Et elle ne s'en prive pas. Ils sont trois justement qui l'assaillent en permanence, trois mousquetaires de la luxure qui succèdent, en même temps, à quelques autres comme le vidame de Maulle et Lourdin de Saligny : ce sont Pierre de Giac, Georges de La Trémoille et Louis de Bosredon. Ils appartiennent tous les trois à la garde et ce sont loin d'être des enfants de chœur. Que l'on juge : Giac au cours d'une hallucinante séance d'évocation, vendra sa main au Diable pour obtenir pouvoir et amour, celui d'une femme entre autres : Catherine de l'Isle-Bouchard, veuve d'Hugues de Chalon. Pour cette même femme, Georges de La Trémoille, qui sera l'ennemi démoniaque de Jeanne d'Arc, trahira Giac et le fera arrêter par le connétable de Richemont. L'homme sera cousu dans un sac et jeté à l'eau après avoir imploré qu'on veuille bien lui trancher sa main maudite. Quant à Bosredon, il n'aura pas le temps de se livrer à de telles excentricités. Mais, pendant plusieurs années il sera le favori, l'amant préféré d'Isabeau qui oublie dans ses bras que presque toute la chevalerie française s'est écroulée dans la boue d'Azincourt et que le roi d'Angleterre est en train de s'installer en France. Quelle importance d'ailleurs ? Elle espère en faire bientôt son gendre. Ne faut-il pas que les enfants servent à quelque chose… ?

Or, au cours de l'année 1417, Charles VI connaît une courte rémission dont va profiter le connétable d'Armagnac, chef de la faction du même nom. Armagnac en a par-dessus la tête de Bosredon qui se prend pour le maître et emplit la ville et la campagne de sa jactance et de ses prétentions. Il avertit le roi.

Charles, il le sait bien, est sujet à de terribles colères et ce qu'il apprend le jette brutalement dans une de ces colères. Il décide de partir sur-le-champ pour Vincennes où se trouvent Isabeau et ses fidèles gardiens. Il part à cheval accompagné du connétable, du Dauphin – c'est le troisième à porter le titre et, cette fois, c'est le futur Charles VII – et du prévôt de Paris Tanguy du Chastel.

Or, tandis qu'ils chevauchent, voilà un cavalier qui vient en sens inverse. Et ce cavalier c'est « messire Loys Bourdon »[1], l'homme en question. Le roi pense que ce garçon va s'arrêter, descendre de sa monture comme le veut le respect, le saluer... Il a tort de penser cela car Bosredon n'en a pas la moindre intention. Se gêne-t-on avec un malheureux fou quand on couche chaque nuit avec sa femme ? Et le bellâtre passe son chemin en se contentant d'un vague salut. Il vient de signer son arrêt de mort... Le connétable et le prévôt ont tôt fait de le rattraper et, au lieu de rentrer dans sa douillette demeure « messire Loys » s'en va coucher au Châtelet qui de tous les châteaux royaux était certainement le plus inconfortable.

Non seulement, les lits y manquaient de douceur mais le personnel n'y avait aucun savoir-vivre. L'amant d'Isabeau s'en aperçut quand un bourreau tout rouge et particulièrement vigoureux le coucha sur le chevalet pour l'inciter à répondre à quelques questions. On n'eut pas besoin de le torturer beaucoup pour qu'il admît ce que tout un chacun savait à Paris et à Vincennes : qu'il était, justement, l'amant de la reine. Mais la Justice a toujours préféré s'abreuver aux meilleures sources.

Bien certaine de ne point commettre d'erreur judiciaire, la justice condamna Bosredon que l'on expédia sans désemparer. Proprement étranglé, puis cousu dans un sac de cuir portant un large écriteau : « Laissez passer la justice du roy », le trop beau garde du corps fut jeté à la Seine et se dirigea mélancoliquement vers l'estuaire...

Charles VI ne songe même pas à s'en prendre à Isabeau. Le malheureux est déjà reparti dans les ténèbres que, seule, parvient à percer la douce Odinette de

1. Il semble que les historiens ne soient pas d'accord sur son nom. On hésite entre Bois-Redon, Bois-Bourdon, Bosredon. J'ai choisi le plus courant.

Champdivers, la charmante infirmière-maîtresse qu'on lui a donnée. Mais ni le connétable ni surtout le Dauphin n'ont l'intention de laisser les choses continuer comme par le passé. Charles qui n'a pas quinze ans cependant, est excédé de cette mère, qui le hait d'ailleurs, et grâce à laquelle il ne saura jamais, jusqu'à ce que vienne la sainte Pucelle, s'il est le fils de son père ou celui d'un des joyeux forbans dont se repaît quotidiennement la Bavaroise. Après une scène d'une rare violence au cours de laquelle Isabeau traite son fils de « fils de fol ! » le jeune prince décide de passer à l'action : sur son ordre, la grosse reine est enlevée, jetée dans une litière fermée et conduite à Tours où on la jette, sinon en prison, du moins dans quelque chose qui y ressemble fort... Plus de confort, plus de robes somptueuses, plus de mets délicats... plus d'amants. Une situation intolérable et qu'Isabeau entend ne pas tolérer...

Comme elle est la ruse incarnée, elle réussit à faire avertir Jean sans Peur de la triste situation qui lui est faite. Et, peu de temps après, elle se voit heureusement délivrée et peut reprendre, altérée de vengeance, la route de Paris, bien décidée à en finir avec son fils.

Celui-ci, bien sûr, ne l'attend pas et court se réfugier derrière les énormes murailles du château d'Angers, chez sa tante et belle-mère Yolande d'Aragon, la femme providentielle qui saura comprendre Jeanne d'Arc et contribuer puissamment au sauvetage du royaume.

La vengeance d'Isabeau prendra une autre tournure. Lors du désastreux traité de Troyes qui livre la France à l'Anglais et remet à Henri V, avec la main de Catherine de France, la couronne des vieux Capétiens, Isabeau proclamera elle-même son fils « bâtard » et obligera le malheureux fou, Charles VI à contresigner le honteux document...

Durant quelques années, Isabeau en pleine folie nymphomane continuera à se livrer, avec les premiers venus, à la plus basse débauche. De temps en temps, quand le roi fou reprenait un peu de raison, on jetait à quelque rivière – celle qui se trouvait là – un ou deux sacs de cuir bien lestés. Mais la raison se faisait de plus en plus rare. Le 21 octobre 1422, en son hôtel Saint-Pol, meurt le roi fou, fils d'un roi très sage. Le peuple qui l'aimait et le plaignait de tout son cœur le pleura sans cesser de pleurer sur lui-même car l'Anglais – sous l'aspect superbe du duc de Bedford – occupait Paris pour le petit-fils d'Isabeau : le petit roi anglais Henry VI, un enfant de dix mois…

Mais pour la « reine douairière » devenue énorme et impotente c'est le temps de l'expiation. Elle n'a plus rien qu'une pension versée par le régent Bedford et elle traîne, dans les grandes salles désertes de l'hôtel Saint-Pol dépouillé de sa splendeur, une vie de regrets. Mais non de remords encore qu'elle trouve quelques larmes le jour où pour la première fois, elle voit son petit-fils. Autour d'elle Paris est occupé, Paris meurt de faim. Paris, jadis grande ville de 300 000 habitants n'en compte plus que le quart. Paris aux portes duquel viennent hurler les loups affamés. Jamais ne fut si grande pitié au royaume de France mais la délivrance est proche.

Et c'est tout de même dans Paris libéré que, le 29 septembre 1435, s'éteint enfin Isabeau de Bavière, maudite par son peuple tout entier…

MARGUERITE, REINE D'ANGLETERRE

La Marguerite et la Rose écarlate

On peut être un soldat au cuir tanné par cent batailles, au cœur racorni par les horreurs de la guerre, avoir femme et enfants, la cinquantaine se profilant à l'horizon et ne plus croire en grand-chose sinon en soi-même... et puis se retrouver un beau matin petit et faible, presque timide en face du regard sans ombre d'une adolescente.

C'est l'aventure qui advint à William de la Pole, comte de Suffolk, ambassadeur du jeune roi d'Angleterre Henry VI quand, un matin de mai de l'an 1444, il pénétra dans l'abbaye de Beaumont-les-Tours où deux femmes l'attendaient. Et elle le prit totalement au dépourvu bien qu'il eût été prévenu de devoir rencontrer une authentique beauté.

Suffolk était arrivé en France de mauvaise humeur et sans grand espoir de la voir jamais s'améliorer car il n'avait jamais aimé les Français contre lesquels il avait bataillé toute sa vie et son père avant lui. Et pas davantage la France qui, à moitié conquise, avait trouvé le moyen d'échapper au rare bonheur de devenir à jamais anglaise.

Et quel moyen, Seigneur ! Une sorcière ! Une ancienne bergère ! Une certaine Jehanne d'Arc que l'on appelait la Pucelle et qui, devant Orléans, leur avait fait mordre la poussière, à lui et au vieux Talbot jugé jusque-là invincible. Et non contente de cela, cette pécore avait osé se moquer de lui. On lui avait rapporté qu'à cause de son ignorance crasse de la noble langue anglaise, elle l'appelait « La Poule »... On ne pouvait évidemment s'attendre à ce qu'une femme-soldat sortie de pas grand-chose se conduisît comme un gentleman...

Depuis, ladite Pucelle avait payé bien cher son outrecuidance. Pourtant son souvenir n'était pas de ceux que Suffolk aimait à évoquer quand, au dessert, on se lançait, entre amis, dans le rappel des souvenirs de guerre. Peut-être à cause de ce vilain bruit qui avait vaguement couru dans les rangs les plus modestes de l'armée anglaise : cette fille n'aurait pas été une sorcière mais une sainte, une sorte d'ange guerrier envoyé par Dieu...

Quoi qu'il en soit, le comte de Suffolk s'était bien juré en regagnant ses foyers, la trêve venue, de ne plus mettre le pied sur la terre de France en dehors de causes militaires. Et pourtant c'était lui que l'oncle d'Henri VI, le cardinal de Winchester, avait choisi comme ambassadeur et envoyé épouser, au nom de son maître, non seulement une princesse française mais une princesse de sang lorrain... comme la Pucelle ! Un comble en vérité. Mais le moyen de refuser un tel honneur ? Et puis les temps changeaient.

Ce mariage qu'il allait conclure était considéré comme un gage précieux par le parti de la paix qui, à Londres, faisait de grands efforts afin d'en finir une bonne fois avec cette guerre qui durait depuis près d'un siècle et qui ne tournait plus à l'avantage de l'Angleterre. De partout, en France, l'Anglais se voyait chassé. Par un étonnant retour des choses, l'ex-roi de Bourges impécunieux et cerné de partout s'était retrouvé, par la grâce de son sacre à Reims, le roi, Charles VII. Il avait à présent de vaillants capitaines, de l'or dans ses coffres par l'industrie de Jacques Cœur, son grand argentier, et aussi des canons meurtriers grâce au génie de maître Jean Bureau...

Pendant ce temps, en Angleterre, l'anarchie gagnait tandis que le royaume, exsangue d'hommes de troupe et d'argent frais, voyait s'effriter lentement sa puissance. Seule la paix pouvait sauver la situation et c'était à quoi s'attachait le redoutable cardinal de Winchester. Il s'employait activement à faire entendre raison au Conseil royal, au turbulent Parlement et, surtout, au boute-feu local, le duc de Gloucester, autre oncle du jeune roi, brouillon turbulent et chef vénéré des revanchards de tout poil. Le mariage arrangerait tout.

On avait songé d'abord à demander la main de l'une des filles de Charles VII, naturellement, mais le cardinal s'était hâté de préconiser une princesse moins onéreuse, les exigences du Français semblant à présent ne plus connaître de bornes. Son choix s'était arrêté sur la nièce du roi, Marguerite, fille de celui que l'on appelait déjà le « bon roi René », duc d'Anjou, roi de Sicile et comte de Provence, et d'Isabelle de Lorraine. C'était une princesse fort bien dotée mais, surtout, elle s'était déjà acquis, en dépit de son jeune âge, une extraordinaire réputation de beauté. C'était donc cette merveille que Suffolk, la rage au cœur, était parti épouser au nom de son maître…

Il se consolait en pensant qu'une fois embarquée pour l'Angleterre l'intruse serait en son seul pouvoir et qu'à cet instant personne ne l'empêcherait, lui Suffolk, de se montrer aussi désagréable qu'il lui plairait… Il ignorait encore que la vie pouvait avoir d'étranges caprices…

Car, dès l'instant où Marguerite apparaît, Suffolk oublie non seulement ses humeurs combatives mais aussi qu'il a déjà regardé avec plaisir d'autres femmes. Ce n'est pourtant qu'une enfant de quatorze ans mais elle est la grâce, la jeunesse, la fraîcheur. Elle éblouit, elle irradie la lumière par l'éclat soyeux de sa peau, par les diaprures dorées de ses grands yeux sombres, par la magie de son sourire. Et l'ambassadeur grincheux de penser, à part lui, que son jeune maître a bien de la chance, qu'il aimerait être à sa place car Marguerite a posé son regard sur lui et de cet instant il a compris que plus rien ne serait, pour lui, comme avant… Il sait à présent qu'il ne sera pas l'ennemi mais le serviteur dévoué de cette enfant qui va devenir sa reine...

De son côté, Marguerite le trouve plus que séduisant ce géant dont les cheveux blonds s'argentent, dont le visage rude et creusé de balafres raconte cent combats, mais dont le regard bleu a les étonnements d'un regard d'enfant. On lui a bien dit qu'il aurait bientôt cinquante ans et elle s'attendait à rencontrer un vieillard. Mais le corps mince et musclé de cet homme peut être envié par plus d'un jouvenceau. Et quelle allure !...

Ces impressions premières, Suffolk et Marguerite vont les garder pour eux durant une grande année. La rencontre de Beaumont-les-Tours n'est qu'un premier contact. Suffolk doit rendre compte à Londres. Mais ni l'un ni l'autre n'oubliera cet instant qui les a mis face à face pour la première fois.

Quand Suffolk revient, un an après, il est heureux comme si c'était lui le marié. Et c'est avec enthousiasme qu'il traverse la France et pénètre dans ces terres lorraines qui lui rappellent de si mauvais souvenirs car c'est à Nancy que doit avoir lieu le mariage par procuration. À Nancy !... à quatorze misérables lieues de Domrémy ! Autrement dit en plein cœur d'un pays qui sent furieusement le fagot.

Mais de tout cela, l'ambassadeur n'a cure : il va la revoir ! Et quand, au pied de l'autel majeur de la cathédrale, il la reçoit des mains de sa mère, il a un éblouissement car, bien entendu, elle est encore plus belle que l'an passé.

Et puis, cette fois, elle parle ! Quand vient, pour Marguerite l'instant de mettre sa main dans celle de Suffolk, elle murmure avec l'innocente franchise de son âge :

« Je voudrais, mylord, que vous ne me quittiez plus...

— S'il ne tient qu'à moi, Madame, jamais plus ne m'éloignerai de vous à moins que l'ordonniez... »

Il est sincère, fervent même. Il sait bien, pourtant, qu'il ne pourra pas la garder pour lui seul et qu'après la cérémonie il n'y aura pas de nuit de noces. C'est à un autre qu'elle appartient, cette nuit, un autre vers qui Suffolk va devoir à présent conduire Marguerite…

Le 5 avril 1445, dans le port de Rouen qui est encore anglais pour peu de temps, Marguerite s'embarque à bord d'une grosse nef pavoisée, le cock *Joan of Charbourgh.* Le temps est menaçant. Passé l'estuaire de la Seine, il fait plus que menacer : toutes les tempêtes de la Manche semblent se donner rendez-vous sur la route du navire royal qui tangue et roule comme un bouchon sur un chaudron de sorcière. On crut cent fois que le navire allait sombrer. Seul, Suffolk se prit à espérer que l'on n'arriverait jamais et qu'il pourrait mourir en serrant Marguerite dans ses bras… Mais, apparemment, le Ciel en a décidé autrement et, après une traversée effroyable, la nef désemparée, faisant eau de toutes parts, finit par s'échouer au matin du 9 avril sur la plage de Porchester où, naturellement, personne ne l'attend…

Défaite par des heures et des heures de mal de mer, la jeune reine peut enfin poser le pied sur le sol anglais. Mais quelle arrivée sans gloire ! Marguerite a perdu presque tout ce qu'elle possédait dans la tempête. C'est tout juste s'il lui reste de quoi se couvrir.

Du bourg voisin, on accourt avec des couvertures, des boissons chaudes. On recueille les rescapés. On les réconforte puis on envoie prévenir le roi et, finalement, on réembarque tout le monde pour Southampton où Henry VI, plus qu'inquiet, attend son épouse.

Le jeune roi a vingt-trois ans et, à sa manière, il est beau mais dans le genre fragile : trop mince, trop long, trop pâle… Avec cela, des yeux de visionnaire, très grands, très doux et très tristes. C'est qu'ils ouvrent sur une âme sainte, toute d'humilité, d'oubli de soi-même et de charité. Un bien curieux roi en vérité ! Il est vrai que sa couronne comporte plus d'épines que de roses…

Il n'avait guère que six mois lorsque mourut, à Vincennes, son père Henry V, le vainqueur d'Azincourt, *the warlike Harry*, l'homme qui eût peut-être conquis la France entière si Dieu n'avait jugé bon de le faire disparaître prématurément. De sa mère, Catherine de France, fille de Charles VI et d'Isabeau de Bavière, il n'a guère connu la tendresse car, peu de temps après la mort d'un époux qu'elle n'aimait guère, la reine Catherine s'était éprise d'un certain Owen Tudor dont elle avait eu deux enfants. Du coup, le Lord Protecteur Gloucester l'avait fait enfermer dans un couvent qui était surtout une prison car la malheureuse y était morte peu après de faim et de froid... À son enfant, le petit roi, elle avait surtout apporté les germes de la folie où s'était abîmé son propre père, le malheureux Charles VI de France. Il est vrai que, de son père, le jeune Henry tenait aussi une hérédité peu agréable, car son grand-père, Henry IV était lépreux...

Rien n'était donc venu adoucir le sort d'un petit roi orphelin. Henry avait vécu toute son enfance sous l'impitoyable férule de son tuteur, le comte de Warwick, l'homme qui avait allumé le bûcher de Rouen pour la Pucelle après avoir tenté de la faire violer par ses valets. Le seul refuge de l'enfant malheureux avait été Dieu. Et certes, s'il n'avait été roi, il se fût fait moine avec bonheur mais Warwick ne l'eût pas permis.

De tout cela, Suffolk a prévenu Marguerite au cours du voyage. Il a deviné une force en cette si jeune femme :

— Il vous faudra défendre le roi, Madame. Il a trop de douceur et de bonté. Certains en profitent...

« Certains ? » Marguerite sait déjà qui cela désigne : Gloucester bien sûr, dont la hargne stupide ne désarme pas. Et l'accueil qu'elle réserve à sa nouvelle famille se ressent de cette mise en garde. Tandis que dans un geste charmant, elle saute littéralement au cou du cardinal de Winchester, Henry Beaufort, énorme octogénaire plus rouge que sa pourpre cardinalice mais dont on lui a dit qu'il est le meilleur conseiller du jeune roi, elle n'offre qu'un sourire glacé au fastueux Gloucester, un homme de quarante ans qui pourrait être beau sans l'expression habituelle de son visage où se lisent fourberie et brutalité. Un sourire glacé et sa main à baiser...

Gloucester ne s'y trompe pas. Il sait, dès à présent qu'il aura en Marguerite une ennemie et d'autant plus dangereuse qu'elle est incroyablement belle et que le jeune roi, déjà, en paraît fort épris. Il est visible aussi que Winchester, conquis, est presque aussi content que lui.

Le 28 mai, Marguerite fait son entrée dans la ville de Londres. Un mois plus tôt, dans l'abbaye de Tichfield, elle a été définitivement mariée à Henry VI et il semble que ce mariage soit une réussite. Henry adore visiblement sa jeune épouse. Quant à Marguerite, si son cœur appartient déjà au marquis de Suffolk – il a pris du galon entre ses deux ambassades –, elle voue néanmoins au roi une tendresse où se rejoignent l'instinct maternel et le besoin de défendre et de protéger qui sont en elle.

Malheureusement, et en dépit du temps radieux, l'entrée à Londres n'est pas une réussite. Oh, tout est beau, brillant, splendide et la reine plus encore que tout le reste ! La bière coule à flots dans les carrefours et les chemins disparaissent sous les marguerites que l'on a cueillies par brassées. Il y en a devant toutes les fenêtres, à toutes les statues de saints, dans les coiffures des femmes et sur les vêtements. En bouquets, en guirlandes, en piquets… Et pourtant, sur son passage, la Marguerite royale ne recueille pas, tant s'en faut, l'enthousiasme que pourrait laisser prévoir une telle débauche florale. On admire sa beauté, on s'extasie mais on reste muet… Les émissaires du duc de Gloucester ont en effet beaucoup trop bien employé leur temps depuis un mois…

Bien pourvus d'or, ils ont eu tout le loisir de « travailler l'opinion ». On chuchote à présent que la Française est arrivée presque nue et qu'en plus de cela le contrat de mariage a coûté très cher à l'Angleterre qui a été obligée à de grosses concessions territoriales. Oubliant les sévères volées qu'ils viennent d'essuyer les tenants de l'orgueil anglais s'en indignent…

On boude Marguerite mais Henry est, lui, follement acclamé. On adore ce frêle jeune homme que certains surnomment déjà, un peu vite, le « Saint ». Marguerite, qui est dépourvue de toute basse jalousie s'en réjouit. Elle est heureuse de la popularité de son époux et pour ne pas l'attrister, elle s'efforce de cacher sa propre déception. Mais Suffolk qui la suivait de près dans le cortège a vu des larmes briller dans ses yeux. Et il est allé protester auprès du cardinal de Winchester. Que signifie cet accueil glacé ? Personne ne connait ici cette enfant de quinze ans dont la beauté devrait séduire tous les cœurs...

Winchester n'a pas besoin des plaintes de Suffolk. Il a déjà compris la raison de l'étrange phénomène et il sait à qui l'attribuer : à Gloucester bien sûr ! C'est lui qui s'est chargé de clabauder à travers la ville un portrait peu flatteur de la nouvelle reine... Mais rien n'est perdu. Il suffira de contre-attaquer car le peuple est changeant...

Néanmoins, comme il est bien renseigné décidément, il en profite pour mettre Suffolk en garde : on associe un peu trop souvent son nom à celui de Marguerite. Suffolk proteste que sa femme se trouve parmi les dames de la reine et cette naïveté fait sourire le cardinal. Comme si cela prouvait quelque chose ! D'autant que, de notoriété publique, lady Suffolk est peut-être la femme la moins jalouse du monde... Qu'il prenne donc garde à ne pas compromettre la reine !

Deux jours plus tard, pliant sous le poids d'un vaste manteau de pourpre et d'hermine, Marguerite est solennellement couronnée à Westminster.

Assise sur le trône d'Édouard le Confesseur, elle voit venir à elle, selon un cérémonial qui s'est perpétué jusqu'à nos jours, tous les grands du royaume pour l'hommage. Pour chacun – même pour Gloucester – elle a un sourire, un mot aimable. À Suffolk seul elle ne dit rien. Mais quand il s'agenouille devant elle en offrant son épée, elle lui dédie un long regard et un sourire si lumineux, si tendre aussi, qu'il arrache au cardinal un froncement de sourcils. C'est un aveu que ce sourire, ce regard, et il ne s'y trompe pas. Pas plus que ceux qui sont assez proches et dont la vue n'est pas défectueuse.

Seul, le jeune roi n'a rien vu. Mais c'est tout simple : il aime et pour lui, sa femme est un ange venu en droite ligne du Paradis.

Malheureusement, les prédictions optimistes du cardinal touchant la future popularité de Marguerite ne devaient jamais se réaliser. Jamais les Anglais n'accepteront la Française. Gloucester et sa politique tortueuse vont gagner sur toute la ligne. D'autant que deux mois après le couronnement de sa nièce, Charles VII qu'on ne peut pas accuser d'une excessive diplomatie, envoie une ambassade conduite par le cardinal de Bourbon, et qui s'en vient réclamer solennellement la cession du Maine que le contrat de mariage, accepté d'ailleurs par Suffolk, restituait à la France.

Le peuple s'agita. Henry VI voulut alors discuter avec les envoyés français mais Marguerite, soutenue par Suffolk et par Winchester plaida la parole donnée, parole royale que rien ne saurait reprendre. Et Henry céda. Le peuple, alors, explosa littéralement, encouragé en cela par Gloucester.

Un soir, la reine voit rentrer au palais Suffolk sale, déchiré, un œil poché, saignant du nez et sans épée. Cette épée il l'a laissée dans le ventre d'un braillard sentant furieusement la bière et qui, avec quelques autres, l'a attaqué sur le pont de Londres. Quelqu'un, en effet, a crié : « Sus au favori de la reine ! » Le résultat a été miraculeux : un solide concours de Londoniens s'est efforcé d'assommer Suffolk tandis que le provocateur profitait de la bousculade pour disparaître selon une technique remontant probablement au Déluge.

Heureusement pour Suffolk il sait trop bien se battre pour se laisser submerger par la racaille. N'ayant plus d'épée il s'est servi de ses poings, a assommé quelques agresseurs et a fini par se tirer de ce mauvais pas. Mais le récit qu'il fait de son combat frappe cruellement Marguerite : à leurs insultes elle peut mesurer la haine de ses sujets. Qu'avait-elle fait pour qu'on la déteste à ce point ?

Comme d'habitude Winchester a une réponse toute prête : elle représente la paix, la paix avec cette France échappée par miracle aux bienfaits de la civilisation anglaise et que l'on avait un peu tendance à considérer comme une colonie entrée en rébellion. Un phénomène dont les États-Unis devaient apprécier la virulence trois siècles plus tard. Et de cette paix, personne ne veut.

Ce que voulaient les brasseurs, les lainiers de Londres et la majeure partie de l'Angleterre avec eux, c'était la revanche, la guerre ! Les deux mots que Gloucester avait constamment à la bouche. Il avait beau jeu, en effet, de faire larmoyer dans les tavernes sur les exploits évanouis de son frère bien-aimé « Harry the warlike[1] » le vainqueur d'Azincourt, le discoureur de la Saint-Crépin qui devait se retourner dans sa tombe en constatant la faiblesse de son héritier. On enjolivait la légende du disparu dont on disait qu'il avait été empoisonné par les Français à Vincennes. Ce qui était peut-être vrai, après tout, le héros étant mort de la dysenterie… Le fantôme devenait singulièrement encombrant.

Marguerite ne craignant pas les fantômes, elle obtint aisément de son époux la tête de ceux qui avaient osé attaquer l'homme qu'elle aimait. On les pendit à Tyburn… et Marguerite qui avait eu vraiment très peur de perdre Suffolk, jugea qu'il était grand temps d'en faire son amant avant qu'on ne le lui tue…

Pendant les deux années qui suivirent, Marguerite et Suffolk s'aimèrent passionnément. Mais la situation intérieure de l'Angleterre se détériora de plus en plus.

Il y avait toujours Humphrey de Gloucester, bien sûr, dont les agents étaient plus actifs que jamais et, comme si ce n'était pas assez, une querelle éclata brusquement entre Richard, duc d'York et héritier du trône anglais tant que Marguerite n'aurait pas d'enfant, et Edmond Beaufort, duc de Somerset, neveu du cardinal de Win-

1. Shakespeare : *Henry V.*

chester qui appartenait, comme toute la famille royale immédiate, à la maison de Lancastre.

D'une bataille de rue au cours de laquelle les partisans de l'un et l'autre clan arrachèrent aux buissons voisins pour s'en faire des signes de reconnaissance qui des roses blanches qui des roses rouges, emblèmes respectifs des maisons d'York et de Lancastre, allait naître l'atroce guerre civile qui porterait devant l'Histoire le nom de guerre des Deux-Roses.

On était au plus chaud de ce beau printemps anglais où les roses poussent comme du chiendent. La reine Marguerite aimait les roses, surtout les roses rouges, ce symbole de passion pour tous les amoureux du monde. Le malheur voulut que le dimanche suivant la bagarre, elle eut la malencontreuse idée d'épingler une rose rouge à son corsage... et le nombre de ses ennemis s'augmenta de tous les partisans de la Rose blanche.

L'occasion était trop belle pour Gloucester. Il courut chercher sa plus grosse bouteille d'huile pour la jeter sur le feu. Par ses soins diligents, la reine fut accusée, toujours dans les tavernes, de crimes variés : espionnage au profit de la France naturellement, adultère non moins naturellement et exécration du peuple anglais en général. Et la révolte de gronder derechef dans les bas quartiers de la Tamise. Et Marguerite de comprendre qu'il n'y aurait pour elle de paix possible que du moment où Gloucester aurait quitté cette terre pour un monde meilleur.

Cette fois, elle n'hésite pas et s'en va tout droit demander à son époux la tête de son ennemi. L'entreprise n'est pas facile : Henry a vraiment l'étoffe d'un saint. Il est doux, miséricordieux et pratique assidûment le pardon des offenses. Les liens de famille sont sacrés pour lui, même envers un oncle qui n'a cependant pas hésité à faire mourir sa mère de faim et de misère...

C'est d'ailleurs le pitoyable fantôme de Catherine de France que Marguerite va évoquer. Son époux, qui prétend l'aimer si fort souhaite-t-il donc qu'elle connaisse pareil sort le jour où l'oncle Gloucester les aura jetés tous deux à bas du trône et sera parvenu à ses fins ?

« Il vous faut choisir, lui dit-elle en substance, de sa vie ou de la mienne ! »

La cause est entendue. Gloucester est arrêté, conduit à la tour de Londres. Mais, une fois hors d'état de nuire, il ne devrait plus être dangereux et Henry VI ne se presse pas de signer son arrêt de mort… Or, quelques jours plus tard, le geôlier, en pénétrant dans sa prison, le trouve étendu sur les dalles, raide mort. Administré par l'ordre du cardinal de Winchester, un poison subtil a débarrassé la reine de son ennemi et évité à la Couronne les ennuis d'un procès à sensation.

Naturellement, le peuple, toujours fidèle à son rôle de chœur antique, hurle à l'assassinat bien que le corps, apparemment indemne de toute violence, lui eût été montré abondamment. Il n'est pas dupe, le peuple ! Et il va même hurler à la Justice divine quand, quelques mois plus tard, ledit cardinal, le meilleur soutien de Marguerite, entre en agonie. Et quelle agonie !

Jamais on n'a vu chose si effrayante. L'écume aux dents, les yeux révulsés, le gros vieillard lutte de toutes ses forces contre la mort. Ses hurlements emplissent son palais, glaçant d'horreur ses serviteurs et aussi la reine qui, entourée de ses dames, refuse de quitter son vieil ami et prie au pied de son lit.

Quelqu'un – c'est lady Suffolk – chuchote : « C'est affreux, Madame. Vit-on jamais prélat mourir si sauvagement ?… »

Marguerite écoute les cris du mourant. Winchester lutte à présent contre tous les fantômes de ses victimes. L'un après l'autre, la reine croit voir sortir de l'ombre du lit des spectres sanglants. Soudain, un cri plus effroyable que les autres… De toutes ses forces l'agonisant repousse une nouvelle ombre.

« Va-t'en, sorcière maudite ! Faux-semblant… Tu n'étais pas sainte !… Oh, ces flammes !… Pourrait-elle vivre encore au milieu des flammes... Écarte le feu, bourreau... Écarte-le !... »

La reine s'est signée vivement puis s'éloigne, terrifiée à présent. N'est-ce pas le spectre de Jehanne, la guerrière jetée au bûcher qui vient à cette heure tourmenter celui qui l'avait condamnée ?... Jehanne, venue de Lorraine comme elle-même...

Il faudra encore deux grandes heures pour que cessent enfin les cris de l'agonisant. Henry Beaufort, cardinal de Winchester se tut enfin, étranglé par un dernier hurlement de rage. Et l'on se hâta de recouvrir le cadavre, hideux et convulsé, car les serviteurs chuchotaient déjà entre eux que le cardinal était damné et que Satan était venu lui arracher son âme en personne. L'effet d'une agonie aussi shakespearienne était déjà bien assez désastreux...

Le cardinal mort, Suffolk se mit à confondre quelque peu son amour et son ambition. Il ne fait en effet de doute pour personne que c'est Marguerite qui règne et par elle, Suffolk espère bien devenir plus ou moins le maître de l'Angleterre, comme jadis Mortimer.

En effet, Henry VI laisse les mains libres à sa femme. Non parce qu'il est rendu stupide par l'amour qu'elle lui inspire mais à cause de son immense piété qui l'enferme durant des journées entières dans son oratoire. Les affaires de l'Angleterre l'intéressent moins que celles de Dieu car, en outre, il se demande continuellement si sa présence sur le trône constitue bien la volonté du Seigneur.

Il n'ignore pas que son grand-père n'est devenu le roi Henry IV que pour une seule raison : il a assassiné son oncle, le roi Richard II, fils du Prince Noir. Et c'est grâce à ce meurtre qu'il a pu régner et son fils Henry V après lui et lui-même, Henry sixième du nom à son tour. Il est bien proche de voir dans la mort prématurée de son père une punition du ciel comme il en voit une autre dans les maux qui accablent son propre règne. Mais Dieu qui a eu pitié de lui et qui sait ses angoisses lui a heureusement donné une jeune épouse pleine d'énergie et de courage. Qu'elle règne donc et qu'on le laisse à ses prières, à ses aumônes inépuisables qui lui conservent le cœur des petites gens...

Et Marguerite règne. Et Suffolk pense qu'elle sera aussi docile au conseil qu'au lit. Quand il lui suggère, pour commencer, de faire place nette autour d'elle, la reine ne soulève pas d'objections. Sur son ordre, les deux trublions, les deux chevaliers à la rose, York et Somerset se sont vus nommer respectivement Régent d'Irlande et Régent de France (même si en France il y a de moins en moins à régenter). Des limogeages dorés mais qui ne trompent pas les intéressés. Surtout Richard d'York qui voit dans l'Irlande un exil où il emporte sa haine pour lui tenir compagnie.

Mais Suffolk se trompe s'il s'imagine que la reine va continuer à s'inspirer de ses conseils. Marguerite a saisi le sceptre d'une main singulièrement vigoureuse et, derrière l'exquise jeune femme, se dessine déjà la fière princesse, la femme de tête pour qui les prérogatives de l'amant ne débordent pas l'alcôve.

Elle couvre Suffolk d'honneurs et de privilèges. Elle le fait duc mais elle garde pour elle la réalité du pouvoir, préférant s'appuyer sur un sage vieillard, le cardinal Kemp, archevêque de Canterbury.

Ayant assez de sagesse pour imposer silence à son amour en face des affaires de l'État, Marguerite réussirait peut-être à instaurer la paix en Angleterre si, en France, la guerre ne venait de se rallumer. En effet, las d'attendre la réalisation de promesses fallacieuses, Charles VII a déterré la hache de guerre et entrepris de récupérer son bien. Or, ce n'était pas une bonne idée de confier les intérêts de l'Angleterre en France à l'incapable Somerset. Bientôt, la Normandie est en péril... Rouen tombe... Furieux, le peuple réclame sa tête à cor et à cri...

Affolé alors, Somerset écrit au Parlement, accusant Suffolk de l'avoir laissé sans ravitaillement et sans hommes. Et le Parlement, bien sûr, saute aussitôt sur l'occasion de mettre en accusation l'amant de la reine.

Celle-ci comprend le danger. Si elle laisse ces gens débattre du cas Suffolk, il est perdu. Elle-même n'aura jamais assez de puissance pour sauver cette tête qu'elle aime sans aventurer la sienne. Elle prend alors une décision héroïque : devançant le Parlement, elle fait bannir Suffolk pour cinq ans par ordre du roi…

Il faut qu'elle l'aime chèrement pour accepter cette amputation d'elle-même. Cinq ans ! Cinq mortelles années sans lui… Pourra-t-elle jamais supporter cette éternité ? Leurs adieux sont silencieux mais cruels. Seuls dans la chambre de la reine, à Windsor, ils demeurent enlacés longuement, sans pouvoir se résoudre à se détacher l'un de l'autre. Marguerite pleure et Suffolk en ferait bien autant. C'est sa vie, c'est le dernier éclat de sa jeunesse qu'il abandonne par force… Marguerite dit qu'elle le rappellera dès que ce sera possible… ou qu'elle ira le rejoindre mais il a trop d'années derrière lui à présent pour croire encore aux rêves. Tout ce qu'il peut dire, il le dit : jamais, tant qu'il vivra, il n'oubliera sa reine…

Il n'en aura guère le temps. Quinze jours plus tard, lady Suffolk, ensevelie sous des voiles de deuil vient s'abattre aux pieds de la reine, criant justice… justice pour son époux massacré !

En effet, le 1er mai 1450, en pleine mer, le bateau qui portait William de La Pole, duc de Suffolk a été arraisonné par un gros vaisseau anglais le *Nicolas de la Tour* monté par des gens de Somerset. On y a fait monter le duc et là, un semblant de tribunal composé de soudards et de marins ivres a prononcé une sentence de mort immédiatement exécutée. Suffolk a été descendu dans une barque et là, un bourreau d'occasion lui a tranché la tête… en s'y reprenant à six fois. L'épée, il est vrai, était rouillée…

Foudroyée, la reine dut entendre ce récit affreux que lui fit la veuve entre deux sanglots. Pendant trois jours, elle refusa toute nourriture. L'œil sec et fixe, le visage marqué par la douleur, on put la voir errer sans but du verger au palais ou bien, assise immobile dans quelque haut fauteuil, regardant sans le voir l'horizon familier, écoutant naître au fond d'elle-même une femme nouvelle. Elle avait dix-neuf ans. Pourtant, la jeunesse, l'amour s'éloignaient d'elle en lui laissant, pour seul viatique, les plus austères devoirs : défendre un royaume en péril et surtout défendre l'époux faible et doux, lui épargner un sort semblable à celui de Suffolk…

La jeune femme amoureuse et un peu folle va s'effacer. Paraîtra la reine impitoyable. La blanche Marguerite va se changer en rose de sang aux épines meurtrières. Car cette rose qu'on lui a reproché d'arborer, un beau dimanche de printemps, Marguerite entend désormais l'incarner. Entre elle et Richard d'York, la guerre, la guerre des Deux-Roses va flamber…

CATHERINE, REINE D'ANGLETERRE

Le dortoir des grandes

Londres, février 1540. Depuis huit jours, les étroites rues boueuses de la City, ses maisons de bois à haut pignon disparaissent dans un épais brouillard jaune. On n'y voit pas à trois pas et la ville a l'air d'étouffer dans un cocon humide et froid. Même les bateaux bougent à peine, attachés à leurs chaînes, sur l'eau plate que la brume écrase. La nuit est glacée, silencieuse...

Mais, dans l'opulent palais de Stephen Gardiner, le très élégant et très mondain cardinal de Winchester, la vie coule à pleins bords car, ce soir-là, Gardiner reçoit le roi, la nouvelle reine Anne de Clèves et toute la Cour avec le faste qu'autorise son immense fortune. Sur la grande table en fer à cheval qui fait presque le tour de la salle, les plats se succèdent sans interruption : monstrueux pâtés, pièces de gibiers, paons, cygnes, faisans et hérons portant leurs plumage, becs et pattes dorés, quartiers de bœuf saignants étalés sur des plats d'or que quatre hommes portent avec précautions et une foule d'autres choses. Le vin et la bière coulent à flots tandis que, dans la tribune, un orchestre de dix musiciens fait rage. Danseurs, jongleurs, acrobates et chanteurs défilent les uns après les autres dans le vaste espace libre qui ressemble à une piste de cirque s'évertuant à distraire le roi dont l'épaisse silhouette rouge et or s'étale au milieu de la table...

Sans le moindre succès d'ailleurs... Henry VIII s'ennuie visiblement et ne cherche même pas à secouer cet ennui. Il n'a que très peu mangé ce soir : quelques tranches de pâté grandes comme des assiettes, trois ou quatre truites, un dindonneau et une côte de bœuf. À présent, étalé dans son vaste fauteuil, le chapeau en bataille, il regarde les artistes d'un œil si terne que son hôte sent une petite sueur froide lui glisser le long du dos. On pourrait croire qu'il dort si, de temps en temps, un énorme soupir ne gonflait sa poitrine, signe indubitable que Sa Grâce s'ennuie de plus en plus.

Auprès de lui, la reine sourit béatement. Elle a bien dîné et, en attendant le dessert, elle s'intéresse au spectacle qu'elle trouve amusant. Mais elle est bien la seule car, parmi les assistants, personne n'ose une attitude différente de celle du roi. Chacun sait la raison de la mélancolie royale : elle tient tout entière, justement, dans cette grande Allemande aux petits yeux pâles, au teint peu coloré et gâté de petite vérole qui porte sans la moindre grâce une somptueuse robe de velours incarnat tellement couverte de joyaux qu'elle en demeure toute raide.

Il y a un mois, en effet, que sur la recommandation instante de son chancelier Cromwell voué corps et âme à la Réforme et sur la foi d'un trop beau portrait d'Holbein, Henry a épousé Anne de Clèves...

Épousé uniquement au sens officiel du terme d'ailleurs car, horriblement déçu par l'aspect de cette « grande jument des Flandres », Henry n'a pas su trouver le courage de consommer son mariage et sa nuit de noces a été sans doute l'une des plus pittoresques de toute l'Histoire européenne[1]. Depuis, il se contente de dormir dans le même lit en lui tournant le dos après lui avoir tapoté la joue. Mais il en veut à la terre entière et surtout à son chancelier, artisan principal d'un mariage sans joie, d'autant plus amer qu'il est le quatrième et

1. Voir *Dans le lit des rois,* du même auteur.

qu'Henry en espérait beaucoup. Après Catherine d'Aragon qu'il a répudiée, Anne Boleyn qu'il a fait décapiter sous un prétexte fumeux, Jane Seymour qui est morte en couches après lui avoir donné un fils légèrement maladif, il souhaitait une belle épouse de sang royal et au moins agréable au lit…

À dire vrai, la reine Anne pourrait se plaindre elle aussi. Henry n'a rien d'un jouvenceau ni même d'un séducteur. Avec la cinquantaine approchante il prend peu à peu l'aspect d'une montagne de pourpre et d'or. Très grand mais obèse, il moule dans des justaucorps éclatants un torse de lutteur précédé d'une panse de galion hollandais. Ses jambes, dont l'une traîne un ulcère qui refuse de guérir, font éclater régulièrement les plus solides maillots de soie. Dans son visage rouge et massif, les petits yeux d'un bleu-vert étonnent et inquiètent autant que la petite bouche rouge de bébé boudeur. Des fils blancs s'insinuent dans sa courte barbe et ses cheveux frisés, d'un roux incendiaire… En résumé, il est loin d'être beau. Seulement il est le roi et personne ne s'aviserait de lui conseiller un face-à-face impartial avec son miroir…

Naturellement, taillé comme il l'est, Henry n'aime que les filles-lianes, minces et souples comme des nymphes, les teints clairs, les gestes prestes et les yeux caressants. Autant dire qu'il se trouve aussi mal servi que possible avec la trouvaille de son chancelier. Tout au moins sur le plan physique car, autrement, il s'entendrait plutôt bien avec elle et, s'il n'était obligé de partager sa vie, il en ferait volontiers un bon camarade…

De son côté, Cromwell se demande comment tout cela va finir. Il serait fort étonnant que le roi accepte de passer toute sa vie avec Madame de Clèves. Alors ? La répudiation ? La hache du bourreau ? Tout de même pas… à moins que ce ne soit pour lui, Cromwell, dont la situation lui paraît de moins en moins enviable. Sa seule chance de salut tient tout entière dans le fait qu'aucune femme n'est capable actuellement de retenir l'attention du maître puisqu'il les connaît toutes…

Toutes ? Peut-être pas... Alors que le roi, d'un ton accablé commande qu'on lui serve à boire et tourne vers Gardiner un regard qui réclame quelque chose de nouveau, Cromwell voit soudain le duc de Norfolk s'approcher du roi, le saluer et lui demander s'il lui plairait d'entendre chanter sa jeune nièce Catherine. Et les cheveux de Cromwell de se dresser sur sa tête car le catholique Norfolk est son ennemi juré. Et voilà que celui-ci sort une nouvelle nièce de sa manche – il était déjà l'oncle d'Anne Boleyn de sombre mémoire ! – comme par magie ! Si celle-là est aussi belle que l'autre...

Elle l'est plus encore ! Dix-sept ans, un délicieux visage, un corps charmant, de grands yeux couleur de noisette pailletés d'or comme ses longs cheveux d'un merveilleux châtain clair... À sa vue, les paupières du roi battent deux ou trois fois et un sourire – le premier de la soirée – détend sa petite bouche dure.

Et comme la jeune fille tient un luth à la main, il l'invite, d'un geste qu'il veut gracieux, à prendre place à ses pieds, sur un coussin. Quand elle commence à chanter, chacun peut constater que sa voix est fraîche et pure. Henry qui adore la musique, est vite sous le charme. Il ne cessera plus d'y être. Et quand il ordonne que la jeune Catherine Howard prenne rang, sur-le-champ, parmi les filles d'honneur de la reine, personne ne s'y trompe et Cromwell moins que quiconque : Henry a l'intention de mettre la belle enfant dans son lit le plus tôt possible.

Cromwell pense que ce vieux démon de Norfolk a manœuvré supérieurement en produisant cette nièce inconnue juste au moment où le roi prenait une conscience si aiguë de sa solitude amoureuse. Le coup a visiblement réussi et, connaissant les dents longues du personnage, le Chancelier d'Angleterre n'a aucune peine à imaginer ce qui va suivre : Henry n'aura de cesse que lorsqu'il aura fait de Catherine une reine d'Angleterre. On ne peut offrir moins qu'une couronne lorsque l'on est obèse, plus très jeune, pas très beau et que l'on souhaite s'approprier une jouvencelle aussi pure que belle…

Belle, il n'y a aucun doute là-dessus. Mais pure ? L'est-elle vraiment autant que ses yeux le laissent croire ? Peut-être pas…

Fille d'Edmond Howard, l'un des demi-frères de Norfolk qui en a eu beaucoup – son père a eu dix-huit enfants ! – Catherine n'a ni sou ni maille car son père est sans doute le plus pauvre de la famille. Privée de sa mère dès l'enfance par-dessus le marché, elle a été élevée par sa grand-mère, la duchesse douairière de Norfolk – qui était aussi la grand-mère d'Anne Boleyn.

Dans l'immense demeure mal entretenue de la dame régnait un étonnant laisser-aller. Catherine y grandit un peu n'importe comment, poussant comme une plante vivace et jouissant d'une liberté suffisante pour développer en elle une extrême vitalité et une intense joie de vivre. « Il y avait là, rapporte Francis Hackett, assez de jeunes filles pour en faire un pensionnat mais c'était un pensionnat de jeunes filles pleines de vie et d'ardeur, sans instruction religieuse, sans leçons, sans nourritures intellectuelles, sans discipline. Quand la vieille lady était tranquillement dans son lit, le soir, le dortoir des jeunes filles (la chambre des demoiselles d'honneur comme elles l'appelaient) était ouvert habilement grâce à une clef que Catherine avait dérobée et livrait passage aux jeunes gens frivoles… »

Ces garçons, pages, écuyers ou seulement parents appartenant à la vaste famille des Howard, ne venaient pas les mains vides. C'était à qui déroberait aux cuisines le plus de friandises, voire quelques flacons de vins grâce auxquels on organisait, toutes portes closes, des dînettes qui ouvraient la porte à des jeux moins innocents, tout au moins pour les plus âgés.

L'exemple étant contagieux, des romans se nouaient. Des couples se formaient qui, pour causer plus intimement allaient s'étendre sur les lits des demoiselles. Naturellement, on n'allumait pas beaucoup de chandelles pour ne pas donner l'éveil et dans l'obscurité complice on s'enhardissait, les vêtements tombaient, les soupirs s'élevaient...

Catherine avait treize ans quand elle fut plongée dans cette atmosphère à la fois trouble et romanesque où le goût de l'aventure et celui du fruit défendu tenaient lieu de piment. Dès avant de prendre pour la première fois le chemin du dortoir elle avait été en butte aux entreprises de son professeur d'épinette : un garçon nommé Manox qui se prit pour elle d'une passion violente et qui, un soir, osa des caresses un peu trop précises. Malheureusement pour lui, la vieille duchesse qui n'était pas encore couchée fit irruption chez sa petite-fille, lui administra quelques gifles et fit chasser l'audacieux par ses gens.

Furieux, Manox jura de se venger. Quant à Catherine, il fut décidé qu'elle rejoindrait, étant après tout assez âgée, le dortoir des demoiselles où, pensait l'innocente duchesse, elle serait au moins surveillée... C'était, à la manière de Gribouille, la jeter dans l'eau pour l'empêcher d'être mouillée par la pluie..

L'un des principaux meneurs du tendre jeu nocturne était alors Francis Derham, l'un des nombreux parents pauvres qui encombraient la vaste demeure ducale. C'était un séduisant garçon, sachant mieux que personne parler d'amour. Lui aussi s'éprit de cette ravissante Catherine dont la beauté, déjà éclatante, promettait de s'épanouir de plus en plus harmonieusement. Après l'un des petits soupers où l'on s'amusait tant, Francis alla s'étendre avec Catherine sur le lit de celle-ci... À quatorze ans, Catherine devint la maîtresse du jeune homme et, durant près de trois années ils s'aimèrent sans que personne vînt se mêler de leur faire le moindre reproche.

Cela jusqu'au jour où Manox, toujours amoureux et plus jaloux que jamais d'avoir appris, par une indiscrétion, le bonheur de Derham décida de s'en mêler. Une lettre anonyme discrètement déposée sur le prie-Dieu de la vieille duchesse la propulsa le soir-même dans le dortoir où elle put constater le pillage de son garde-manger. Elle découvrit aussi Catherine et Francis dans une tenue qui ne laissait guère place au doute sur leurs sentiments réciproques. Fidèle à ses bons vieux principes, elle distribua quelques horions puis, à court d'imagination s'en alla faire part de son indignation au chef d'armes de la famille, son neveu William Howard, l'actuel duc de Norfolk.

Celui-ci ne prit pas la chose au tragique, bien au contraire. Ayant fait comparaître les coupables devant lui, il fut surpris par l'extrême beauté de cette nièce oubliée. Comment une telle fleur avait-elle pu éclore dans le jardin de la douairière sans qu'il s'en aperçût ? Elle était exactement la surprise qu'il convenait de faire au roi. Et le fait qu'elle fût déjà rompue aux jeux de l'amour était un atout de plus : si elle voulait vivre autrement que dans la misère où on la renverrait ignominieusement, elle se montrerait docile.

C'est ainsi que Catherine fut menée par lui chez Gardiner avec l'ordre formel de plaire au roi et de se l'attacher autant que possible. On sait comment le piège fonctionna à l'entière satisfaction de l'ambitieux seigneur. Catherine ne devait plus jamais retourner chez sa grand-mère.

Au grand chagrin de Francis Derham. Apprenant que sa douce amie s'était acquis une chance de devenir un jour reine d'Angleterre, le jeune homme pensa qu'un voyage était encore le plus court chemin de l'oubli. Il partit pour l'Irlande avec la ferme intention de s'y faire pirate, ce qui était une manière comme une autre de protester contre le pouvoir établi.

Dire que la jeune fille accepta joyeusement le rôle qu'on lui attribuait serait exagéré. La plastique d'Henry VIII n'avait rien de comparable avec celle d'un Francis Derham. Seulement il était le roi et ce genre d'auréole pouvait toujours être considéré attentivement par une jeune femme à laquelle on offrait, pour seule alternative une vie misérable au fond d'un manoir boueux au fin fond de l'Angleterre avec, dans le meilleur cas, la société d'un mari peut-être guère plus ragoûtant. Catherine avait horreur de la misère et ce qu'elle avait pu entrevoir de la vie de cour l'éblouissait. Comment résister à l'idée de régner un jour sur tout cela ?

Et la voilà désormais intégrée à cette cour, portant de jolies robes et tout de suite couverte de présents, joyaux ou autres, par un Henry VIII décidément subjugué auquel, en échange, elle accorde bien des privautés.

Or, à la cour, vit un cousin de Catherine qu'elle n'avait pratiquement jamais vu. Il se nomme Thomas Culpeper – la mère de la jeune fille était une Culpeper de Kent – et occupe auprès du roi une place privilégiée depuis son plus jeune âge. Ses fonctions se situent entre l'écuyer et l'infirmier car c'est lui qui est spécialement chargé des soins nécessaires à la jambe malade de son maître. C'est un jeune homme beau, bien fait et charmant. Henry l'apprécie énormément, le charge de ses commissions privées, l'autorise à l'aider à s'habiller et le fait dormir souvent dans son lit. Naturellement, en contrepartie de ses services il le comble de présents.

Les deux jeunes gens tombèrent amoureux l'un de l'autre. Ce fut l'éclosion brutale d'une passion d'autant plus dangereuse qu'elle devait demeurer secrète. Le roi, en effet, ne cachait plus son intention d'épouser celle qu'il aimait dès que son mariage avec Anne de Clèves aurait été annulé. Ce à quoi s'employait activement Thomas Cranmer, l'industrieux archevêque de Canterbury. Mais uniquement dans le but de prendre sur son maître une certaine influence et de se débarrasser de Cromwell car Cranmer détestait le clan Norfolk tout entier sachant bien que, si l'une de ses filles coiffait la couronne d'Angleterre, il faudrait compter avec le duc et ses pareils.

La décision d'Henry étant prise concernant son mariage allemand, les jours de Cromwell étaient comptés. L'extrême complaisance que mit Anne de Clèves à se laisser répudier et à troquer son titre d'épouse contre celui – très lucratif – de « sœur du roi » ne le sauva pas. Les Howard étaient catholiques et il avait sur les mains trop de sang « papiste », trop de relents de bûchers allumés pour des moines, trop de dépouilles de monastères et d'églises. On réussit à le faire accuser de trahison et Henry, séduit à l'idée de récupérer les grands biens de son ex-chancelier, signa joyeusement sa condamnation à mort.

Le 28 juillet 1540 Cromwell était conduit à Tyburn au milieu d'un grand concours de peuple maintenu par un bon millier de hallebardiers. Étant de basse extraction, on ne l'avait pas jugé digne du noble échafaud de la Tour. On se contenta de lui trancher la tête. Ce qui tout de même était un avantage car Henry avait balancé quelque temps, hésitant devant plusieurs modes d'exécution comme un gourmand devant un menu. Il avait pensé faire brûler son chancelier, ou bien l'éventrer ou encore le couper en quartiers. Le simple coup de hache sur la nuque constitua une sorte de grâce accordée en l'honneur du mariage royal car, ce même jour, au manoir d'Oatlands, Henry épousait celle qu'il appelait la « Rose sans épines » et se disposait à vivre avec elle de longues années de bonheur, loin de Londres.

Non qu'il eût pris en grippe sa capitale, mais la peste venait d'y faire son apparition et c'était une chose qu'il valait mieux considérer de loin. Après Oatlands, on s'installa à Wöking où le roi entreprit de rajeunir afin de plaire davantage à sa jeune épouse.

En dépit de sa jambe ulcéreuse, il remonte à cheval, fait de l'exercice pour maigrir, s'efforce de manger un peu moins, se soignant le plus qu'il peut afin de se montrer toujours aussi vaillant au lit... et sans se rendre compte du fait que Catherine ne participe guère à son enthousiasme nocturne. À mesure que le temps passe, la jeune femme trouve moins de charme à sa vie fastueuse. Elle est toujours naïvement heureuse de s'entendre appeler Majesté et de voir chacun s'incliner sur son passage mais quand celui qui s'incline est Thomas Culpeper, son cœur se serre un peu. Il a une façon de la regarder, à la fois triste et tendre qui donne alors à Catherine l'envie de courir à lui, de se jeter dans ses bras et de s'enfuir en sa compagnie le plus loin possible... Mais comment le jeune homme eût-il accueilli cet élan de tendresse ? Il aimait certes mais il n'était pas fou et espérait bien conserver sa tête en place durant de nombreuses années. Il ne se serait pas permis de faire les premiers pas...

Les premiers pas, c'est Catherine qui, un an après son mariage, va les faire. L'amour qu'elle éprouve pour Tom s'est emparé d'elle au point de lui faire oublier toute prudence. Ses nuits avec Henry ne font qu'exaspérer sa passion pour le jeune homme d'autant qu'accomplissant toujours le même service auprès du roi, Thomas en est presque le témoin quotidien. C'est tout juste si Henry ne l'invite pas à s'installer sur le bord du lit... Il se rattrape d'ailleurs en faisant à son ami le récit circonstancié de ces nuits sans oublier de décrire avec exactitude les charmes délicieux de la jeune reine.

Avec de tels récits, il est bien difficile de demeurer de marbre. L'incendie qui couvait chez Catherine rejoignit celui qui s'allumait chez Tom. Quand le roi, la reine et toute la cour partirent pour faire dans le Nord un grand voyage afin de juger de l'état exact du royaume, les deux incendies se rejoignirent et n'en firent plus qu'un.

Quelqu'un y contribua complaisamment. Par charité, Catherine avait pris à son service lady Rochford, veuve de George Boleyn, le frère de la reine exécutée. Et cette femme, désireuse d'asseoir autant que possible sa nouvelle fortune et de se rendre indispensable, accepta joyeusement le rôle d'entremetteuse.

Les déplacements continuels, les vastes parties de chasse auxquels se livrait le roi facilitèrent les choses. Les deux jeunes gens purent se rejoindre en de multiples rendez-vous : dans la chambre de la reine, entre deux portes, dans des escaliers dérobés. Même, une nuit, à

Lincoln, dans un endroit bien précis. Mais peu leur importait : ils s'aimaient et tout ce qu'ils demandaient, c'était de pouvoir se le prouver encore et encore...

Un soir, Thomas ne vient pas au rendez-vous. Catherine apprend qu'il est souffrant et, du coup, incapable de contenir son inquiétude, elle se décide à lui écrire sous un prétexte transparent. Or, elle écrit très mal étant presque illettrée. C'est donc une grande preuve d'amour que cette lettre

« Maître Culpeper, je me rappelle à vous de tout mon cœur et vous prie de m'envoyer un mot pour me dire comment vous allez. J'ai entendu dire que vous étiez malade et je n'ai jamais tant désiré vous voir. Cela me brise le cœur quand je pense que je ne peux pas toujours être en votre compagnie. Venez me voir quand lady Rochford sera là car alors j'aurai plus de loisirs pour être à votre disposition... »

Pauvre Catherine qui croit son secret bien gardé parce qu'une dame d'honneur veille à sa porte ! Elle ignore que c'est déjà un secret de Polichinelle et que nombreux sont, à la Cour, ceux qui sont au courant. Toutes ses femmes d'abord... et aussi les espions que l'archevêque de Canterbury a postés ici et là dans son entourage.

Cranmer, en effet, ne désarme pas. Il s'est débarrassé de Cromwell et en cela Catherine lui a été utile. Mais il n'en demeure pas moins le farouche partisan d'une église nationale, un antipapiste irrécupérable et, à présent, il n'entend pas laisser longtemps le clan Howard relever la tête et jouir du pouvoir. Cette Catherine, il faut qu'elle disparaisse comme jadis sa cousine Anne Boleyn ! Et il cherche. Et il va trouver car cette folle enfant pleine de vie et toute vibrante de passion n'est pas de taille contre lui.

Par une ancienne servante de la duchesse de Norfolk, Cranmer apprend d'abord tout ce que fut la vie de la reine avant son mariage : Manox, Derham, tout y passe avec même quelques autres qui n'approchèrent jamais Catherine. Bientôt, l'évêque n'ignore plus rien de ce qui s'est passé durant le voyage dans le Nord. Comme il est seul à Londres puisque la Cour ne rentre que fin octobre, il a les mains libres. Mais quand le couple royal regagne enfin Hampton Court pour y passer l'automne, tout est prêt : sur sa table de travail, Henry va trouver le récit circonstancié des turpitudes de sa « Rose sans épines ». Cranmer, en effet, envahi d'une soudaine délicatesse « n'a pas eu le cœur de le prévenir de vive voix... »

Dès lors, plus rien n'arrêtera la lourde machine de justice qui va broyer Catherine et ceux qui ont eu l'imprudence de l'aimer, en dépit du réel désespoir qui va s'emparer d'Henry. Plusieurs fois, dans la tragique nuit d'Hampton Court, la jeune reine va tenter de voir son époux. En vain. Il refuse de la recevoir. Elle doit demeurer recluse dans sa chambre en attendant que l'on dispose d'elle.

Quand elle en sort c'est pour gagner l'ancien couvent de Syon, près de Richmond où elle va demeurer sous bonne garde jusqu'à ce que l'on instruise le procès d'un tas de gens qui n'ont pas grand-chose à voir dans les amours de la reine.

C'est ainsi que l'on arrête la vieille duchesse de Norfolk avec toute sa maisonnée afin d'entendre tous ces gens en témoignage. C'est ainsi que l'on fit chercher Derham en Irlande, qu'on le jeta à la Tour en compagnie de Culpeper. Le sang allait couler et couler à flots pour venger l'honneur du roi.

Le Parlement, qui plaint beaucoup Henry mais qui songe seulement à rendre sévère justice condamne les deux jeunes hommes à une mort horrible qui n'avait pas grand-chose à envier à la cruelle justice de Philippe le Bel. Les deux malheureux furent condamnés à être pendus, à avoir le ventre ouvert, les entrailles brûlées et à être enfin décapités. Jusqu'au bout, Tom essaya de défendre Catherine.

« Le roi m'a privé de la personne que j'aime le plus au monde et bien que vous puissiez me pendre pour cela, je vous dirai qu'elle m'aime autant que je l'aime quoique jusqu'à présent rien de mal ne se soit jamais passé entre nous… »

Son attitude chevaleresque lui valut d'avoir seulement la tête tranchée. Mais Catherine était perdue et bien perdue.

Le 10 février une barque montée par des soldats franchissait la porte des Traîtres, à la tour de Londres. Toute vêtue de velours noir, voilée, Catherine en descendit puis gagna la chambre où, avant elle, Anne Boleyn avait attendu le bourreau. Le courage qui lui avait manqué un moment quand, à Syon, le gouverneur de la Tour, Gage, était venu la chercher lui était revenu. Elle savait que Tom était mort et, à présent, elle ne souhaitait plus que le rejoindre.

Pourtant, retiré dans un rendez-vous de chasse à quelques miles de Londres, Henry, dévasté de chagrin, ne pouvait se résigner à la faire mourir, à signer cet ordre d'exécution qui devait le priver de ce délicieux rayon de soleil auquel il s'était réchauffé. Les souvenirs doux et charmants revenaient en foule l'assaillir durant ses trop longues nuits. Peut-être se fût-il laissé emporter par l'envie qu'il avait de la revoir, de pardonner, mais Cranmer veillait. Cranmer qui vint rapporter les paroles de la jeune reine devant ses juges :

« Quand le roi m'a demandée, j'aurais dû lui confesser que j'en aimais un autre. Tom le voulait. J'ai causé sa mort, je lui offre ma vie ; il est juste que j'expie ma faute qui n'est pas d'avoir trahi Henry. C'est d'avoir abandonné Tom… »

Une heure plus tard, l'ordre d'exécution était signé.

Quand se lève l'aube de ce 13 février 1542, Catherine est prête à mourir. Debout près de la fenêtre, elle regarde, dans la cour, le grand échafaud tendu de noir qui l'attend avec le billot. Le billot avec lequel, la veille au soir, elle s'est familiarisée.

Elle a, en effet, demandé qu'on l'apporte dans sa chambre et là, durant un grand quart d'heure, elle a cherché la meilleure manière de poser son cou dans l'encoche de bois, d'arranger ses cheveux…

Quand paraît Gage qui vient la chercher, elle le regarde calmement : « Je vous suis !… »

Une foule est là, entourant l'échafaud avec les membres du Conseil mais elle ne regarde rien, ne voit rien que l'homme vêtu de rouge qui l'attend, appuyé sur sa hache. Quand elle arrive auprès de lui, le bourreau s'agenouille, demandant son pardon.

« Fais vite ta besogne ! » dit-elle seulement.

Mais au moment de s'agenouiller, elle se tourne vers la foule et crie :

« Je meurs comme une reine mais j'aimerais mieux mourir comme femme de Culpeper ! Dieu ait pitié de mon âme ! Bon peuple, priez pour moi… »

Un instant encore et tout est fini. Lady Rochford qui mourra quelques minutes après elle s'agenouillera dans son sang mais le corps, déjà, a été emporté pour reposer auprès d'Anne Boleyn, l'autre victime d'Henry VIII…

MARGUERITE, REINE DE NAVARRE

Treize à la douzaine

Parce que son frère, le roi Charles IX l'appelait « ma grosse Margot », elle est restée Margot pour l'Histoire. Il convient pourtant bien mal, ce surnom joufflu qui sent un peu sa servante d'auberge, à cette fringante pouliche de race, fine, élégante, lettrée – elle parle grec et latin et, à peine âgée de onze ans, elle a composé des stances « à la louange et la faveur de l'hiver et de la propriété de cette saison pour l'amour », ravissante de surcroît, intelligente par-dessus le marché et qui se permet, en outre, d'être bonne. Elle est la perle des Valois c'est-à-dire qu'elle concentre en sa jolie personne tous les raffinements d'une cour qui a pris ses racines dans la Florence du Quattrocento, celle sur laquelle régnait Laurent le Magnifique. Et sans son goût immodéré des hommes – immodéré mais non maladif ! – Marguerite eût peut-être trouvé place parmi les figures les plus exemplaires de l'histoire Seulement, elle aimait les hommes, elle aimait l'amour et fit des uns comme des autres une si désinvolte consommation que Dame Histoire qui se voulut si longtemps prude et exemplaire lui a définitivement appliqué, un peu comme une enseigne, ce sobriquet « la reine Margot » sans peut-être y mettre la tendresse bourrue qu'y mettait le roi son frère… Sans toutefois méconnaître son charme, ce qui eût été un comble.

Donc « Margot » aimait les hommes. L'excellent Maurice Rat qui s'est beaucoup penché sur la vie intime des belles du XVIe siècle a réussi à dresser une liste, non exhaustive d'ailleurs, des amants de la jolie princesse en leur attribuant à chacun un numéro. Non exhaustive mais peut-être inexacte comme il se hâte de le préciser. Voici donc cette liste qui ne manquera pas d'amuser : 1. Antragues, 2. Charins, 3. Martigues, 4. Henri de Guise, 5. Charles IX, 6. Henri III, 7. François d'Anjou (autrement dit ses trois frères...), 8. La Mole, 9. Saint-Luc, 10. Bussy d'Amboise, 11. Mayenne, 12. Le vicomte de Turenne, 13. Champvallon, 14. Choisnin, un chanoine de Notre-Dame, 15. Duras, 16. Son cuisinier (nom inconnu), 17. Saint-Vincent, 18. D'Aubiac, 19. Le marquis de Canillac, 20. Pominy, fils d'un chaudronnier auvergnat, 21. Dat de Saint-Julien, 22. Vermont, 23. Bajaumont, 24. Le Moyne, 25. Villars, ou le Villars surnommé le roi Margot.

En fait, les trois premiers ne furent sans doute pas ses amants, dans l'ordre indiqué. Tout au plus Margot encore fillette alors se livra-t-elle avec eux à ces jeux exploratoires comme il arrive que s'y livrent les enfants curieux. La reine Catherine, mère de la fillette veillait au grain. C'est ainsi qu'ayant remarqué qu'elle était « d'un sang chaud et bouillant » elle lui fit absorber à tous ses repas une petite dose de « jus de vinette ». Nous dirions de l'oseille, ce qui semble étrange, l'oseille, à cette époque, étant surtout réputée pour préserver de la peste. Quant à ses frères, la reine elle-même dans ses Mémoires n'en fait pas état, hormis d'un seul, le plus inattendu de tous : le futur Henri III : « Il se plaint, dira-t-elle au temps de leurs querelles, que je passe mon temps à faire l'amour ; hé ! ne sait-il pas que c'est lui qui m'a mis le premier au montoir ?... »

Il n'y a là rien d'extraordinaire du moins en ce qui concerne les tendances sexuelles du prince. Jusqu'à la mort prématurée de celle qui fut le grand amour de sa vie, la ravissante Marie de Clèves, si mal mariée au prince de Condé, Henri aima surtout les femmes. Mais son goût

– bien Médicis ! – pour les joyaux, la toilette et les parures de toutes sortes s'exerça d'abord sur sa sœur préférée. Ce fut lui qui lui apprit à s'habiller et en fit la femme la plus élégante de son temps.

L'adolescente apprécia-t-elle cette première expérience ? Ce n'est pas certain. Ce qui l'est davantage c'est l'amour réel, ardent, que lui inspira le blond Henri de Guise, un soudard de vingt ans aussi vaillant au lit qu'à la guerre mais plutôt borné en politique parce qu'il ne voyait jamais que son orgueil et son intérêt propre. C'est lui qu'Henri III fera un jour exécuter par ses Quarante-Cinq au château de Blois pour avoir mis en danger la sécurité du royaume. Henri charrie dans son sang les instincts cruels des Este – sa mère est une princesse de Ferrare – et des Borgia, mais il est beau et Marguerite en est folle. Tellement folle qu'elle le reçoit dans sa chambre ou même, plus simplement et surtout plus rapidement... dans les couloirs du Louvre.

La découverte de ces gamineries offusqua fort le futur Henri III qui s'en alla « rapporter » à sa mère. Indignée, Catherine de Médicis morigéna sa fille et l'enferma pendant quarante jours. Le résultat fut désastreux : privée de son cher Guise, Marguerite fit de l'urticaire – on disait alors plus joliment « fièvre pourprée » – et il fallut lui rendre la liberté. Pas pour longtemps : Charles IX ayant appris à son tour ce qui se passait chez lui réagit avec une rare brutalité : il tomba à bras raccourcis sur sa sœur qu'il laissa sur le carreau, puis il s'en alla rêver à un accident de chasse qui le débarrasserait du séducteur et chargea même le prieur d'Angoulême de lui arranger cela. Prévenu à temps par Margot affolée, Guise prit le large et s'en alla épouser d'urgence une jolie veuve dont il avait été l'amant l'année précédente : Catherine de Clèves, princesse de Porcien.

C'est alors que Catherine de Médicis décide de marier sa fille pensant que c'est le seul moyen de la faire tenir tranquille. Après avoir hésité quelque temps entre trois prétendants, Rodolphe de Habsbourg, Sébastien de

Portugal et Philippe II d'Espagne, elle finit par jeter Marguerite, pour des raisons politiques, à l'homme le moins fait pour lui plaire : le jeune roi Henri de Navarre qui est paillard comme une compagnie de reîtres et se parfume à l'ail ce qui ne l'empêche pas de puer le bouc.

On sait ce que fut ce mariage entre la perle des Valois et l'espoir des Huguenots. On sait comment, sur l'estrade dressée devant Notre-Dame de Paris, Charles IX, toujours aussi délicat, assena un coup de poing sur la tête de sa sœur pour l'obliger à donner un semblant de signe d'assentiment. Le tout dans une atmosphère surchauffée à tous les sens du terme et au milieu d'une foule de gens qui ne demandaient qu'un signe pour se jeter les uns sur les autres. La Saint-Barthélemy couvait. Elle éclatera une semaine après...

Marguerite est au bord du désespoir. Elle est définitivement séparée de Guise à présent. En outre, elle n'éprouve guère que dégoût pour ce garçon mal soigné que l'on fourre dans son lit. Le futur Henri IV rapportera plus tard que, durant la nuit de noces, lui et Marguerite ne se sont pas même adressé la parole.

Les nuits suivantes ne sont guère plus enthousiastes et la suite des relations intimes du couple ne l'est pas davantage.

« Ne vous estonnez pas, confiera plus tard Henri à son ami Agrippa d'Aubigné, si, poudreux et suant au retour de la guerre, de la chasse ou de mes autres violents exercices, elle avait mal au cœur de me caresser jusques à changer les draps où nous n'avions seulement demeuré qu'un quart d'heure ensemble... »

Néanmoins, reconnaissant de son attitude courageuse durant le drame de la Saint-Barthélemy – elle recueille même dans sa chambre et sauve ainsi l'un des gentilshommes de son mari –, Henri établit bientôt avec elle des relations qui relèvent presque de la camaraderie.

Six mois après son mariage, Marguerite va en outre complètement cesser de se préoccuper de son époux et oublier totalement Henri de Guise au bénéfice d'un nouvel amour qui lui est échu dans de singulières circonstances. Sa meilleure amie, Henriette de Clèves, duchesse de Nevers est alors la maîtresse d'un beau gentilhomme provençal, Joseph-Boniface de la Mole qui sert le duc François d'Alençon, le dernier frère de Marguerite. C'est un très beau garçon aux yeux de velours qui adore la soie et les parfums, s'intéresse à l'astrologie, fréquente le fameux Ruggieri, ce qui ne l'empêche pas d'être un redoutable duelliste.

Or, le roi Charles IX, qui exècre ledit La Mole justement parce que Henriette de Nevers l'aime trop, décide un beau soir de l'assassiner purement et simplement : il juge intolérable que, logée au Louvre en l'absence de son époux, la duchesse y reçoive le beau Provençal. Il réunit donc quelques compagnons, plus Henri de Guise, et décide d'aller attendre le galant dans le couloir qui mène chez Henriette.

Parmi les conjurés, il y en a un, tout de même, que cette affaire ennuie : c'est justement Guise qui aime bien sa belle-sœur et qui n'a aucune envie de lui faire de la peine. Aussi dépêche-t-il discrètement l'un de ses serviteurs à la reine de Navarre pour la prier d'avertir son amie.

Marguerite ne perd pas une seconde. De chez elle, on peut passer chez Mme de Nevers sans traverser le dangereux couloir. Elle se précipite donc chez son amie qu'elle trouve au lit, bavardant agréablement avec La Mole étendu lui-même sur un sofa. En peu de mots, elle les met au courant de ce qui se prépare et entraîne chez elle un La Mole qui commence par protester : il entend se défendre tout seul et trois ou quatre épées ne lui ont jamais fait peur. Possible, répond alors la reine mais s'il ose tirer l'épée contre le roi, il risque fort de se retrouver en place de Grève au milieu d'une désagréable réunion de quatre chevaux. Ce sont de ces phrases qui donnent à penser. La Mole se laisse entraîner par Marguerite et trouve chez elle un asile fort doux, cependant que le roi se morfond dans son couloir avec ses compagnons. Quatre heures de faction à danser d'un pied sur l'autre finiront par le persuader d'avoir été trompé et il rentrera chez lui de fort méchante humeur : il aurait tellement aimé avoir une bonne occasion d'étriper La Mole. Et il n'imagine pas un seul instant que le jeune homme vient de quitter définitivement le sofa d'Henriette pour le lit de Marguerite.

La Mole en est d'ailleurs fort heureux car, secrètement épris de la reine de Navarre sans trop oser s'en approcher, il avait même demandé au sorcier florentin un charme destiné à attirer sur lui les doux yeux de la belle des belles…

Il ne reste plus à Mme de Nevers qu'à se chercher un consolateur et comme elle l'a déjà trouvé quelques mois plus tôt au milieu des horreurs de la Saint-Barthélemy, elle n'a pas à aller bien loin. L'heureux élu est une sorte de géant roux, grand amateur de femmes et grand pourfendeur de huguenots qui se trouve être, comme par hasard l'intime ami de La Mole : le comte piémontais Marc-Annibal de Coconnato ou de Coconnas.

Les choses étant ainsi établies, le quatuor coule des jours fort agréables et fort secrets dans de discrètes maisons de Paris où les deux princesses ont su se ménager de doux refuges. L'amour semblant s'être mis de la partie, cela aurait pu durer encore longtemps si la politique ne s'en était mêlée.

En effet, si peu désireuse qu'elle soit de s'en souvenir, Marguerite est mariée. N'aimant pas son époux, elle trouve normal qu'il la trompe avec la belle Charlotte de Sauves et juge, en honnête fille de France, qu'elle lui doit au moins la solidarité. Or, depuis la Saint-Barthélemy, Henri est pratiquement prisonnier au Louvre et ne rêve qu'échapper à la tendresse un peu envahissante de « son bon frère Charles ». Et comme il n'y a pour ce faire qu'un seul moyen : celui de conspirer, Henri conspire avec ardeur. Avec Montmorency, avec Turenne et surtout avec le duc d'Alençon, triste sire qui n'a de prince que le titre et qui rêve de couronne…

Un complot se trame. Le but est de destituer le roi, dont la santé s'altère d'ailleurs dangereusement, et de profiter de l'absence du duc d'Anjou pour mettre Alençon sur le trône de France tandis qu'Henri de Navarre regagnera paisiblement son royaume pyrénéen. Anjou a, en effet, été choisi comme roi par les Polonais et, à son corps défendant, il a bien été obligé d'aller s'installer à Varsovie.

Dans le but d'étoffer le complot, Alençon recommande quelques-uns de ses gentilshommes, La Mole et Coconnas en tête. Premier objectif : fuir le Louvre où les deux princes sont surveillés à vue par la reine mère et ses serviteurs. Et l'idée de fuir au bout de la France avec leurs belles amies enchante les deux amoureux.

Au mois d'avril 1574, l'aggravation subite de la maladie dont souffre Charles IX – il est hémophile – accélère la décision : on fuira au cours d'une chasse donnée dans la forêt de Vincennes. La Mole et Coconnas sont chargés de disposer les relais et doivent attendre Henri et Marguerite dans un lieu arrêté à l'avance puis les escorter jusqu'en Navarre où l'on regroupera des troupes pour revenir sur Paris. Sur Paris où Alençon aura préparé leur arrivée…

Mais il est difficile d'échapper à l'œil vigilant de Catherine de Médicis et il lui suffit de laisser entendre à son plus jeune fils qu'elle nourrit certains soupçons pour que celui-ci se dégonfle comme une baudruche sous un coup d'épingle. Et comme c'est un lâche, il se hâte de tomber aux genoux de sa mère et de tout lui révéler en implorant son pardon. C'est La Mole, son serviteur pourtant, qu'il charge le plus car il a appris que le jeune homme est l'amant de Marguerite et il en a conçu une affreuse jalousie.

Au jour dit, à l'heure dite et au rendez-vous prévu, La Mole et Coconnas, aux lieu et place du roi de Navarre et de sa suite, voient arriver le capitaine des Gardes, Bérenger du Guast qui les arrête et les conduit sans désemparer au donjon de Vincennes. Deux heures plus tard Marguerite et Henriette apprennent le sort de leurs amants.

Le procès est vite instruit. Dans l'appartement de La Mole on a trouvé une statuette couronnée percée d'une épingle à la hauteur du cœur : celle qu'il avait demandée à Ruggieri pour attirer à lui l'amour d'une reine. Malheureusement le talent de sculpteur du Florentin n'est pas à la hauteur de ses pratiques magiques et les enquêteurs n'ont aucune peine à prétendre qu'il s'agit d'une statuette représentant le roi. D'où accusation de tentative d'envoûtement.

Mis à la torture, les deux hommes refusent courageusement d'avouer quoi que ce soit. La sentence de mort suit immédiatement : ils seront décapités. Le 30 avril, on les mène en place de Grève où l'échafaud les attend. La place est noire de monde et il y en a à toutes les fenêtres... sauf à celles d'une tourelle. Derrière les vitres, deux femmes blêmes, vêtues de noir qui s'appuient l'une sur l'autre. Quant tombe la tête de Coconnas, Henriette s'évanouit...

L'exécution achevée, les corps sont mis en quartiers destinés à être accrochés aux portes de la ville mais les têtes vont rester exposées pour l'édification des foules. À la nuit close, une ombre descendue d'un carrosse escalade l'échafaud, s'empare des deux têtes et les emporte après les avoir enveloppées dans des linges de soie.

Cet homme, c'est Jacques d'Oradour, gentilhomme d'Auvergne et maître d'hôtel de la reine de Navarre. Quelques instants plus tard, il remet à sa maîtresse et à Mme de Nevers ses lugubres trophées. Ces têtes exsangues, les deux femmes en baisent les lèvres, puis les lavent, les parfument et les enferment dans des boîtes précieuses. Elles vont ensuite les ensevelir, de leurs propres mains, dans la crypte de la chapelle du Sanctum Martyrium, sur les pentes de Montmartre[1]. Les restes des

---

1. Cette chapelle – l'église «d'en bas» de l'abbaye des Dames de Montmartre – avait été primitivement construite pour les corps des premiers martyrs parisiens. C'est là qu'en 1537 fut fondée la Compagnie de Jésus.

corps, portés après quelques jours à l'église Saint-Jean-en-Grève, iront plus tard rejoindre ces têtes. Le lendemain, les deux femmes paraissent à un bal de cour entièrement vêtues de noir avec, comme bijoux, des bracelets et des colliers de petites têtes de mort en argent. Ce qui sera jugé du plus mauvais goût...

Selon Brantôme, la tête de La Mole fut la seule qui bénéficia de ce traitement de faveur. Par la suite, ayant remarqué non sans tristesse que la plupart de ses amants mouraient de mort violente, Marguerite se contenta de recueillir leurs cœurs qu'elle enfermait dans des boîtes d'or rangées à l'intérieur d'un vertugadin garni de poches à cet effet... Brantôme étant réputé mauvaise langue, on veut espérer qu'il s'agit seulement d'une légende particulièrement macabre...

À la fin du mois, d'ailleurs, le roi Charles IX expire et Catherine de Médicis, qui attend le retour de celui qui est à présent le roi Henri III, tient sa fille à l'écart. Pour se consoler Marguerite prend pour amant le joyeux Saint-Luc. C'est assez dangereux car Saint-Luc est chasse gardée : il fait partie des fameux « mignons ». D'ailleurs il se marie bientôt, épouse Jeanne de Cossé-Brissac qui est laide mais de grande maison et à laquelle il convient de montrer quelques égards.

La reine de Navarre ne le pleure pas. Elle s'intéresse un moment à Charles de Balzac d'Entragues, le bel Antraguet avec lequel elle flirtait fillette : un léger goût de revenez-y... Mais ce n'est qu'une passade. Voilà plus intéressant : Marguerite attache à son char l'homme dont rêvent toutes les femmes, le plus beau, le plus insolent, le plus séduisant et surtout le plus brave : Louis de Clermont, comte de Bussy, le fameux Bussy d'Amboise cher à Alexandre Dumas et à ses innombrables lecteurs. Riche et fastueux, Bussy ne sait faire que trois choses au monde : se battre, aimer et faire des vers. Devenu l'amant de Marguerite, il en rime pour elle :

Mes yeux ne sont point yeux si ce n'est pour vous voir
Mon cœur n'est point mon cœur si n'est pour recevoir
Les traits de vos beautés que j'adore et que j'ayme,
Je n'ay point de désir que pour vous désirer
Je n'ay point de soupirs que pour vous soupirer
Bref, je ne suis point moi, si ce n'est pour vous-même...

Ce sont des amours folles, passionnées dont la fidèle suivante de la reine, Gilonne de Thorigny est le metteur en scène. C'est elle qui fait passer les billets et organise les rendez-vous. Et durant quatre années Marguerite et Bussy vont s'aimer éperdument. Seul intermède pour la reine, la nuit qu'elle passe avec Don Juan d'Autriche au cours d'un voyage aux eaux de Spa – en surface car, en fait, la reine de Navarre s'est faite l'agent électoral de son frère Alençon, devenu Anjou.

Malheureusement Bussy collectionne les ennemis comme d'autres les pierres précieuses. Et quels ennemis ! En tête le roi Henri III avec les amis duquel Bussy est en guerre perpétuelle et ouverte. Puis – et c'est plus grave ! – le nouveau duc d'Anjou dont Bussy est l'un des gentilshommes. Mais le moyen de ne pas avoir envie de mordre un homme de belle mine qui vous déclare un beau matin qu'il ne voudrait pas de vous comme valet de chiens tant vous avez mauvaise figure !...

Et François d'Anjou d'organiser activement la perte de Bussy. La chose est simple : il suffit de lancer sur lui l'un des nombreux maris qu'il a offensés. Celui-là est un chasseur. C'est même le Grand Veneur de France : Charles de Chambes, seigneur de Montsoreau. Bussy a séduit sa femme, la belle Françoise de Maridor et c'est son château de la Coutancière, près d'Angers qui va servir de piège. Bussy y est proprement assassiné par Montsoreau aidé d'une douzaine de spadassins dont il ne restera guère plus de trois ou quatre pour se vanter d'un tel exploit...

Voilà Marguerite de nouveau dans les larmes. Cela agace Mme Catherine qui pense que sa fille s'attarde trop à Paris. Il est grand temps qu'elle rejoigne Navarre et son royaume. Et comme elle craint l'accueil qu'Henri pourrait réserver à sa femme, elle décide de la ramener elle-même, ce qui se fait sans heurts. Le Béarnais accueille sa femme courtoisement puis la laisse vivre à sa guise. Il a bien assez à faire avec ses multiples amours : la belle Dayelle, Mlle le Rebours et la petite Fosseuse.

À Nérac Marguerite s'ennuie. Heureusement elle rencontre, au cours d'un voyage à Montauban, un joli garçon, le vicomte de Turenne, petit-fils du connétable de Montmorency : il est protestant mais ambitieux et grand ami de l'élégance. En outre, il joue du luth et c'est un excellent danseur. La reine va danser quelques mesures avec lui avant de s'éprendre d'un autre joli garçon, Champvallon qui, comme Bussy appartient à la maison du duc d'Anjou. Celui-là est blond et c'est un adepte de Pétrarque dont il sait des pages entières par cœur.

Pour une lettrée de la force de Marguerite c'est une aubaine et ces amours-là vont durer. Revenue au Louvre sur la demande de sa mère qui espère ramener Henri de Navarre avec elle – Marguerite a pris la jolie et folle Fosseuse dans ses filles d'honneur – elle se fera apporter Champvallon caché dans un coffre. Puis, trouvant ce déménagement perpétuel agaçant, elle s'en ira acheter un charmant hôtel rue de la Culture-Sainte-Catherine et là l'y recevra en toute quiétude... dans des draps de soie noire propres à mettre en valeur la blondeur du garçon. Elle l'appelle « son beau soleil », « son bel ange » et « le beau miracle de la nature ». En bref, elle en est folle...

Hélas, l'amant se lasse vite. Il sait que Marguerite n'est pas « bien en cour » et il craint pour son avenir. En août 1582, il choisit la solution la plus simple et, le 20 de ce mois, Jacques de Harlay de Champvallon s'en va épouser à Sedan la fille du duc de Bouillon, Catherine de La Marck.

Marguerite va-t-elle pouvoir pleurer en paix l'ingratitude de son « beau soleil » ? Ce serait oublier Henri III qui, à présent, la hait à cause de l'affection qu'elle porte à Anjou, leur frère commun mais son mortel ennemi. Le 7 août 1583, au cours d'une fête au Louvre qu'en l'absence de la reine, sa femme, il l'a priée de présider, il l'insulte publiquement puis la chasse : « Vous n'avez que faire ici ! Allez rejoindre votre mari et partez demain ! »

Encore cela semble-t-il insuffisant. Alors que mal remise d'un pareil affront, Marguerite se dirige vers Palaiseau pour y passer la nuit, elle se voit arrêtée par une compagnie de gardes, sa litière fouillée, ses dames d'honneur, Mme de Béthume et Mme de Duras arrêtées. Il faudra l'intervention de Catherine de Médicis indignée d'un tel procédé pour faire relâcher les derniers prisonniers. Mais la vieille reine ne peut guère faire plus : elle va vers sa fin et Henri III ne tient plus grand compte de ses avis.

Marguerite vit là les heures les plus cruelles de sa vie. Force lui est d'aller vers un époux qu'elle déteste et qui, d'ailleurs, ne se gêne pas pour la traiter en simple pion sur un échiquier. Il envoie, certes, Duplessis-Mornay protester hautement au Louvre contre le traitement indigne infligé à la reine de Navarre devenue une entité mais c'est pour exiger en réparation des concessions territoriales : par exemple que l'on retire d'Agen et de Condom la garnison française. De la blessure de sa femme il ne saurait être question. Et Marguerite va bientôt en recevoir la preuve : alors qu'à petites journées elle se dirige vers la Navarre en passant par Plessis-les-Tours, Poitiers et Jarnac, elle se trouve soudain arrêtée dans cette ville par une lettre d'Henri de Navarre. Aux termes de cette lettre, le bon roi Henri prie son épouse de ne pas aller plus avant jusqu'à ce qu'il ait obtenu satisfaction de ses exigences. Autrement dit : il veut bien recevoir sa femme mais à condition que l'on y mette le prix…

Pendant des mois, Marguerite se morfond à Jarnac, plus outragée encore de cet ignoble marchandage que de la scène du Louvre. Elle en vient à haïr autant Henri de Navarre qu'Henri de Valois et quand, enfin, le

13 avril 1584, le Béarnais se décide à venir chercher sa femme et la rejoint à Port-Sainte-Marie, les retrouvailles sont ternes. Ce mariage-là n'a jamais marché et ne marchera jamais : les deux époux n'ont visiblement rien à se dire.

À Nérac, c'est pire encore si l'on en croit le récit de Michel de la Huguerye : « Le roi et la reine arrivèrent et furent tous deux seuls se promenant en la galerie du château jusques au soir où je vis la princesse fondre en larmes incessamment, de telle sorte que lorsqu'ils furent à table où je les voulus voir (c'était fort tard à la chandelle) je ne vis jamais visage plus lavé de larmes, ni yeux plus rougis de pleurs. Et me fit cette princesse grande pitié, la voyant assise près du roi son mari qui se faisait entretenir de je ne sais quels discours vains par des gentilshommes qui étaient à l'entour de lui, sans que ni lui ni nul autre quelconque parlât à cette princesse, ce qui me fit bien juger ce que du Pin m'avait dit, que c'était par force qu'il l'avait reçue… »

Pauvre Marguerite ! Sa vie, dès cet instant, est plus qu'aventurée. Le Conseil de Navarre songe à la faire mourir. Quant à la favorite en titre, l'altière Corisande d'Andoins, comtesse de Guiche, elle essaie tout simplement de la faire empoisonner pour coiffer sa couronne. C'est une de ses servantes qui meurt d'un mauvais bouillon. Maigre couronne sans doute jusqu'au jour où un événement inattendu se produit : le 10 juin 1584, meurt le duc d'Anjou, le frère bien-aimé de Marguerite. Le seul héritier de France, à présent, c'est Henri de Navarre et, cette idée, la reine menacée ne peut la supporter.

Un autre d'ailleurs partage cet avis : Henri de Guise, son premier amour, l'amant des jours heureux. Celui-là déteste d'un cœur égal le Valois et le Béarnais. Il se hâte donc de réveiller la Sainte Ligue et de passer à l'action. De son côté, Marguerite n'hésite plus à entrer en rébellion. Aussi bien, elle n'a rien à perdre. Et la voilà qui va s'enfermer dans Agen, qui fait partie de son apanage et dont elle est comtesse ; la ville l'accueille à bras ouverts...

Hélas, le grand beau temps ne dure guère ! Les 200 000 livres que Marguerite a reçues de sa mère en quittant Paris ne suffisent pas longtemps à la mise en défense d'Agen car si elle espère des secours de la Ligue et même l'aide espagnole, elle craint surtout l'attaque de son époux. Alors, elle lève des impôts pour entretenir son trésor de guerre et, au bout de quelque temps finit par mécontenter tout le monde.

Aussi, pour essayer de se soustraire aux ardeurs belliqueuses de leur comtesse et, comme on dit vulgairement, pour sauver les meubles, les viguiers de la capitale des pruneaux en appellent discrètement au maréchal de Matignon qui gouverne le sud-ouest pour le roi de France. On le prie de venir mettre de l'ordre dans une ville qui, après tout, appartient d'abord au roi de France. Les notables souhaitent qu'on les débarrasse fort doucement de leur encombrante suzeraine mais avec tous les honneurs dus à une fille de France. Après quoi on pourrait l'installer dans quelque confortable château où elle pourrait être quelque peu surveillée. La seule idée de voir arriver des miquelets espagnols révulse ces braves gens. On les comprend.

Le maréchal approche donc d'Agen avec ses troupes qui marchent pratiquement sur la pointe des pieds et, au commencement tout va bien : la porte du Pin est franchie au début de la nuit et, à la faveur de l'obscurité, on peut espérer parvenir sans heurt jusqu'au couvent des Jacobins où la reine s'est installée. Elle avait habité d'abord l'hôtel de Combrefort mais finit par choisir une aile du couvent afin de surveiller l'arsenal que l'on y avait entreposé et de se trouver, somme toute, au centre des opérations. Donc, le maréchal approche doucement du logis royal...

Pourquoi faut-il qu'à ce moment, une bande d'énergumènes juge bon d'aller faire sauter une aile du couvent, mettant d'un seul coup toute la ville sens dessus dessous et donnant surtout l'alerte au royal gibier que l'on espère bien prendre au nid. Résultat : lorsque l'on pénètre chez la reine on n'y trouve plus que sa suite ordinaire mais de Marguerite point ! Il y a déjà un moment qu'en croupe chacune derrière l'un des officiers de sa garde, Marguerite et sa dame d'honneur, Mme de Duras, galopent en direction de l'Auvergne après avoir franchi en trombe la porte de Cahors.

C'est alors un véritable roman d'aventure qui commence pour la perle des Valois devenue princesse errante.

Si Marguerite goûte assez cette fuite éperdue – beaucoup plus que Catherine de Duras qui meurt de peur – l'homme qui l'emporte à travers la nuit vit l'heure la plus exaltante de son existence. Il se nomme Gabriel d'Aubiac, il est le frère d'une de ses filles d'honneur et il commandait, il y a une heure encore, l'une des compagnies qui défendaient la ville. Grand, mince, très vigoureux, roux comme une carotte mais avec des muscles de lutteur, c'est un Auvergnat d'une des meilleures maisons de la région de Riom. C'est aussi un excellent cavalier... et un amoureux au tempérament exigeant.

On dit qu'au jour de l'arrivée de Marguerite, Aubiac a confié à son ami Lignerac, bailli de Haute-Auvergne : « Oh ! Coucher avec cette femme, à peine d'être pendu ensuite !... »

Il réalisera pleinement ce programme.

Pour l'instant il se contente de savourer le moment. Ce sont les bras de Marguerite qui le ceinturent, les cheveux de Marguerite que le vent de la course fait voltiger contre sa figure, le souffle de Marguerite qu'il sent dans son cou. Et il aimerait que cette chevauchée infernale n'ait pas de fin. En fait, elle va durer six jours. On fait huit lieues dans la nuit pour atteindre Pressac, quinze le lendemain pour coucher à Saint-Projet, douze le jour suivant jusqu'à Bournazel, huit le samedi pour atteindre Entraygues et trois seulement le dimanche : la reine désire entendre la messe au monastère des Augustins de Montsalvy. On est presque arrivés puisque le but final de la chevauchée c'est Carlat, rude forteresse érigée sur une noire falaise et réputée imprenable. C'est là que s'était réfugié le duc de Nemours avant de se rendre à Louis XI, là encore que le connétable de Bourbon songeait à résister à François Ier avant de se décider à passer en Espagne.

Au lendemain de la messe à Montsalvy le formidable rocher et son gigantesque château, au pied duquel se tasse un village peureux, se dressent à l'horizon. Marguerite peut respirer : elle est chez elle car sa mère lui en a fait présent. Elle y est d'ailleurs accueillie comme il convient par le gouverneur, Marzé, qui est le propre frère de Robert de Lignerac, le bailli de Haute-Auvergne. Seul Gabriel d'Aubiac est triste : le beau voyage est terminé. Marguerite redevient reine et lui n'est plus qu'un soldat.

Un soldat qu'elle va d'ailleurs négliger dans les premiers temps. Elle a bien autre chose à faire et d'abord s'installer, ce qui n'est pas facile. Vu de l'extérieur, le château est imposant, même majestueux et pourvu de défenses redoutables mais, en dépit de son nom ronflant de palais Bridoré, le logis seigneurial est dans un état déprimant : il sent la pipe et le corps de garde ! On dirait que, de son existence, il n'a connu balai ou plumeau.

Heureusement voici du renfort ! Robert de Lignerac arrive bientôt avec les fidèles de la reine et surtout ses bagages et ses meubles puisqu'il était d'usage que les grands de ce monde ne voyageassent jamais sans un véritable déménagement. Ravie, Marguerite fait réquisitionner du monde dans le village pour des réparations et même fait venir d'Aurillac tapissiers, maçons, peintres, valets, servantes et marmitons.

Parmi les arrivants il y a le chanoine Choisnin, son trésorier, qui se double d'ailleurs d'un homme fort riche, ce qui n'est pas à négliger car justement, le fameux trésor de guerre est à sec. Lignerac aussi est riche et Marguerite commence par lui emprunter dix mille livres pour ses premiers frais. Ensuite c'est à Choisnin qu'elle s'adresse, sans grand scrupules d'ailleurs : c'est à elle qu'il doit sa fortune.

Hélas, Marguerite ne sait pas compter et elle ne tarde pas à se retrouver démunie. Ses deux créanciers, voyant que l'argent ne rentre pas et que leur créance risque d'être placée à fonds perdus, se mettent à penser avec un bel ensemble qu'il leur serait peut-être possible de se faire payer d'autre monnaie. C'est ainsi qu'un soir, d'Aubiac qui est de garde voit arriver le chanoine qui, d'un ton fort insolent, exige qu'on lui ouvre la chambre de la reine. On imagine la réponse du jeune homme. D'un mot en vient un autre et rapidement la querelle dégénère en pugilat à l'avantage du plus jeune. C'est ainsi que l'amoureux chanoine se retrouve bientôt dans la cour sous une grêle de coups de fourreau d'épée.

Mais si d'Aubiac pense en avoir fini pour la nuit, il se trompe. Paraît Lignerac qui a tout vu et qui, cruellement, ouvre les yeux du malheureux : à Agen même Marguerite a eu des bontés pour son trésorier. Celui-ci sait beaucoup de choses sur elle. Il a même des lettres. Que va-t-il se passer s'il se précipite au Louvre pour déverser sa bile dans l'oreille du roi ? Et comme le jeune homme s'indigne, Lignerac lui assène qu'à Carlat même la reine a déjà eu deux ou trois amants… et que lui-même a bien l'intention de prendre son tour… C'est la fin d'une belle amitié…

Lignerac cependant devra attendre encore avant de faire des propositions malhonnêtes : peu après l'Épiphanie, en janvier 1586, Marguerite tombe malade : un gros rhume, dû aux courants d'air et à la neige, qui dégénère en bronchite. Un moment même on craint pour sa vie et les médecins arrivent de partout, de Rodez, d'Aurillac et même de Moulins, appelés par Catherine de Duras affolée. Mais pendant des semaines, la fièvre sera l'hôte de la chambre royale…

Et puis, un matin où le soleil brille un peu, la reine ouvre un œil enfin clair et sourit pour la première fois.

Elle est très faible mais sa première parole réclame son miroir, un précieux objet vénitien encadré d'or et serti de pierreries, cadeau de Catherine de Médicis à la plus coquette de ses filles. Mais Marguerite n'a pas le temps de le consulter : un jeune homme vient d'entrer portant une tasse de tisane sur un plateau. Il est blond, avec une bouche tendre et de trop longs cils mais son corps vigoureux est bien celui d'un garçon. Il est charmant et la reine qui ne l'a jamais vu s'intéresse d'autant plus à lui qu'il lève sur elle des prunelles bleues pleines d'admiration. Alors sans le regarder, la malade rend le miroir à sa dame d'honneur. « Je n'en ai plus besoin. Je sais tout ce que je voulais savoir… »

Dans les jours qui suivent, la santé de Marguerite s'améliore. Pourtant elle ne se résigne pas à quitter sa chambre… où le jeune apothicaire vient quotidiennement lui donner des soins de plus en plus attentifs. Un jour, Lignerac, fou de rage, enfonce la porte, trouve la reine dans les bras du garçon et embroche celui-ci sans autre préambule. Seule l'arrivée d'Aubiac l'empêche de se jeter sur sa maîtresse pour la violer. Fou de rage, Lignerac quitte la chambre, mais il quitte aussi Carlat en criant bien haut qu'il se vengera.

C'est l'inquiétude qui, finalement va jeter Marguerite dans les bras de son seul défenseur : Gabriel d'Aubiac. En effet, dans les jours qui suivent, elle ne se sent plus en sécurité. Marzé, le gouverneur, est le frère de Lignerac et il s'absente souvent, sans dire où il va ? Or, l'ennemi mortel de Marguerite, le duc de Joyeuse, favori d'Henri III, est en marche pour venir l'attaquer. Quand d'Aubiac exige, pour prix de son dévouement, une nuit d'amour, Marguerite n'hésite pas et tombe dans ses bras. Elle s'en relèvera amoureuse. Bientôt elle adorera son « chevalier… »

Après la mort de Marzé qui a trépassé à la suite d'un trop bon dîner offert d'ailleurs par la reine mais sans qu'elle y soit pour rien, d'Aubiac devient gouverneur de Carlat. Un gouverneur singulièrement distrait qui songe plus à faire l'amour qu'à surveiller ce qui se passe au château ! Il néglige les plus élémentaires consignes de sécurité et donne sa confiance à des hommes qu'il croit sûrs mais qui sont surtout dévoués à Robert de Lignerac.

Et il arrive ce qui devait arriver : une nuit Lignerac investit le château, fait jeter « le gouverneur » dans un cul-de-basse-fosse... et s'en va discuter avec Marguerite. Il entend d'abord se faire rembourser sa créance et, pour cela s'empare de ses joyaux mais, pour la vie d'Aubiac, il faut autre chose. Autre chose de facile à deviner...

Ayant ainsi acheté son bourreau, Marguerite, à l'issue d'une nuit pénible, quitte Carlat comme elle y est arrivée : en croupe derrière Gabriel et entourée d'une vingtaine de personnes. Lignerac ne lui a pas laissé le choix : Joyeuse approche et il entend bien lui ouvrir largement les portes...

Cette fois la petite troupe va seulement traverser l'Auvergne. On se dirige vers le château d'Ybois, situé dans la région d'Issoire. C'est une retraite aussi solide que Carlat et, à plusieurs reprises, Catherine de Médicis a conseillé à sa fille de s'y rendre. Aussi Marguerite se hâte-t-elle vers ce nouveau refuge.

Elle y arrive trempée comme un barbet car il a fallu passer en pleine nuit une rivière à gué. Hélas, c'est pour constater que le refuge est devenu piège. Le gouverneur, M. de Canillac, a reçu de la reine mère des ordres sévères touchant sa turbulente fille et Marguerite, qui espérait régner, se retrouve pratiquement prisonnière. Quant à Gabriel d'Aubiac il est arrêté sur l'heure...

Le 8 novembre 1586, il est condamné à mort. On l'a accusé d'avoir empoisonné Marzé. Il fallait bien trouver quelque chose puisque l'inculpation d'avoir été l'amant de la reine de Navarre aurait fait hurler de rire la France entière.

Gentilhomme, il devrait périr par la hache mais la reine mère entend faire un exemple. Peut-être pour décourager ceux qui seraient encore tentés de mener avec sa fille une vie scandaleuse. On le condamne à être pendu par les pieds jusqu'à ce que la congestion entraîne la mort. Un supplice fort à la mode chez les Florentins.

C'est à Aigueperse, sur la place Saint-Louis qu'a lieu le supplice, en présence de Marguerite plus morte que vive. Entre ses mains et jusqu'à la fin, d'Aubiac a obtenu la faveur de garder entre ses mains un petit manchon de velours bleu dans lequel Marguerite avait coutume de réchauffer ses jolies mains durant le cruel hiver de Carlat.

Quelques jours plus tard, la reine de Navarre est conduite sous une forte escorte que commande Canillac au sinistre château d'Usson qui, depuis Charles VII est prison d'État. Les premiers jours se passent dans les pleurs et dans la poésie : la prisonnière compose une élégie à la mémoire de son dernier amour. Puis, comme il faut bien revenir à la réalité un jour ou l'autre, elle examine sa situation… et entreprend de séduire son geôlier, le gros Canillac, en dépit du fait qu'il n'est pas fort séduisant. Mais nécessité fait loi…

Elle y réussit au-delà de ses espérances. Ce qui lui vaut de troquer sa condition de prisonnière contre celle de maîtresse absolue de la forteresse où, bientôt, meubles et objets familiers viendront la rejoindre. Une fois encore les tapissiers et peintres de la région vont avoir du travail car Marguerite imagine bien qu'on ne va pas la relâcher de sitôt…

Elle y reste en effet dix-neuf années, fort bien remplies, par la création d'une manécanterie de jeunes chanteurs destinés à sa chapelle… et accessoirement à réchauffer son lit les soirs d'hiver dès que la barbe leur venait. C'est ainsi qu'un jeune chaudronnier, dont Marguerite fera un sire de Pominy, garde longtemps la préférence. Ce qui n'empêche pas quelques nuits fugitives avec un bel étranger de passage. La reine lit Pétrarque et Plutarque et correspond assidûment avec Brantôme, revenant ainsi à ses chères études. Honoré d'Urfé vient lui dire à domicile ses pastorales.

Le 10 novembre 1599, le divorce entre Marguerite et Henri de Navarre est prononcé. Il va permettre au Béarnais d'épouser Marie de Médicis. Pas pour son bien ni pour celui de la France... Mais c'est seulement cinq ans plus tard qu'il autorise son ex-femme à quitter Usson pour revoir Paris. Paris qu'elle n'a pas vu depuis vingt ans...

Alors qu'il a si mal accueilli, jadis, son épouse, Henri accueille presque triomphalement la « duchesse de Valois » quand elle vient prendre possession du château de Madrid, à Boulogne-sur-Seine, qu'il lui a attribué. Le petit Dauphin qui l'aime bien et l'appelle « Maman ma fille » vient l'y visiter, et aussi Henri lui-même pour qui elle est devenue « ma sœur ». Mais, l'hiver venu, c'est à l'hôtel de Sens qu'elle s'installe. L'archevêque le lui a prêté.

On pourrait imaginer que dans si pieuse demeure « Margot » mènerait enfin une existence exemplaire. Ce serait mal la connaître. Les amants succèdent aux amants. Elle les choisit tous blonds mais c'est pour pouvoir leur faire couper les cheveux afin de s'en faire des perruques. Elle perd les siens, hélas, et la beauté n'est plus guère qu'un souvenir si le charme demeure...

Assez puissant d'ailleurs pour que deux de ses jeunes amants, Vermont et Saint-Julien se haïssent. Le premier tue le second et Marguerite, hors d'elle, veut faire étrangler le vainqueur... avec ses jarretières. C'est tout ce qu'elle a sous la main... On le lui enlèvera à temps afin de le faire décapiter congrûment par le bourreau.

Mais, du coup, elle n'aime plus la maison de l'archevêque et choisit de s'acheter une demeure sur la rive gauche, à l'emplacement de ce qui est aujourd'hui la rue de Seine et une partie de l'Institut. Elle la transforme en château avec un beau jardin. Mais, pour l'été elle se fait construire, à Issy-les-Moulineaux, une villa à l'italienne avec bassins, jets d'eaux et cascades. Vrai lieu de délices où elle dorlote son nouvel amant, un Agenais nommé Bajaumont.

Elle le dorlote si bien que le malheureux meurt, exténué… par une femme de soixante ans.

Un chanteur le remplace. Il s'appelle Le Villars. Elle l'attife de toquets emplumés qui amusent les Parisiens. On l'appelle « le roi Margot ». Mais il est si attaché à la vieille reine qu'après une maladie dont elle a pensé périr, il s'en va faire, à pied, un pèlerinage à Senlis. Elle le suit en carrosse avec toute une cargaison de cierges…

Le Villars est le dernier amant. C'est lui qui, le 27 mars 1615, recueille le dernier soupir de celle qui, à de rares exceptions près, sut mettre ses désirs en accord avec son cœur. Ce soupir est un dernier baiser…

LES ÉPOUSES DE PIERRE LE GRAND

1. Eudoxie : la fille du boyard

Le jeune tsar Pierre venait d'avoir treize ans quand sa mère Nathalie se prit à songer que ce serait peut-être une bonne chose de le marier et qu'en tout état de cause le plus tôt serait le mieux. Elle venait, en effet, de recevoir, soigneusement rédigée par l'un des rares détenteurs de plume du village de Preobrajenskoie où elle vivait, la plainte suivante :

« … Je suis venue sur la pelouse vêtue de mes plus beaux habits et je suis rentrée nue comme un ver car le tsar a déchiré mon corsage, ma jupe et mes rubans. Il m'a cassé au moins une côte car je me suis défendue contre ses désirs et n'ai pas voulu commettre le péché mortel… »

Qu'un garçon de treize ans entreprît de violer les servantes dans le jardin de sa maison avait déjà de quoi inquiéter mais le pire était que cette plainte n'était pas la première. Depuis qu'il avait atteint la puberté, Pierre semblait avoir donné le jour à une sorte de fauve pourvu d'une virilité particulièrement exigeante : il coursait les servantes de sa mère aussi activement que le chien du jardinier pourchassait les poules du pope. Il fallait aviser… Nathalie s'en alla faire un tour dans la campagne pour mieux réfléchir.

Peut-être convient-il d'expliquer avant d'aller plus loin le côté curieusement agreste du décor, aussi peu impérial que possible dans lequel évoluait Nathalie. Un village, une maison de campagne, une paysanne que l'on trousse sur une pelouse dans la meilleure tradition des kermesses flamandes, les poules d'un pope, voilà qui n'évoque guère les splendeurs et les rudes murailles du Kremlin dont le côté champêtre n'a jamais été évident.

C'est qu'en cette année 1685, la Russie est curieusement gouvernée : elle a deux tsars et, en renfort de potage, une régente qui d'ailleurs ne devrait pas être là car elle règne au nom de ses frères, dont l'un au moins, le dernier, a toujours sa mère. Sophie, la régente, a pris le pouvoir après la mort d'un autre frère, le tsar Fédor III mort à vingt et un ans d'une indigestion de tarte aux mûres dont certains esprits chagrins ont pensé qu'on y avait peut-être remplacé le sucre-glace par de l'arsenic ou quelque chose d'approchant.

Cette grande débauche de frères et sœurs tient tout entière dans le fait que le tsar Alexis – dit le Tsar très Paisible – père de toute cette nichée n'eut pas moins de seize enfants de ses deux épouses ! Marie, fille du boyard Miloslawski, et Nathalie, fille d'un quelconque rond-de-cuir moscovite. Plus, un enfant naturel qui s'appelait Pouchkine et que, sans rougir d'une si brillante acrobatie littéraire, on surnomma Platon.

Venons-en, à présent, aux deux tsars : Ivan et Pierre. Ils ne vivent pas ensemble. Ivan qui a six années de plus que Pierre et qui, comme Sophie, est l'un des treize enfants de Marie Miloslawski, est une sorte de dégénéré indolent, retardé, qui doit soulever ses paupières avec deux doigts s'il veut y voir clair. C'est lui, naturellement, que Sophie garde auprès d'elle au Kremlin...

En fait, au moment où l'on portait en terre la victime de la tarte aux mûres et où l'on hissait ses jeunes frères au trône, la régence aurait dû revenir tout entière à la mère de Pierre et surtout, comme cela se produisait toujours, à sa famille, les Narychkine, personnages arrogants, avides et envahissants, tout comme les Miloslawski d'ailleurs. Mais Nathalie, pratiquement inculte, frivole, superstitieuse et sensuelle était aussi peu faite que possible pour exercer le pouvoir alors que Sophie brûlait de saisir d'une main ferme les rênes du gouvernement.

Elle y parvint grâce à un massacre. La garde des palais impériaux était assurée alors par une sorte de garde prétorienne, ou plus exactement un corps de janissaires, les strelitz, qui représentaient une force considérable car ils étaient répartis en vingt régiments de mille hommes chacun. Ces gens qui, jadis, constituaient une troupe d'élite avaient acquis, dans la fréquentation de la capitale, non seulement des privilèges mais aussi de mauvaises habitudes. Insolents et cupides, n'obéissant guère qu'à leur bon plaisir, soldats de père en fils, ils avaient fini par constituer une sorte d'État dans l'État. Qui les avait de son côté était sûr d'exercer le pouvoir.

Sophie comprit cela et, un terrible jour, le 15 mai 1682, les strelitz surchauffés par de nombreuses libations et par des bruits perfides – les Narychkine auraient empoisonné Fédor III et menaceraient d'en faire autant au jeune Ivan – se jetèrent sur le Kremlin pour en extirper les Narychkine maudits, ces suppôts de Satan.

Pendant quatre jours, les valeureux soldats, retroussant les manches de leurs chemises rouges, massacrèrent, torturèrent, dans l'enceinte du Kremlin et dans Moscou, tout ce qui les gênait sans distinction d'âge ou de sexe. On n'osa pas toucher à Nathalie ni à son fils mais quand la révolte, enfin, s'apaisa, Nathalie dut en passer par où le voulait Sophie qui d'ailleurs ne se gênait pas pour récompenser dignement les massacreurs en leur dispensant les biens des victimes. Le petit Pierre n'était plus que « second tsar », la préséance appartenant à Ivan. Et, pour être bien sûre que ces deux-là ne la gêneraient pas trop Sophie envoya mère et fils vivre – plutôt mal que bien – à Preobrajenskoie, un village proche de Moscou où existait une sorte de maison des champs pompeusement dénommée palais d'été !...

Humiliée, Nathalie n'en éprouva pas moins une sorte de soulagement en s'éloignant, avec son fils indemne, de la monstrueuse Sophie. Elle l'était, en effet, aussi bien physiquement que moralement. Mais le petit Pierre ne devait jamais oublier les quatre jours de cauchemars vécus durant la révolte. Il a vu ses oncles coupés littéralement en morceaux sous ses yeux, il a entendu les cris des agonisants, il a vu, sur des piques, les têtes de ceux qu'il aimait et, surtout, il a respiré durant près de cent heures l'odeur du sang. De tout cela il gardera des crises nerveuses et une haine irréversible des strelitz et de sa demi-sœur Sophie. Mais, comme un jeune fauve qui lappe le sang pour la première fois, il en gardera le goût et il aimera de plus en plus le faire couler. Les terribles souffrances qu'endurera le peuple russe sous ce grand règne sont nées le 15 mai 1682 quand tomba la première tête sur le perron rouge du Kremlin...

S'il demeure sujet à des angoisses et à des crises d'épilepsie, Pierre n'en est pas moins totalement différent d'Ivan. Le cheveu noir, l'œil noir et le muscle solide, il est taillé comme un roc et mesurera environ deux mètres quand il aura atteint son plein développement[1]. À la limite, la vie campagnarde qui lui est imposée lui convient infiniment mieux que celle qu'il aurait subie dans le clair-obscur étouffant des grandes salles aux voûtes basses du Palais des Facettes au Kremlin. Il aime se dépenser physiquement et il aime le grand air.

Son éducation est aussi étrange que son instruction. Sa mère, qu'il adore, est beaucoup trop faible pour lui imposer la moindre férule et les maîtres qu'elle lui choisit sont d'un pittoresque qui frise le burlesque. Après l'Écossais Menesius qui ne lui a appris que l'art de la guerre – mais qui est Écossais, chose importante aux

1. Il est même tellement différent que beaucoup pensent qu'il est en réalité le fils du pope Nikone, un géant lui aussi, qui menait le tsar Alexis à la baguette. Pierre malheureusement le pensera et cette incertitude empoisonnera sa vie. Elle justifiera quelque peu sa haine des prêtres.

yeux de Nathalie dont la mère est née au nord de la Tweed – on le confie à un ivrogne invétéré, Nikita Zotov qui éclatera en sanglots en apprenant sa nomination et qui, pour se donner le courage d'instruire le jeune maître boira encore plus que de coutume. Mais Pierre adorera toute sa vie ce joyeux poivrot qui lui apprit à lire et à écrire tant bien que mal mais qui possédait un don de conteur par lequel les récits de la Bible et des hauts faits du tsar Alexis prenaient une coloration intense. À l'heure où il cassait les côtes d'une jolie fille pour en venir à bout, Pierre ne rêvait que plaies et bosses et s'entraînait à la guerre avec tous les garnements des environs que d'ailleurs il enrégimentait peu à peu. Le fameux régiment Preobrajenski naîtra bientôt de ces assauts pour rire et de cette camaraderie de gamins.

Un peu plus tard, au grand soulagement de Zotov, un jeune Hollandais, Timmerman, viendra apprendre à Pierre l'arithmétique, la géométrie descriptive et l'art de la navigation qui fascine le jeune homme depuis le jour où il a découvert une vieille barcasse à demi pourrie et entrepris de la remettre en état. Car, en outre, il s'intéresse à toutes les techniques, à toute forme d'artisanat et, petit à petit, il apprendra au cours de sa vie « quatorze » métiers qui vont de celui de charpentier à celui de chirurgien dentiste. Il exercera celui-ci d'une manière fort désagréable pour son entourage.

Mais si Nathalie pensait inclure le mariage dans le programme d'une existence aussi occupée, elle se trompait. L'avantage de la vie que menait Pierre c'était une liberté quasi totale : il n'avait aucune envie de se passer un fil à la patte quand il y avait sous le soleil tant de jolies filles que l'on pouvait bousculer tout à son aise dans les roseaux de la Moskova. C'est seulement à la fin de l'année 1688 que, dans le but unique de faire plaisir à sa mère, Pierre accepte enfin qu'on lui trouve une épouse. Et comme Nathalie s'inquiète de ses préférences, il s'en remet à elle seule : « Choisissez vous-même ! Si elle vous ressemble, tout sera bien… »

Et il retourne abattre un ou deux arbres pour construire un fortin. En vérité le choix de Nathalie est déjà fait mais elle aimerait qu'au moins Pierre l'entérine. Or, il s'y refuse : sa fiancée, il la verra bien assez tôt le jour du mariage.

Il faut bien en passer par là. C'est ainsi que, le 27 janvier 1689, à Moscou, et dans tout l'appareil qui convient à un tsar, même de seconde classe, Pierre épouse Eudoxie Lapoukhine qui est plus âgée que lui ce qui n'a guère d'importance si l'on considère que Pierre fait beaucoup plus que ses seize ans et Eudoxie beaucoup moins que ses vingt ans.

Elle est belle, Eudoxie. Brune, fine, douce... trop douce ! C'est une véritable fleur du « térem », ce gynécée où végétaient les femmes et les filles de la noblesse avec, pour seule distraction, en dehors des ardeurs masculines, la dévotion, les potins et l'interprétation des rêves. En remplaçant les bains dans une piscine par la prosternation devant les icônes, le térem est une assez bonne copie de son frère oriental le harem.

Néanmoins, Eudoxie en sait un peu plus qu'une odalisque. Elle a appris à lire, à écrire, à coudre, à broder, à chanter des chansons et à s'occuper des bébés. Elle n'est pas sotte non plus mais tellement timide qu'elle ne sait pas se mettre en valeur. Pudique aussi, elle s'accommode parfaitement des raides robes byzantines qui dissimulent si bien le corps. Elle ne comprend pas que leur côté antique et traditionnel déplaise à son époux et, quand elle les dépouille à l'heure de l'amour, c'est toujours avec une extrême confusion.

Pourtant elle aime ce superbe garçon auquel on l'a unie et en dépit de la rudesse, on peut même dire de la brutalité qu'il lui dispensera toujours si généreusement, elle continuera ses rêves et lui écrira – la plume rassure sa timidité – des billets aussi tendres que les sobriquets amoureux qu'elle lui donne. Son mot préféré est « Lapotchka » qui signifie « petite patte ». Si l'on considère les battoirs qui servent de mains à Pierre et les traitements que ces pattes d'ours infligeront à la malheureuse Eudoxie, on constate une fois de plus que l'Amour est réellement aveugle.

La lune de miel dure exactement trois jours. Puis, laissant Eudoxie à la garde de Nathalie dans la maison sur la colline de Preobrajenskoie, Pierre prend le large pressé de retrouver ses hommes, soldats ou marins, et les filles d'auberge solides et ardentes au plaisir qui ont toutes ses préférences. Jamais il n'aimera Eudoxie en dépit de sa grâce et un jour viendra où, sans la moindre raison valable, il la haïra franchement. D'ailleurs, dans l'immédiat il va avoir autre chose à faire que conter fleurette à une jeune mariée.

Les fêtes du mariage et l'enthousiasme que le jeune géant a déchaîné dans le peuple ont donné à penser à Sophie qui est loin d'en obtenir autant. Il est superbe et elle est affreuse : grasse, lourde avec des bajoues en dépit de son âge, un nez trop long, des yeux froids et calculateurs. À considérer ses portraits on se prend d'un certain respect pour l'homme qu'elle aime, le très séduisant, très intelligent et, chose rare dans la Russie de cette époque, très raffiné prince Golitzine.

Jusqu'à présent, Sophie considérait comme quantités négligeables les rapports de ses espions sur les activités de Pierre à Preobrajenskoie. Maintenant, elle écoute avec un froncement de sourcils ces récits qui parlent d'une troupe régulièrement enrégimentée, dûment armée par les prélèvements que Pierre a fait faire dans l'Arsenal et même pourvue d'un bel uniforme vert. Populaire et possédant une armée, le tsar de seconde zone pourrait bien avoir dans l'idée de devenir tsar à part entière. Et comme Sophie aime passionnément le pouvoir, qu'elle n'ignore rien de la haine que lui voue Pierre, elle pense qu'il faut en finir.

Poussée par son nouvel amant Chaklovity, elle décide d'envoyer, dans la nuit du 7 au 8 août, une troupe de strelitz envahir la résidence de Pierre et y massacrer tout ce qui bouge mais surtout le jeune tsar, sa mère, sa femme et ses amis…

Seulement elle oublie qu'elle ne fait plus l'unanimité chez les strelitz depuis la mort de leur héros préféré le prince Khovanski[1]. Dans la nuit du 6 au 7, deux hommes courent à Preobrajenskoie, réveillent Pierre qui dort paisiblement auprès d'Eudoxie et le préviennent. Une véritable panique s'empare alors du jeune homme au seul nom de strelitz qui ramène en foule les abominables souvenirs d'enfance. Sans même prendre le temps de s'habiller, en chemise – heureusement, c'est l'été – il saute à cheval et s'enfuit talonné par tous les démons de l'épouvante. Il galope comme cela jusqu'au puissant couvent fortifié de la Trinité-Saint-Serge où il se retranche et où, dès le matin, sa famille et ses amis vont venir le rejoindre avec sa troupe.

À Moscou, cependant, les strelitz ne sont pas partis. Sophie doit faire face à des avis partagés. Comprenant que la partie est perdue mais gardant encore quelque espoir en pensant à la terreur que vient de manifester Pierre, elle se rend à son tour au couvent, armée de ce qu'elle espère être un beau sourire. Mais Pierre refuse de la recevoir. Qu'elle lui envoie la tête de son dernier amant puis qu'elle aille s'enfermer dans un couvent ! À ce prix seulement elle aura la vie sauve…

Et, tandis que les strelitz décapitent joyeusement Chaklovity après l'avoir un brin torturé pour le plaisir, Sophie gagne le couvent de Novodievitchi où elle doit prendre le voile. À dix-sept ans, Pierre qui devient vraiment Pierre Ier, est le maître absolu de toute la Russie. Il gardera de bonnes relations avec Ivan dont les revendications politiques sont nulles et qui coulera désormais des jours paisibles tandis que l'autre prendra sur ses larges épaules tout le poids du pouvoir.

---

1. Pour cette histoire brumeuse s'en référer à « la Khovantchina » de Moussorgsky qui offre au moins l'avantage d'une superbe musique.

Toute la famille s'installe au Kremlin mais la vie conjugale d'Eudoxie ne va pas devenir plus agréable pour autant. Alors que la petite maison de Preobrajenskoie lui offrait une sorte de semi-liberté, elle retrouve au palais les joies du térem qui d'ailleurs lui conviennent tout à fait. Elle est de ces chrysalides qui ne deviendront jamais papillon par goût immodéré du cocon. Et Pierre qui cependant hait tout le côté retardataire de la Russie, des caftans orientaux et des barbes des boyards aux stupides superstitions dont est construite la tradition et, surtout à l'étouffant pouvoir d'une Église richissime et omniprésente, Pierre va trouver commode de laisser vivre son épouse dans l'atmosphère confinée de cet appartement d'un autre âge. Ses plaisirs à lui sont ailleurs...

Ils sont exclusivement au « Faubourg allemand », une curieuse cité étrangère installée au bord de la rivière Yaouza à quelques kilomètres de Moscou. En dépit de son nom, elle est peuplée surtout de Hollandais, d'Anglais, d'Allemands aussi bien sûr, tous gens dont la compagnie attire fortement le tsar mais à qui la loi interdit la résidence dans l'enceinte de Moscou.

Là vivent les meilleurs amis de Pierre, le général Patrick Gordon, un Écossais de grande famille qui guerroie dans l'armée russe depuis des années et surtout le Suisse François Lefort, un gaillard de trente-cinq ans, jouisseur et polyglotte, quelque peu aventurier chez qui Pierre peut s'enivrer, fumer, se bagarrer et trousser les filles tout son saoul. Pour plus de commodité, le jeune tsar lui a même fait construire sur la rive de la Yaouza, un palais pourvu de vastes salles, orné avec un luxe tapageur et qui lui sert à la fois de salle de banquets, de garçonnière et de ring de boxe. Les femmes qui viennent là sont vêtues à la mode européenne, décolletées comme il se doit et ne craignent pas de prendre gaillardement place à table pour tenir tête aux hommes le verre en main.

Outre tous ces avantages, Lefort a aussi une maîtresse, Anna Mons, fille d'un aubergiste westphalien et qui, pour se donner du lustre se fait appeler Anna Mons de la Croix. C'est une superbe créature dont Pierre s'éprend au premier coup d'œil. Lefort, bon ami jusqu'au bout des ongles, ne verra aucun inconvénient à la lui céder et Anna deviendra la maîtresse attitrée de Pierre.

Ce qui ne l'empêche pas d'en avoir d'autres. En effet, le prince Kourakine, dans ses Mémoires, a décrit les véritables orgies dont le palais de Lefort était le théâtre. Les fêtes s'y appelaient « les batailles avec Ivachka Khmelnitzki » ce qui se traduit très approximativement par « les combats avec l'ivrognerie ». Le fin du fin était « l'épreuve de l'Hercule moscovite » dont la règle était simple : il suffisait, pour gagner, de « déboucher dix-huit bouteilles (et pas pour les regarder simplement !) et dix-huit vierges ». Pierre gagna haut la main l'épreuve, assisté en cela par son ancien précepteur, l'ex-diacre Nikita Zotov, son plus fidèle compagnon de bamboche qu'il intronisera, plus tard, pape d'un concile burlesque.

À ces ripailles prenaient part les autres fidèles amis de Pierre. Les anciens d'abord comme l'énorme prince Romodanovski, une sorte de monstre qui aimait violer les femmes après les avoir torturées, et un autre prince, Boutourline, qui lui n'aimait pas les femmes et leur préférait… les chèvres. Les nouveaux se recrutèrent dans les basses classes : le jeune Alexandre Mentchikov, fils d'un écuyer de boyard mais qui aura un grand destin grâce à son maître et à la seconde femme de Pierre, et le juif Chapiro, marchand ambulant, rebaptisé Chafirov et qui sera un jour vice-chancelier de l'empire russe. Mais pour l'instant on en est loin et, au faubourg allemand, on songe surtout à se distraire d'une façon qui ne tarde pas à scandaliser le peuple… Le peuple qui se gouverne un peu n'importe comment à cette époque.

En effet – et ce n'est pas la moindre étrangeté du jeune tsar – à peine en possession du pouvoir absolu, Pierre a paru s'en désintéresser. Il l'abandonne à sa mère assistée du patriarche Joachim et d'une douma de boyards aussi rétrogrades que possible. Pendant ce temps, il se passionne surtout pour ses régiments, la construction navale et toutes les nouveautés venues d'Occident qu'il entend implanter en Russie de gré ou de force. Pour le moment, il s'éduque avant de faire profiter son peuple de ce qu'il a acquis…

Et Eudoxie, pendant ce temps ? Eh bien, non seulement Pierre ne s'en occupe guère mais il semble cristalliser sur elle cette haine qu'il éprouve pour tout ce qui est Vieille Russie. Il la méprise ouvertement, se moque de ses toilettes, de ses superstitions et de ses croyances. Néanmoins Eudoxie pourrait être heureuse dans le clair-obscur ouaté du térem car elle s'entend bien avec sa belle-mère qui l'a prise en affection et la défend, si seulement Pierre voulait bien se montrer tendre de temps en temps. Mais quand, ivre plus qu'à moitié, il se souvient d'elle, c'est pour la brutaliser.

L'une de ses filles d'honneur raconte qu'une nuit, Pierre tomba comme la foudre chez sa femme qui dormait, l'arracha de son lit, la força à s'habiller pour, ensuite, déchirer tous ses vêtements. Après quoi il la jeta nue sur son lit en présence de trois demoiselles, s'y jeta après elle puis se releva et vint s'abattre sur une table où il s'endormit…

Pourtant, elle l'aime et elle en accepterait bien d'autres s'il l'aimait seulement un peu. Elle lui écrit des lettres touchantes.

« À toi, mon souverain et ma joie, je souhaite longue vie. J'implore comme une faveur que tu viennes à moi. Daigne au moins répondre, ô ma lumière !… »

Un jour, pourtant, Eudoxie peut croire qu'elle a gagné la partie. C'est le 26 février 1690 et la jeune femme vient, sans le moindre problème, de donner le jour à un fils. Pierre est à moitié fou de joie. Il se jette sur sa femme, l'arrache presque de son lit dans son ardeur à la prendre dans ses bras, l'embrasse à l'étouffer et, pour finir, lui tord les poignets si fort qu'il manque de les lui briser. Puis il fait apporter de l'eau-de-vie pour tout le monde et ordonne des salves d'artillerie… après quoi il retourne joyeusement à sa vie de célibataire, à ses maîtresses et au faubourg allemand. Et Eudoxie le verra de moins en moins. Quand, quatre ans après la naissance du petit Alexis, Nathalie meurt, événement qui déchaîne chez Pierre un effrayant désespoir, elle ne le verra presque plus.

D'ailleurs il a tout de même autre chose à faire. Il guerroie contre les Turcs. En 1697, il quitte la Russie pour voir de plus près cette Europe qui le fascine. Il séjourne en Hollande, en Angleterre, pays dont les mœurs l'intéressent au plus haut point. Les femmes aussi et il laissera des souvenirs ineffaçables. Mais l'annonce d'une nouvelle révolte des strelitz le fait revenir plus vite que prévu.

Ce n'était qu'une mini-révolte, vite apaisée mais Pierre n'en décide pas moins d'en finir avec les fauteurs de troubles. Sa vieille peur, sa vieille haine réveillées, il va livrer aux tourmenteurs et aux bourreaux plus de 1 500 hommes. Lui-même se fera bourreau et, à la fenêtre de sa sœur Sophie, toujours au couvent de Novodievitchi mais soupçonnée de complicité, on pend trois hommes…

La fureur de Pierre ne s'arrête pas là. Il lui faut une autre victime, bien innocente pourtant : Eudoxie, simplement coupable d'être fermée aux idées nouvelles. En dépit de ses pleurs et de ses timides protestations d'amour, on lui rase la tête, on lui arrache son fils de neuf ans qu'elle ne reverra jamais et on l'envoie au couvent de Souzdal pour y être enfermée à vie. Répudiée, privée de titre et sans un sou, celle qui devient sœur Hélène pourrait mourir de misère, digne fin d'un calvaire déjà suffisamment long, si sa famille ne s'efforçait de lui venir en aide.

Et le silence se fait sur Eudoxie qui n'est plus Eudoxie. Un silence qui pourrait être définitif. Et le temps passe… Des années encore des années… Vingt années jusqu'à ce jour où le jeune Alexis, son fils, tout acquis aux anciennes coutumes et positivement terrifié par son père, marié contre son gré de surcroît, prend la fuite en compagnie d'une concubine nommée Euphrosine. Il s'enfuit jusque chez l'empereur d'Autriche qui lui donne asile et le garderait volontiers.

Avec un machiavélisme déroutant, Pierre qui est devenu Pierre le Grand et qui a repris femme, obtient que le fugitif rentre. Et là commence l'un des plus abominables procès de l'histoire. À coups de knout, Pierre fera torturer, torturera lui-même son fils pour en obtenir des noms, toujours des noms, vrais ou faux mais il entend faire disparaître le moindre comparse d'une fuite qu'il juge infamante. Le malheureux tsarévitch avouera tout ce que son père voudra avant d'expirer, mystérieusement dit-on. Il n'y a pas de mystère : Pierre a, de sa propre main, assassiné son fils...

Mais dans les noms qu'il a donnés, dans les vagues contacts qu'il a pu signaler, il se trouve qu'il y a sa mère, cette malheureuse oubliée depuis vingt ans à Souzdal. On envoie immédiatement un enquêteur sur place...

Ce que cet homme découvre est pour le moins surprenant. À Souzdal, au fond d'un couvent, Eudoxie a trouvé l'amour et connaît une sorte de bonheur...

Le héros de ce roman tardif est un capitaine, un certain Stepane Glebov venu à Souzdal pour y recruter des troupes. Il a vu Eudoxie au couvent et il a été touché de sa misère. Il lui a fait porter des fourrures pour qu'elle souffre moins du froid. La « sœur Hélène » l'a remercié par une petite lettre, puis l'a reçu.

La première visite a eu des suivantes et, presque naturellement l'ancienne tsarine est devenue la maîtresse de cet homme rude mais qui, du moins, dit qu'il l'aime et le lui prouve.

Eudoxie a dépassé la quarantaine et Glebov est nettement plus jeune qu'elle mais tous deux semblent animés par une même passion. Pendant les périodes où les amants se trouvent séparés Eudoxie écrit des lettres aussi passionnées que celles dont Pierre était jadis l'objet :

« Ô ma lumière, comment ferais-je pour rester sur terre séparée de toi. Oh mon entier, mon adoré, ma petite patte réponds-moi !... Viens me voir demain. Ne me laisse pas mourir de chagrin... Envoie-moi, ô mon cœur, la veste que tu aimes porter, envoie-moi un morceau de pain dans lequel tu auras mordu... »

Naïvement, mais peut-être avec une arrière-pensée, Glebov collectionne les billets d'Eudoxie. Et même, il mentionne sur chacun d'eux, avec un orgueil qui frise nettement la stupidité « lettre de la tsarine... »

Le roman va s'achever dans l'horreur et le sang. Amené à Moscou, avec d'ailleurs une bonne partie des nonnes de Souzdal, Glebov est affreusement torturé pour lui faire avouer une participation au complot d'Alexis. Il subit le knout, bien entendu, puis on le brûle avec des tenailles rougies, on lui brise les côtes, on l'enferme dans un cachot hérissé de pointes de bois tandis que les nonnes subissent elles aussi le fouet. Certaines en mourront en présence du tsar qui assiste à tous ces interrogatoires.

Stepane Glebov est courageux. En dépit des tourments il n'avoue rien. Qu'aurait-il pu avouer ? Il se sait perdu et ne veut pas charger son âme d'un péché de mensonge à l'instant suprême.

Sa mort sera atroce. Elle constituera le clou, si l'on peut dire, d'une de ces tueries en série comme Pierre les affectionne : le malheureux sera empalé mais pour qu'il ne meure pas trop vite dans le froid de l'hiver russe, on lui mettra une pelisse fourrée, des bottes et une toque de fourrure. Il mettra vingt-sept heures à expirer...

Eudoxie, elle, ne sera pas exécutée. On l'enfermera de nouveau mais cette fois beaucoup plus loin, dans un couvent des bords du lac Ladoga qui n'avait pas grand-chose à envier aux goulags du XXe siècle. Et le jour où elle y arrivera, deux moines lui appliqueront le fouet en plein chapitre... Elle ne saura pas que son fils a été lui aussi massacré...

En dépit du terrible climat, Eudoxie vivra là jusqu'à la mort de Pierre le Grand, c'est-à-dire durant sept années. L'impératrice Catherine Ière lui accordera la permission de s'installer dans un couvent de Moscou. C'est là qu'elle mourra le 7 septembre 1731 après avoir vécu l'existence d'une martyre…

L'impératrice Catherine Ier ? Autrement dit la seconde épouse de Pierre, celle qu'il couronna de sa propre main avant de lui léguer cette Russie à laquelle il avait fait pleurer des larmes de sang pour lui inculquer des idées nouvelles… Mais, au fait, qui était-elle au juste ?

LES ÉPOUSES DE PIERRE LE GRAND

2. «Katinka » : la servante du pasteur de Riga

Il faut remonter un certain nombre d'années en arrière, en juillet 1702, alors que la longue guerre qui opposait Pierre à Charles XII de Suède, l'Alexandre du Nord, battait son plein. Au nord de la Pologne, non loin de la baie de Dantzig[1], la puissante ville de Marienburg vient de tomber aux mains des Russes du prince Chérémétiev.

Le commandant suédois de l'ancienne forteresse des chevaliers teutoniques ayant décidé de se faire sauter dans la citadelle avec toute sa garnison, il autorise ceux des habitants qui le souhaitent à quitter la ville. Craignant d'être écrasés sous les décombres on se hâte de profiter de la permission. Parmi les fuyards l'une des notabilités : le pasteur Gluck, sa famille et sa servante qui, avec armes et bagages, se hâtent vers les avant-postes russes où, naturellement, on les arrête.

Les Kalmouks dans les bras desquels ils se sont jetés n'ont rien de rassurant mais le pasteur parle plusieurs langues et leurs officiers pensent qu'il peut être utile comme interprète, d'autant qu'il propose aimablement ses services. On le conduit avec sa troupe devant le vieux maréchal Chérémétiev qui, désireux d'utiliser ses compétences, l'embauche aussitôt... mais l'envoie à

1. Aujourd'hui Gdańsk.

Moscou où, avec sa famille, il ira grossir le faubourg allemand.

Avec sa famille mais pas avec sa servante. Celle-ci s'appelle peut-être Hélène-Catherine, peut-être Marie ou Marthe Skavronska – peut-être les quatre ! C'est une grande et belle fille blonde de dix-sept ans, plantureuse à souhait avec un visage rond au nez retroussé et aux yeux bleus plutôt ronds eux aussi. Tout à fait le type qui convient au militaire ! D'ailleurs quand le pasteur et les siens comparaissent devant le maréchal, elle ne vient qu'un peu après car, à peine arrivée chez les Russes, elle a été immédiatement confisquée par un dragon nommé Démine qui n'a pas perdu une seconde pour la jeter dans son lit.

Elle n'a même pas songé à protester. D'abord, c'est une fille habitée par un sang-froid extraordinaire. Ensuite, ce sang-froid est doublé d'un tempérament proprement volcanique. Enfin ce n'est pas la première fois que pareille aventure lui arrive.

Née en Livonie de parents polonais et calvinistes, Catherine – mieux vaut lui donner définitivement ce nom – était fille de ferme avant la guerre russo-suédoise. La Livonie[1], quand éclata le conflit, vit passer sur elle des soldats russes, polonais et suédois. Catherine aussi. Elle eut même tant de succès qu'il fut un moment question d'en faire la pensionnaire d'un bordel militaire quand le sens commercial d'un dragon suédois nommé Johann Rabe l'en sauva. Rabe, pour s'assurer la propriété de cette belle créature l'épousa mais pour la vendre plus commodément à un autre soldat, livonien celui-là et dont l'histoire n'a pas conservé le nom glorieux. Celui-ci la força à se prostituer et, naturellement, encaissa les gains.

Un engagement contre les Russes délivra Catherine de ce protecteur encombrant et, peu désireuse de tomber entre les mains d'un autre amateur éclairé, la jeune

1. Ancienne région historique située au nord de la Lituanie.

femme s'enfuit à Marienburg où elle entra au service du pasteur Gluck.

Celui-ci ne devait jamais regretter son acquisition : il avait trouvé une perle. Celle que Ton appelait, en effet, « la plus belle fille de Marienburg » s'entendait comme personne à moucher les enfants, faire la cuisine, laver le linge et, surtout, repasser les chemises. Elle travaillait si bien que le pasteur lui confia ce que l'on pourrait appeler l'économat de sa maison et, pour la récompenser, il la maria à un trompette suédois nommé Kruse.

L'explosion de la forteresse de Marienburg fit de Catherine une veuve. Le trompette était parti en fumée. Elle ne s'y était pas vraiment attachée d'ailleurs et s'apprêtait à servir son dragon russe d'une âme aussi impavide quand elle eut à comparaître, avec le pasteur et sa famille, devant Chérémétiev.

À la vue de cette jeune et fraîche plante provinciale, le vieux maréchal sent se réveiller ses vieux instincts. Elle est juste ce qu'il faut pour lui tenir chaud durant les nuits d'hiver et, sans autre forme de procès, il l'enlève au dragon pour la mettre dans son lit. Mais son commerce n'en est pas moins un peu rustique pour un homme habitué à plus de raffinements et il s'en lasse vite. Mentchikov grand amateur de beautés plantureuses s'en empare et l'installe auprès de lui avec un statut de favorite.

Il est beaucoup plus jeune que le maréchal, passablement séduisant et Catherine ne demande qu'une chose : que cela dure. Toute sa vie, ou presque, elle gardera un penchant pour l'ex-fils d'écuyer et, devenue impératrice, elle en fera son favori et son Premier ministre.

Or, un soir, le tsar arrive au camp, et naturellement vient souper avec son favori. Mentchikov met les petits plats dans les grands et Catherine veille au service de la table auquel elle participe activement sans paraître remarquer que les yeux noirs de Pierre la suivent avec attention, qu'il se penche pour parler bas à l'oreille du prince et que tous deux rient... Mais bientôt le tsar s'adresse directement à la jeune femme :

« Il lui trouva de l'esprit, écrit l'un des aides de camp du souverain, et termina son badinage avec elle en disant qu'il fallait, lorsqu'il irait se coucher, qu'elle portât le flambeau dans sa chambre... »

On ne saurait être plus clair. Le soir même Catherine entrait au lit de Pierre le Grand sans pour autant quitter tout à fait celui de Mentchikov, habitué d'ailleurs à partager ses maîtresses avec son maître mais qui, cette fois, dut tout de même faire contre mauvaise fortune bon cœur.

Le partage dure peu de temps. Cette femme que rien n'étonne, qui sait garder en toutes circonstances une éternelle bonne humeur, qui se montre aussi ardente au lit qu'à table et qui ne craint ni la dure ni la fatigue, c'est exactement celle qu'il faut à Pierre. Et quand il est sur le point de partir, il se contente de dire à Mentchikov qu'il emmène celle qu'il appelle désormais Katinka. En échange il lui laisse l'entière disposition d'une autre de leurs communes maîtresses, Daria Arsenieva, qu'il lui conseille d'ailleurs d'épouser.

Et voilà « Katinka » partie pour Moscou en compagnie du tsar qui l'y installe chez une veuve de bonne famille, pourvue d'une maison discrète où il pourra venir la voir autant qu'il le voudra.

Il lui plaira beaucoup et souvent de s'y rendre. Peu à peu le terrible Pierre va s'attacher à cette femme toujours paisible, toujours gaie, toujours compréhensive et qui sait si bien, comme jadis Nathalie, apaiser les affreuses crises d'angoisse et les attaques d'épilepsie rien qu'en le prenant dans ses bras et en le calant contre sa généreuse poitrine. En outre, elle est pleine de bon sens, cette Katinka si rudement bousculée par la vie et qui, cependant ne lui en a jamais tenu rigueur. Au moment où il assiège Poltava, il lui écrit : « C'est triste sans toi et mon linge est mal tenu... »

Alors elle court, elle galope, elle va le rejoindre et jusqu'à l'éclatante victoire finale, elle participera joyeusement, généreusement à la vie du camp, elle se rappellera qu'elle a été un moment cantinière et aidera Pierre de toutes ses forces à maintenir le moral des troupes... On est en juin 1709. Deux ans plus tôt, il l'a épousée secrètement car ils sont l'un comme l'autre toujours considérés comme mariés et leurs enfants n'ont droit qu'au titre de bâtards. Ce n'est qu'en janvier 1712 que Catherine deviendra l'épouse officielle de Pierre à qui elle a déjà donné cinq enfants. Le compte n'y est pas encore d'ailleurs car elle lui en donnera douze...

Un couple parfait, un amour sans faille. Et pourtant...

Alors qu'il atteint au sommet de la gloire, qu'il a conclu avec la Suède une paix plus qu'avantageuse lui assurant un large territoire sur la Baltique – cette Baltique aux rives de laquelle il a fondé Saint-Pétersbourg à grand renfort de sueur et de sang – alors qu'il a reçu les titres d'empereur de toutes les Russies, de Père de la Patrie et de Grand..., alors que sa santé commence à se délabrer bien qu'il continue à fréquenter assidûment le faubourg allemand... Pierre apprend par sa chancellerie secrète au mois de novembre 1724 que son impératrice[1] le trompe.

L'élu, il le connaît bien. C'est même un intime. Il se nomme William Mons de la Croix, il est le jeune frère d'Anna Mons, son ancienne maîtresse. William est jeune, il est beau et c'est un parfait aventurier aussi habile à toucher des pots-de-vin qu'à faire perdre la tête à une tsarine déjà sur le retour.

Au temps de sa jeunesse, Pierre eût, sur l'heure, fait appréhender les coupables et les eût livrés à ses bourreaux

1. Il l'a lui-même couronnée, le 7 mai 1722, dans la cathédrale de l'Assomption.

pour en extraire une vérité évidente. Cette fois, la stupeur le paralyse. Cette femme dont il a fait une souveraine, qu'il a aimée plus que tout au monde, cette femme qui est sa chose, son bien le plus précieux ?... Ce n'est pas possible... Il y a quelque part une erreur. Et pendant quinze jours – une éternité pour lui – il réfléchit, il observe.

Au bout de quinze jours, sa main s'abat comme la foudre. Alors qu'il vient de dîner en intimité avec Pierre et Catherine, William Mons de la Croix est arrêté, jeté en prison. Le tsar pense que ce coup de tonnerre va décontenancer sa femme, qu'elle va pleurer, supplier, demander son pardon et la grâce de son jeune amant. Il la connaît mal.

Non seulement Catherine ne fait rien de tout cela mais elle ne bronche même pas, ne proteste même pas. Son visage demeure aussi uni qu'un lac par beau temps. Alors Pierre fait exécuter William le 28 novembre sans rien dire à sa femme. Mais lorsque c'est chose faite, il la fait monter dans un traîneau et l'emmène faire plusieurs fois le tour de l'échafaud où gît le corps démembré de son amant. Et Catherine ne dit toujours rien, ne sourcille même pas, ne montre pas la plus petite émotion. Elle trouve même un sourire pour son mari et parle de choses et d'autres, apparemment en pleine liberté d'esprit. Elle sait trop que les terribles yeux noirs qui ne la quittent pas enregistreront la moindre défaillance et qu'alors rien ne la sauvera. Et l'on rentre au palais...

Décidé à tout pour briser la résistance morale de sa femme, Pierre trouve autre chose. Rentrant dans sa chambre, le soir même Catherine s'aperçoit qu'on y a ajouté un étrange ornement : posée bien en évidence sur une table, la tête de William marine dans un bocal rempli d'alcool. Pierre l'a suivie, bien sûr. Aussi passe-t-elle auprès de l'affreuse chose sans paraître seulement s'apercevoir de sa présence. Elle n'a même pas tressailli à sa vue.

Alors Pierre, fou de rage empoigne l'un des plus précieux objets qui ornent la chambre et le jette à terre où il se brise. Catherine hausse les épaules et soupire :

« Vous venez de détruire l'un des plus beaux ornements de ce palais. En êtes-vous plus heureux ?... »

Il ne reste à Pierre qu'une solution : s'enfuir pour ne pas succomber à la tentation de l'étrangler. Cette femme est trop forte pour lui. Rien ne semble pouvoir la briser... Il songe un moment à l'envoyer rejoindre Mons de la Croix. Peut-être, aux mains des bourreaux perdrait-elle enfin ce calme inhumain ? Et pendant un temps, la vie de Catherine ne tient plus qu'à un fil.

Elle le sait, elle le sent. Pourtant son comportement est toujours le même. Elle agit exactement comme si aucun nuage n'était venu troubler le ciel du ménage impérial. Peut-être compte-t-elle sur ses nombreux enfants (il ne reste plus que des filles d'ailleurs). Or, justement, à ce moment précis, des pourparlers de mariage sont établis avec la France. Il s'agirait d'unir l'une des filles, Élisabeth, avec le jeune roi Louis XV. Que penseraient les Français si le tsar choisissait un tel moment pour envoyer la belle-mère du roi à l'échafaud ?

Le mariage ne se fera pas, à la grande déception d'Élisabeth qui, même devenue impératrice, le regrettera toute sa vie. Mais les pourparlers traînent, heureusement pour Catherine. Elle sait bien qu'ils la préservent de la mort.

C'est celle de Pierre qui la sauvera. Le 27 janvier 1725 à deux heures il sent que la fin est proche. Il a pris beaucoup de dispositions pour les temps qui viendront après lui mais il n'a pas encore désigné son successeur. Alors, il réclame du papier, un crayon et, réunissant toutes ses forces, il commence à écrire : « Rendez tout à... »

Il n'ira pas plus loin. Son successeur ce sera Catherine Ière...

Elle ne lui survivra pourtant pas très longtemps. Deux ans après, le 17 mai 1727, Catherine meurt d'une fièvre chaude.

Dans son couvent de Moscou, Eudoxie vit toujours...

SOPHIE-DOROTHÉE, REINE D'ANGLETERRE

Le dernier rendez-vous de Koenigsmark

Au cours des siècles, les Koenigsmark, nobles suédois de vieille race, n'étaient guère passés inaperçus. De par leurs occupations d'abord : grands guerriers, grands buveurs et grands trousseurs de jupons, ils avaient marqué leur temps d'une trace où l'or et le sang se mêlaient. En outre, taillés en force, ils avaient tous été d'une surprenante beauté.

Dans les vingt dernières années du XVIIe siècle, cette famille hors du commun dont l'originalité et l'européanisation avant la lettre n'étaient peut-être pas le moindre charme, était représentée par un trio fraternel : Charles-Jean, Christophe-Philippe et Aurore.

Découdre du Turc avait été fréquemment le passe-temps favori des Koenigsmark. L'oncle du trio, Othon-Guillaume, mercenaire de Venise, s'était même attiré une réputation contestable en expédiant un boulet de canon en plein sur le Parthénon, crime de lèse-chef-d'œuvre dont le Seigneur le punit en le faisant périr de la peste. L'aîné des garçons, Charles-Jean, se lança de bonne heure sur les flots bleus de la Méditerranée. Et ce avec tant de fougue qu'à dix-huit ans il réussissait à s'emparer d'une galère turque à lui tout seul, exploit qui lui valut d'être fait chevalier de Malte bien qu'il fût protestant. Un bien curieux chevalier de Malte d'ailleurs, qui promenait partout avec lui un fort joli page... lequel n'était autre que la jeune comtesse de Southampton en rupture de foyer conjugal. Un assez bel amour qui se poursuivit jusqu'à la mort puisque les deux jeunes gens moururent, presque simultanément, d'une « fièvre putride » contractée devant Négrepont[1]. Le ciel, décidément, semblait prendre plaisir à détruire laidement ses chefs-d'œuvre de chair...

Aurore de Koenigsmark était elle aussi d'une beauté si étourdissante qu'elle sut prendre dans ses filets le roi de Saxe, Auguste II, l'homme dont on prétendait qu'il avait autant d'enfants qu'il y a de jours dans l'année. Le fils qu'Aurore lui avait donné était destiné à devenir le plus glorieux des détenteurs du sang Koenigsmark : le vainqueur de Fontenoy, Maurice de Saxe, maréchal de France...

Le troisième, Philippe, ne dépare pas la collection. C'est un superbe cavalier, magnifiquement bâti, portant longs ses cheveux noirs et soyeux. Le bleu de ses yeux éclate dans son visage tanné par la vie des camps et le grand air et son sourire, rare, révèle des dents d'une irréprochable blancheur. Aussi habile à manier l'épée qu'à mater un cheval rétif, Philippe de Koenigsmark est taillé sur le patron d'un héros de fresque historique. Mais il sait aussi danser avec grâce et tourner un compliment. Il n'en a guère besoin d'ailleurs car les femmes ont plutôt tendance à se l'arracher.

Après une dure campagne contre les Turcs et les Tartares, Philippe est venu se reposer à Dresde, auprès de sa sœur Aurore mais il a si vite fait de se mettre à dos tous les maris de la ville, qu'il faut songer à l'éloigner et à l'envoyer exercer ailleurs ses talents.

Or, à cette époque, justement, l'électeur de Hanovre se cherche un colonel pour sa garde. Le dernier vient d'être tué en duel par un baron suisse et cette involontaire défection gêne horriblement l'électeur qui est fort

1. Actuelle île d'Eubée.

impopulaire et qui a grand besoin d'être efficacement protégé.

En fait, Aurore s'attend à un refus net quand elle propose le Hanovre à son frère. La cour en question n'a rien de très attrayant car les mœurs n'y sont guère raffinées. On y boit beaucoup, c'est à peu près la seule distraction. L'électeur lui-même est un vieil homme tatillon, avare, soupçonneux naturellement et même plutôt méchant. Il a passé toute sa vie entre le vin, les cartes et les filles. L'âge venant il a fini par se contenter d'une seule maîtresse : Clara-Élisabeth de Meissenbourg dont il a fait une comtesse de Platen. Elle est assez belle et suffit désormais à Ernest-Auguste…

La réciproque n'est pas vraie : Ernest-Auguste ne suffit pas à Mme de Platen qui est nymphomane, follement ambitieuse et dépravée jusqu'à la corde. Aussi lui donne-t-elle comme coadjuteurs tous les officiers et même simples soldats de la garde qui ont l'heur de lui plaire. Autant dire qu'elle a réussi à faire de la cour de Hanovre l'un des lieux les plus faisandés d'Europe.

Pourtant, Philippe de Koenigsmark va accepter, en toute connaissance de cause et même avec enthousiasme, de s'engager dans ce cloaque.

La raison est blonde, rose, ravissante et douce. Elle se nomme Sophie-Dorothée de Brunswick-Zell, épouse depuis dix ans déjà de l'héritier de Hanovre : Georges-Louis. Mais depuis l'enfance elle aime Philippe de Koenigsmark et lui l'aime aussi depuis qu'à dix-sept ans, il occupait le poste de page du duc de Brunswick. Ils ont dansé ensemble, chassé ensemble… Et puis, le page devenu homme est parti pour les grandes aventures guerrières tandis que Sophie-Dorothée, alors âgée de seize ans, s'en allait épouser Georges-Louis de Hanovre… qui était loin d'être une affaire.

À vingt-deux ans, c'était une manière de hobereau tudesque, vulgaire, méchant et sot, flottant perpétuellement entre deux vins et pourvu d'une maîtresse encore plus grossière que lui, une certaine Hermengarde de Schulenbourg…

Au moment de son mariage pourtant, Georges-Louis éprouva pour sa jeune femme une sorte d'amour qui lui inspira un tendre diminutif : Fizette. Puis deux enfants vinrent au monde : Georges et Sophie-Dorothée. Leur venue marqua la fin des tendres sentiments du prince qui se désintéressa presque totalement de sa femme pour se consacrer exclusivement à la Schulenbourg.

Les choses en sont là quand retentit pour la première fois, sous les plafonds du palais d'Herrenhausen à Hanovre, le nom de Koenigsmark. On devine alors l'émoi de la princesse héritière en entendant ce nom… celui de l'amour d'autrefois jamais oublié. Elle va l'attendre le cœur battant, cherchant peut-être refuge plus volontiers encore que par le passé dans les superbes jardins de ce palais sans grâce, sa seule véritable beauté avec le charmant théâtre de verdure, le premier que l'on édifia en Europe… Elle va y caresser l'image du page de jadis, réveiller la tendresse endormie des souvenirs. Dangereuse tendresse !… Quand paraît Philippe de Koenigsmark devenu un homme en pleine force, en pleine possession de ses moyens et, singulièrement, d'un charme redoutable, Sophie-Dorothée ne résiste pas à l'enchantement. En quelques heures, l'amour d'autrefois va se muer en une ardente, une profonde passion…

De son côté, Koenigsmark a retrouvé sa princesse avec une émotion qu'il s'est bien gardé de laisser deviner. Il ne lui a pas fallu beaucoup de temps pour comprendre que, dans cette cour à l'étiquette pesante mais aux plaisirs sordides, Sophie-Dorothée est surveillée, épiée par tous ceux – et toutes celles ! – qu'elle gêne ou qui l'envient.

Ses maternités l'ont encore embellie. Elle est plus éclatante que jamais. Plus touchante aussi avec ce charme fragile des êtres que l'on confine dans une atmosphère malsaine. Sur un décor de kermesse à la flamande quasi permanente, Sophie-Dorothée apparaît parée de la grâce et de la fraîcheur d'une églantine. Chez Philippe, les juvéniles sentiments d'autrefois se sont réveillés mais avec une violence inconnue, renforcée encore par le désir de défendre, de protéger, normal chez tout homme de cœur en face d'un être malheureux.

Tout cela, il va le cacher soigneusement. À quoi bon d'ailleurs le laisser percer à jour : la princesse qui, en sa présence, tient toujours ses yeux baissés, a peut-être tout oublié de lui… Il en éprouve une amère déception. Une déception qu'il faudra bien cacher, elle aussi…

Dans ces conditions, le nouveau colonel ne tarde pas à s'ennuyer ferme dans ce palais où les meilleures distractions sont constituées par des repas pantagruéliques où l'on vide les tonneaux aussi facilement que les œufs à la coque. Il a d'autres habitudes et noue, presque distraitement, quelques aventures passagères avec des dames de la cour ou des comédiennes. Jusqu'au jour où Mme de Platen lui fait entendre sans détour qu'elle souhaite le rencontrer dans des endroits moins sujets aux courants d'air que les salons ou les galeries du palais.

Moitié par désœuvrement, moitié pour le plaisir d'orner de cornes la tête de son employeur, Koenigsmark répond à l'invitation et rejoint, certain soir, Clara de Platen dans son lit. « Il est, écrit Léon Treich, certaines heures lourdes où les femmes sont bien fortes, même les plus insignifiantes… » Et ce n'est vraiment pas le terme qu'il convient d'appliquer à la comtesse.

Depuis pas mal de temps déjà, Clara-Élisabeth a passé fleur mais elle demeure belle et surtout ardente. Pour cet homme qui lui plaît plus qu'aucun autre elle déploie tout ce qu'il lui reste de charme et d'artifices dans l'espoir de se l'attacher à jamais. Or, c'est le contraire qui se produit : le caprice d'un soir devient, chez la comtesse, passion furieuse. Elle aime le beau colonel avec l'emportement qu'elle met dans le moindre de ses actes et, aussi, avec un déchaînement sensuel digne d'une bacchante bien entraînée.

Flatté peut-être d'avoir fait naître un si violent amour chez la toute-puissante maîtresse de l'électeur, Koenigsmark se laisse aimer. Encouragée, la Platen affiche bientôt ses sentiments avec une impudeur et une audace qui pourraient être dangereuses.

« Souvent, à la promenade en voiture, écrira plus tard Aurore de Koenigsmark, elle s'asseyait sur lui. Un jour qu'il était avec elle sur un canapé, plusieurs dames entrèrent. Koenigsmark se voyant ainsi surpris, se leva et demanda de l'eau à la reine de Hongrie pour Madame qui s'évanouissait. Mais ces personnes ayant vu de quoi il s'agissait et de quelle nature était la pâmoison se retirèrent en ricanant et racontèrent l'histoire à l'électrice de Brandebourg qui en fit des gorges chaudes... »

Malheureusement, Sophie-Dorothée apprit la scène bien avant l'électrice qui était une des plus fameuses potineuses d'Europe. Elle n'ignorait rien d'ailleurs, des rapports existant entre Mme de Platen et le colonel de la garde. Elle en souffrait silencieusement, blessée à la fois dans son amour et dans sa délicatesse car, si elle pouvait admettre que Philippe se fût détourné d'elle – tant d'années avaient passé ! – elle ne pouvait comprendre que son page d'autrefois se fût épris d'une furie comme la Platen. Et cette idée la minait lentement.

Sous les yeux inquiets de sa dame d'honneur, Éléonore de Knesebeck, dont le dévouement et l'affection lui sont entièrement acquis, Sophie-Dorothée s'affaiblit peu à peu. Elle maigrit, pâlit, ne s'intéressant plus qu'à une seule chose : son amour, qu'à un seul être : Philippe...

Un jour, Mlle de Knesebeck ose toucher – oh, avec une infinie délicatesse – à la blessure qu'elle voit grandir et se creuser sous ses yeux. Il doit bien exister un remède au mal dont souffre sa maîtresse et ce remède elle est prête, elle Éléonore, à le lui chercher là où il se trouve, fût-ce au fond d'un puits...

Sophie-Dorothée est à bout et ne résiste guère à cette affection sur laquelle elle sait pouvoir compter. Elle avoue tout : les pensées obsédantes, les larmes nocturnes, les insomnies, les désespoirs chaque jour un peu plus présents. L'amour d'autrefois est mort pour Koenigsmark, si même il a jamais existé. Mais le plus cruel est encore de le voir aux pieds de cette détestable femme.

La riposte est facile pour Éléonore : on n'aime pas une Platen, on s'en sert ! Et puis si la princesse souhaitait voir renaître les douces heures de Brunswick, elle s'y est vraiment prise au plus mal. Comment Koenigsmark pourrait-il supposer qu'il n'est pas oublié quand il ne voit jamais de la princesse héritière qu'un profil ou des yeux baissés ? Il est même en droit d'imaginer que le prince Georges-Louis est aimé de sa femme...

La logique de la suivante est sans défaut mais le conseil qu'elle donne en comporte beaucoup : il faut que Sophie-Dorothée donne quelque encouragement à son ancien amoureux sinon le malentendu peut se prolonger indéfiniment...

On pourrait croire que Sophie-Dorothée n'attendait que cela. Elle prend du papier, une plume et écrit un billet dans lequel son cœur se déverse :

« Je vous aime plus qu'on n'a jamais fait et avec des délicatesses que personne ne peut avoir comme moi. Je vous aime comme on n'a jamais aimé et je souffre comme on n'a jamais souffert... »

Elle jette tout cela – et bien d'autres mots encore – sur le papier qu'elle n'osera pas relire. Et c'est, bien entendu, Mlle de Knesebeck qui va porter la lettre à son destinataire...

Elle va passer comme un ouragan sur Koenigsmark, cette lettre, balayant d'un seul coup tout ce qui est la vie habituelle du jeune homme et en tout premier lieu la Platen. En quelques secondes il va se retrouver l'amoureux timide des beaux jours d'autrefois. Et comme le billet s'achève par une invitation à rejoindre la princesse chez elle – « si vous n'avez pas encore tout oublié d'autrefois ». Philippe n'hésite pas une seconde : il suit la messagère.

C'est le début d'un grand, d'un magnifique amour sous l'égide attendrie de la bonne Knesebeck. Celle-ci est une Hanovrienne sentimentale, grande lectrice de romans d'amour et de chevalerie et elle prend à tâche de faciliter les rencontres entre les deux amants grâce à certain escalier secret qu'elle a découvert par hasard et qui, comme par un fait exprès, mène droit aux appartements de la princesse héritière.

De cette passion à deux voix on possède l'écho encore brûlant sous les aspects des lettres qu'échangèrent la princesse et son amant :

« Vous m'avez ensorcelée, écrit Sophie-Dorothée ; je suis la plus amoureuse des femmes. Je vous appelle à moi jour et nuit... soyez sûr que les malheurs du monde les plus terrifiants ne m'ébranleront jamais. Je tiens à vous par des liens trop forts et trop charmants pour pouvoir jamais les rompre et tous les moments de ma vie seront employés à vous aimer et à vous en donner mille marques malgré tout ce qui voudra s'y opposer... »

Un autre jour, elle écrira :

« Si vous croyez que la crainte de m'exposer et de perdre ma réputation m'empêche de vous voir, vous me faites une injure bien cruelle. Il y a longtemps que je vous l'ai sacrifiée et mon amour me donne tant de courage que j'ai toutes les peines du monde à résister à l'envie où je suis de vous embrasser... Je me moque de toute la terre pourvu que nous nous aimions tous deux. Quand on est accoutumée à des caresses aussi charmantes que les vôtres on méprise le monde... »

De son côté Philippe écrit :

« À deux heures, j'ai reçu la fatale nouvelle que le prince Georges se trouve dans vos bras. Dans quel désespoir m'a mis cette arrivée !... »

Ou encore :

« Quand je vais, la nuit et les jours, pour patrouiller, je peux faire autant de réflexions que je veux : je veux vous voir toujours devant moi... Je vous considère de la tête jusques aux pieds et je trouve tout en perfection. Si l'on peut aimer après être hors du monde, soyez persuadée que toutes les autres beautés de l'autre monde ne m'ébranleront pas... »

Enfin cet étrange pressentiment : « Le papillon qui brûle à la chandelle sera mon sort. Je ne puis éviter le destin... »

Le style est différent. L'amour est le même, si intense, si absolu que, peut-être pour échapper à ce destin qu'ils pressentent, les deux amants songent à fuir ensemble, à partir loin de cette affreuse cour de Hanovre pour tenter de vivre, sous d'autres cieux, cet amour auquel ils n'ont plus la possibilité d'échapper.

Mais comment faire pour vaincre les obstacles qui se dressent entre eux et la liberté ? Sophie-Dorothée est l'épouse du prince héritier qui, de temps en temps, on l'a vu, se ressouvient qu'elle est belle et désirable. Elle est, en outre, mère de deux enfants et ces liens-là ne sont guère faciles à rompre. Enfin, elle est surveillée, au moins le jour, par des gens qui détiennent bien des clefs.

Un autre obstacle encore : le couple manque d'argent, cet argent qui ouvre toutes les portes, toutes les prisons, toutes les consciences. Sophie-Dorothée et Koenigsmark n'en ont ni l'un ni l'autre.

Cela peut surprendre de la part d'une princesse habituée à tenir une cour mais celle-ci ne dispose que d'une rente : celle que lui sert l'électeur et qui suffit tout juste – le bonhomme est avare comme il n'est pas permis – à entretenir sa maison et sa personne. Elle possède quelques joyaux naturellement mais ceux qu'elle tient de son père ne seraient pas d'une vente facile et ceux qu'elle tient de son époux appartiennent à la couronne hanovrienne.

De son côté Philippe ne possède pas un sou vaillant. Par contre il a des dettes comme il arrive lorsque l'on mène joyeuse vie et surtout lorsque l'on joue. Il s'en explique franchement, quoique sans poésie excessive, avec sa maîtresse :

« Les comptes ci-joints, écrit-il, vous montreront que mon état est assez misérable, mais j'ai acquis un bien plus considérable et je défie tous les rois du monde de me l'ôter… »

Certes, la jeune femme a pleuré d'attendrissement en lisant ce billet mais l'attendrissement n'a jamais résolu les problèmes d'argent. Aussi la première conclusion que l'on tire est qu'il vaut mieux attendre que se présentent des jours meilleurs, des jours où la fuite deviendra possible. Peut-être quand l'électeur se décidera enfin à quitter ce monde…

Sophie-Dorothée et son Philippe s'aiment, rêvent, font des projets, espèrent et oublient totalement qu'ils ne sont pas seuls au monde et que, s'ils choisissent délibérément d'oublier l'univers, il existe – et pas loin ! – des gens qui, eux, ne les oublient pas. Au premier rang de ceux-ci il y a la comtesse de Platen…

La dame a très mal supporté de ne plus rencontrer son amant que dans des circonstances officielles ou dans les couloirs du palais. Son orgueil a subi là une rude attaque. La sagesse voudrait, sans doute, que Koenigsmark prît quelques gants avec elle, qu'il espaçât leurs rencontres sous des prétextes divers en jouant un jeu assez subtil pour ne pas éveiller la jalousie d'une aussi dangereuse créature. Mais l'amour véritable ne s'encombre pas de subtilités et, de toute façon, Koenigsmark est tout ce que l'on veut sauf un diplomate. Devenu l'amant de Sophie-Dorothée, il a balayé Mme de Platen d'un revers de main, lui fermant l'accès de sa chambre et refusant catégoriquement de la rejoindre dans la sienne.

N'ayant jamais mis en doute le pouvoir de ses charmes, la comtesse a cherché une autre explication. Et elle s'est vite aperçue du trouble léger manifesté par la princesse héritière en présence du colonel de ses gardes. De là à conclure qu'elle l'aime il n'y a qu'un pas, vite franchi par la Platen qui, dès lors, fait surveiller sa rivale supposée par ses espions. En effet, ne manquant jamais d'argent, la comtesse a toujours autant d'espions qu'elle en souhaite à sa disposition.

C'est ainsi qu'elle découvre sans trop de peine l'entrée du fameux petit escalier secret emprunté assez souvent par un cavalier sans doute masqué mais dont la carrure est des plus reconnaissables.

Peut-être se contenterait-elle d'attendre, sans trop de patience bien sûr, mais d'attendre tout de même pour ne pas déchaîner une trop grave tempête. Il se peut que cet amour-là ne soit qu'un caprice comme les autres. Koenigsmark aime les femmes, en est aimé et même au temps où il était son amant, les coups de canif étaient assez fréquents. En outre, il ne peut pas rester attaché à une oie blanche comme Sophie-Dorothée. Trop sûre d'elle-même, la comtesse ne se rend aucun compte du charme de sa rivale.

Malheureusement, Koenigsmark lui-même va, par pure maladresse déchaîner l'orage suspendu au-dessus de sa tête. Las de répondre par la négative aux avances qu'on ne cesse de lui adresser, il entreprend un soir, après boire en compagnie des autres officiers de son régiment, de se chercher un remplaçant. Et, plus grave encore, il fait l'article, décrivant les charmes de la dame et vantant, en connaisseur, ses « transports de bacchante ». Il faut bien l'avouer le procédé manque pour le moins d'élégance, outre qu'il est proche de la stupidité.

Car, bien sûr, le propos est rapporté et, dès lors, la perte de l'imprudent est décidée ainsi que celle de la trop tendre princesse. Sans d'ailleurs que ni l'un ni l'autre s'en doute : Mme de Platen est bien trop habile pour se laisser aller à sa colère. Elle préfère garder ses forces pour organiser une vengeance qu'elle veut savante.

Son premier soin est de demander à Koenigsmark un dernier rendez-vous, un rendez-vous d'adieu. Puisque les choses ne sont plus ce qu'elles étaient entre eux, pourquoi ne pas en finir élégamment. Cette dernière entrevue pourrait être le départ d'une nouvelle forme de relations, peut-être d'une amitié avec une femme qui pouvait encore beaucoup pour son avenir. S'il gardait quelques bons souvenirs de leurs relations passées, Philippe ne manquerait pas de donner cette satisfaction à une amie qui garde pour lui de tendres sentiments...

Un peu honteux peut-être de s'être conduit comme il l'a fait, Koenigsmark accepte. Alors, forte de cette acceptation, Mme de Platen s'en va trouver Ernest-Auguste et lui tient à peu près ce langage :

« La princesse héritière trompe son époux. Si Votre Altesse souhaite en avoir la preuve, elle n'a qu'à faire surveiller telle maison (celle-là même où Clara avait coutume de rencontrer son amant) à telle heure. Mais surtout que personne n'intervienne car il y va de l'honneur de la Couronne...

L'électeur n'a jamais eu pour habitude de contrarier sa maîtresse. Il promet tout ce qu'elle veut et lui laisse les mains libres pour mener à bien cette désagréable affaire. Et Mme de Platen ne perd pas de temps.

Elle fait d'abord voler l'un des gants de la princesse, un gant marqué à son chiffre. Puis, vêtue d'un costume copié sur l'une des toilettes de celle-ci – elles sont à peu près de même taille – elle se rend masquée au rendez-vous qui se passe d'ailleurs le mieux du monde. Elle y déverse une telle dose d'hypocrisie que le malheureux croit dur comme fer que son ancienne maîtresse est devenue sa meilleure amie. Et, après de grands serments d'affection, Koenigsmark quitte la place l'esprit tranquille.

La comtesse part derrière lui sans oublier de laisser tomber sur le sol le gant compromettant qu'Ernest-Auguste ramassera lui-même car, peu désireux de confier à un quelconque courtisan – il n'a guère que cela et pas le moindre ami – ce qu'il considère comme la honte de la famille, il s'est mis en faction lui-même. Et il est prêt à jurer sur l'Évangile qu'il a bien vu entrer et sortir sa belle-fille.

Naturellement, quand il retrouve Mme de Platen, il laisse éclater sa colère. Il va faire arrêter Sophie-Dorothée sur-le-champ ! Une prostituée ne doit pas porter après lui la couronne de Hanovre – et peut-être celle d'Angleterre ! La race doit rester pure et le danger de récolter des bâtards est grand !...

Mme de Platen calme l'électeur. Pas d'éclat ! S'il fait arrêter Sophie-Dorothée, le scandale éclaboussera Georges-Louis en premier car Kœnigsmark poussera les hauts cris. Mieux vaut attendre un peu et, d'abord, faire disparaître l'amant. Pour cela il faut lui laisser, à elle, les mains libres et le droit de faire ce que bon lui semblera à l'intérieur du palais même en employant qui elle voudra... Et Ernest-Auguste accepte : qu'elle fasse ce qu'elle veut mais, surtout, qu'elle ne manque pas son coup ! Il ne s'agit pas de faire hurler le roi de Saxe qu'Aurore de Koenigsmark tient dans ses jolies mains.

Le 1er juillet 1694, Philippe reçoit, de Mlle de Knesebeck le billet suivant :

« Monsieur le comte, ma princesse désire vous voir. Elle ne peut vous écrire elle-même s'étant brûlé la main mais elle m'a ordonné de vous faire savoir qu'elle vous attend cette nuit et que vous pouvez vous rendre dans ses appartements par le petit escalier que vous connaissez bien. Elle s'inquiète de votre silence et de votre absence.

Adieu, tirez du doute la plus aimable princesse du monde. »

Depuis quelques jours, en effet, les deux amants n'ont pu se rencontrer et Sophie-Dorothée pourrait croire à une bouderie de son ami car ils avaient eu entre eux quelques mots, touchant malheureusement cet argent dont ils ont tous deux tant besoin pour fuir. Mme de Platen, pour être aussi bien renseignée, a pris les grands moyens : elle a fait enlever Éléonore de Knesebeck et, la tenant sous une menace de mort, l'a fait parler et l'a obligée à écrire la lettre traîtresse que, sans la peur, la malheureuse n'aurait jamais consenti à écrire.

Rien, dès lors, ne peut plus arrêter la machine infernale que la comtesse a mise en place. La nuit venue, Koenigsmark a pris sa meilleure épée, son grand manteau et il s'est dirigé vers le palais de Herrenhausen.

Possédant bien entendu une clef du petit escalier, il parvient sans encombre jusque chez Sophie-Dorothée. Mais, à sa grande surprise, ce n'est pas Mlle de Knesebeck qui l'attend en haut des marches : c'est un page inconnu qui va l'annoncer le plus normalement du monde.

Aussitôt Sophie-Dorothée accourt déjà inquiète. Que fait-il là ? Elle ne l'attendait pas… Mais, le billet ? Quel billet ? Le billet de Mlle de Knesebeck… Comment aurait-elle pu l'écrire, elle est partie depuis la veille auprès de sa mère malade… La princesse comprend vite qu'il y a là un piège et elle presse son amant de fuir.

Il refuse de le faire sans elle. S'il y a piège, elle est en danger et il ne l'abandonnera pas seule, sans protection.

Éperdue, Sophie-Dorothée tente alors de faire comprendre à Philippe que, danger ou pas, elle ne peut pas partir, que son absence serait immédiatement considérée comme un aveu de culpabilité, qu'on les poursuivrait impitoyablement et que, très probablement, ils ne parviendraient même pas à trouver une terre d'asile…

Malheureusement, ces explications prennent beaucoup de temps et ce temps, Mme de Platen l'emploie au mieux de ses intérêts. Elle a fait fermer toutes les issues – le petit escalier en premier lieu – afin que Koenigsmark n'ait plus à sa disposition d'autre sortie que celle passant par la salle des gardes.

Dans cette salle, elle s'est installée elle-même en compagnie de quatre trabans armés jusqu'aux dents qu'elle a choisis dans les couches les moins éclairées de l'armée car, en dépit des autorisations de l'électeur, aucun membre de la garde n'aurait admis la vilaine besogne qui va leur être demandée. Afin d'avoir ses hommes encore mieux en main, d'ailleurs, la Platen a fait apporter sur la grande table de la salle tout ce qu'il faut pour confectionner du punch. Elle l'a préparé elle-même et l'a distribué avec libéralité à ses sbires.

Quand elle les voit « à point » c'est-à-dire déjà bien imbibés d'alcool mais encore en possession de leurs moyens, elle les dissimule derrière les cariatides qui ornent la monumentale cheminée.

Bientôt des pas se font entendre : ceux de Koenigsmark. Ayant trouvé toutes les sorties verrouillées, le colonel cherche une issue.

L'odeur du punch et la lueur bleue, qui brûle seule dans la salle presque entièrement obscure, l'attirent. Au moins pourra-t-il passer par là. Mais à peine en a-t-il franchi le seuil que les quatre hommes, le sabre haut, se jettent sur lui.

Dévoré par le remords, l'un de ces hommes fera, plus tard, le récit de l'effroyable scène :

« — Trahison ! cria Koenigsmark.

— Coupez-lui la retraite ! hurla la comtesse. Ne le laissez pas tirer son épée. Frappez-le et liez-lui les mains…

Frappé de trois coups à la poitrine et d'un seul à la tête, Koenigsmark qui vivait encore suppliait que l'on épargnât la princesse :

« — Tuez-moi, mais grâce pour elle ! Elle est innocente…

« — Avoue donc, cria la mégère, avoue que tu es son amant. »

Une telle scène semble relever du plus conventionnel théâtre du boulevard du Crime. Malheureusement, il ne s'agit pas là de théâtre mais de la mort d'un homme. Et un dernier détail donne la pleine mesure de son atrocité : lardé de coups, Philippe continue à proclamer l'innocence de Sophie-Dorothée. Alors, écumant de fureur, la Platen enfonce le haut talon de son soulier dans cette bouche qui prie pour une autre, elle appuie de tout son poids et tourne, comme s'il s'agissait d'écraser un cafard ou une araignée.

La voix se tait. Bientôt il n'y a plus que le silence. Un silence énorme, étouffant qui va s'étendre bientôt sur tout le palais et même sur l'Europe. À peine a-t-il rendu son dernier soupir que Philippe de Koenigsmark disparaît aussi totalement de la surface du globe que s'il avait été enlevé au ciel par des génies ailés. Et il faudra attendre de longues années avant de savoir, avec certitude, ce qui s'est passé cette nuit-là dans la salle des gardes de Herrenhausen. La consigne de silence aura été scrupuleusement suivie.

Ce ne fut pourtant pas faute de chercher. Aurore de Koenigsmark inquiète d'un silence auquel son frère ne l'avait pas habituée, inquiète aussi du fait qu'à Hanovre personne ne semblait en mesure de savoir ce qu'était devenu le colonel des gardes, a fait faire des recherches minutieuses. Secouée par elle, la cour de Saxe réclama des explications, menaça même de rompre les relations diplomatiques avec le Hanovre. Rien n'y fit…

Des rumeurs diverses couraient le pays. On disait que le comte avait été jeté dans un four. Certains prétendaient qu'il avait été discrètement décapité par ordre du prince Georges-Louis. D'autres qu'il avait réussi à s'enfuir en tuant plusieurs de ses hommes.

Car, en dépit des consignes, ce fut une explosion de bruits variés quand Sophie-Dorothée, arrêtée et convaincue d'adultère, se vit traduite devant un tribunal présidé – on croit rêver – par le comte de Platen, le mari postiche de la meurtrière. Un homme plein de tact :

« On craint que vous ne soyez enceinte de Koenigsmark, déclara-t-il à la jeune femme.

— Vous me prenez sans doute pour votre femme ! »

Simple satisfaction d'amour-propre que cette riposte car l'accusation dispose de tous les atouts grâce aux lettres que l'on a retrouvées chez Koenigsmark.

« Nulle femme n'a jamais aimé un homme comme je vous aime… »

Pauvre et imprudente Sophie-Dorothée ! Le 28 décembre 1694 une séparation est prononcée contre elle. On la déchoit de ses droits maternels. On la prive de ses titres et prérogatives et on la condamne à la prison perpétuelle dans la lugubre forteresse d'Ahlden dont, pour ne pas trop indisposer l'électeur de Brunswick, on lui confère le titre ducal. Le divorce, toujours pour la même raison de prudence n'a pas été vraiment prononcé et, devant Dieu tout au moins, elle demeure l'épouse de Georges-Louis.

Dans ce château d'un autre âge, Sophie-Dorothée va demeurer captive durant trente-deux années. Trente-deux années sans jamais sortir sinon pour de très courtes promenades dans une voiture fermée et enveloppée de vingt cavaliers sabre au clair. Trente-deux années vécues totalement dans le souvenir du disparu. C'est dire qu'elle va endurer ce châtiment avec une dignité et une patience exemplaires, se bornant à tenter de faire autour d'elle le plus de bien possible et attendant que Dieu consente à la réunir à celui qu'elle ne cessera jamais d'aimer.

Cependant, le temps marche. En 1708, Georges-Louis succède à son père en tant qu'électeur de Hanovre mais, six ans plus tard, le jeu des successions royales en fait le roi George Ier d'Angleterre.

Un roi sans grandeur et sans gloire qui se met à administrer son nouveau royaume comme une métairie sans oublier d'y importer, en même temps que sa favorite, la Schulenbourg, dont il fera une duchesse de Kendall, ses habitudes de beuveries et de débauche.

Gêné, tout de même, vis-à-vis des autres puissances européennes, par la dramatique situation de son épouse légitime, il lui fait un jour offrir son « pardon ». Et même de quitter Ahlden et de venir partager avec lui le trône anglais. Mais elle refuse avec hauteur : elle entend rester fidèle jusqu'au bout à son unique amour…

Un soir de novembre 1726, alors que George Ier assiste à une représentation de *Macbeth* au théâtre de Haymarket – naturellement en compagnie de sa favorite –, on lui apporte un billet qu'il lit hâtivement puis froisse entre ses doigts.

« Au diable la catin ! s'écrie-t-il en éclatant de rire. Allons boire ! »

Et il s'en va finir la nuit au cabaret voisin du théâtre où il s'enivre plus copieusement encore que d'habitude. Mais, en regagnant Saint-James aux petites lueurs du matin comme n'importe quel ivrogne, il y trouve une lettre, beaucoup plus large que le billet de la veille et cinq fois cachetée de noir. Des sceaux aux armes de la « duchesse d'Ahlden ».

On devine de quel œil il les regarde. « Que me veut encore la chienne ? » grogne-t-il.

Il l'apprend rapidement. Il s'agit là d'une sorte de testament car – et c'est cela qu'annonçait le billet – la reine Sophie-Dorothée venait de mourir dans son château perdu des landes de Lunebourg.

Un testament fort court : Sophie-Dorothée écrivait, par delà la tombe, qu'elle n'ignorait plus rien du sort tragique de Philippe de Koenigsmark et qu'elle donnait rendez-vous « avant un an au tribunal de Dieu » à son époux.

Huit mois plus tard, George Ier roi d'Angleterre mourait d'apoplexie à Osnabrück. De terribles cauchemars avaient peuplé ses nuits. Il s'y débattait en criant et en pleurant.

« Non ! Non ! pas ça ! pas ça !… Ce n'est pas moi, Fizette, ce n'est pas moi !… »

L'affreuse comtesse de Platen, elle, était morte depuis longtemps puisqu'elle ne survécut à sa victime que douze années. Sa mort avait été affreuse. En effet, les restes de sa beauté s'étaient flétris d'un seul coup, deux ans après le meurtre, sous les coups de terribles poussées d'urée qui l'avaient rendue presque aveugle.

« Dans les ténèbres de la cécité montante, écrit Maurice Rat, elle revoyait, la nuit, en de terribles cauchemars, le spectre de ce Philippe qu'elle avait fait égorger devant elle. Son confesseur, au dernier moment, exigea la relation de la scène tragique : elle la dicta... »

Puis elle entra en agonie qui dura des heures et ne laissa qu'un cadavre tordu de douleur et défiguré par l'épouvante.

Quant à Philippe de Koenigsmark, on devait apprendre, après la mort de George Ier, ce qui s'était passé exactement.

Horace Walpole qui sut cette vérité, rapporte dans ses Souvenirs qu'un squelette fut retrouvé, enfoui sous le parquet d'un cabinet de toilette au palais d'Herrenhausen.

Mais qu'importait, après tout, cette vérité posthume puisque demeure encore, tenace et troublant, le parfum de cet amour mort depuis si longtemps :

« Vous êtes parti depuis six jours et je n'ai pas le moindre mot de vous. Pourquoi ai-je mérité d'être traitée de la sorte ? Est-ce pour vous aimer jusqu'à l'adoration, pour avoir tout sacrifié pour vous ? L'incertitude où je vis est pire pour moi que la mort... Je suis née pour vous aimer et je vous aimerai jusqu'à mon dernier souffle... »

Et pourquoi pas jusqu'à la fin des temps ?...

CAROLINE-MATHILDE, REINE DE DANEMARK

Les charmes de la médecine

Le jour de la Toussaint 1766, un vaisseau de guerre anglais, escorté de trois frégates approche des côtes de Danemark. Sur la dunette du puissant navire un groupe brillant de dames et de seigneurs entoure une jeune fille. Elle a quinze ans, elle est princesse et elle ressemble si fort à un personnage de conte de fées que c'en est presque une gageure. A-t-on le droit, étant princesse, d'être aussi blonde, aussi rose, aussi ravissante ?

Quoi qu'il en soit, Caroline-Mathilde, sœur du roi d'Angleterre est tout cela. Et plus encore puisque ce voyage l'emmène vers un jeune homme dont elle espère le bonheur. Et, tandis que l'étrave des frégates fend les eaux grises du Sund, la fiancée regarde avec plaisir venir à elle, sortant de la brume, les flèches et les tours de Copenhague.

Elle n'imagine pas un seul instant que ce jeune Christian VII dont elle doit être la reine n'est, à dix-sept ans qu'un malade précocement débauché dont la raison vacille déjà comme la flamme d'une chandelle dans le vent. Elle n'en connaît qu'un portrait et ce portrait n'a rien de déplaisant. Les chancelleries n'en demandent pas davantage puisque le fiancé est roi…

En fait, si l'intérieur ne correspond pas à la façade, le pauvre Christian n'y est pour rien et ce n'est pas davantage sa faute si le poids de sa couronne lui est déjà intolérable. C'est qu'il a eu la malchance d'avoir pour père l'un de ces souverains infatigables, universels, omniprésents, touche-à-tout et disons le mot étouffants qui dévorent à la fois leur propre vie et leur entourage.

Grand chasseur, grand guerrier, grand buveur, grand amateur de femmes et grand administrateur, Frédéric V se piquait en outre de philosophie, de littérature, de sciences variées et faisait preuve en toutes choses d'une insatiable curiosité. Gratifié par le Ciel d'un héritier il avait entrepris de s'en faire une copie conforme employant pour cela des moyens radicaux et sans se soucier d'examiner si le garçon était capable de répondre à ses ambitions.

Le plus efficace de ces moyens radicaux revêtait la forme sans grâce du comte Reventlow, hobereau haut en couleur aussi fermement attaché aux apparences extérieures qu'à la manière forte. D'une intelligence très moyenne, au demeurant. Du moins quand il ne s'agissait pas de ses intérêts personnels. Nommé gouverneur du prince, Reventlow ne prit pas son élève en main : il l'empoigna...

De cette éducation, le Suisse Salomon Reverdil, qui fut nommé précepteur en 1760 de compte à demi avec le Danois Nielsen, a laissé une peinture fort éloquente. Le gouverneur bourrait son élève de leçons, de devoirs, de pensums, l'obligeant à travailler jusqu'à une heure avancée de la nuit et le battant pour lui tenir les yeux ouverts. En plus de cela le jeune Christian devait s'astreindre, lui qui n'était pas fait pour cela, à toute une suite d'exercices physiques – l'équitation et les armes en premier rang, bien sûr – exécutés par tous les temps et toutes les températures. Cela n'apportait aucune détente bien au contraire à un garçon surmené sur le plan intellectuel. Mais Reventlow s'était juré de faire un savant de ce garçon débile et peu équilibré : il fallait que la science entrât de gré ou de force.

L'enfant était sujet aux crises d'épilepsie et aux hallucinations. Le régime auquel le soumit son gouverneur acheva la déroute de son pauvre esprit. La seule idée de devenir roi l'épouvantait et il était habité, en outre, par une obsession née de la terreur des châtiments corporels : se forger un corps aussi dur que de la pierre, sans doute pour se garer plus facilement de la botte de son tyran. Sa gouvernante, Mme de Schmettau confia à Reverdil qu'il était continuellement à regarder ses mains, à se palper le ventre pour savoir s'il « avançait ».

Si l'on ajoute à cela que ses deux compagnons de jeunesse, le page Sperling et le jeune comte de Holck, choisis Dieu sait par quelle lubie, étaient tous deux roués et pervertis jusqu'à l'âme, on obtient un tableau assez complet de l'éducation du futur roi.

Aussi, lorsqu'au matin du 17 janvier 1766, le chancelier Bernstorff proclama par trois fois, du haut du balcon du palais royal : « Le roi Frédéric V est mort, le roi Christian VII est vivant ! », le malheureux garçon était-il tout à fait prêt à faire son propre malheur et celui de son entourage, sans compter celui de ses peuples... et celui de sa femme.

Le premier contact des jeunes époux, à Roeskilde, est attendrissant. Séduit par cette ravissante fille blonde, Chritian lui tend les bras et l'embrasse avec enthousiasme. Il n'est d'ailleurs pas seul à être séduit : le peuple danois l'est plus encore et spontanément il décerne à sa jeune souveraine un bien joli sobriquet : la Rose Anglaise.

Mais avec un garçon aussi instable que Christian, les bons moments ne durent guère. Le surlendemain de son mariage, Caroline-Mathilde est abandonnée tandis que Christian retourne avec empressement à son ami Holck auquel il confie que « l'état de célibataire est bien plus agréable que celui d'époux ». Ayant dit, il reprend joyeusement sa vie dissipée d'antan, laissant sa jeune épouse commencer l'apprentissage d'une existence malheureuse.

Le ménage manque de charmes et la cour danoise n'en a pas beaucoup plus. Caroline-Mathilde qui est intelligente comprend vite qu'elle est tombée au milieu d'un véritable nœud de vipères. L'incapacité du roi à gouverner jointe à son besoin maladif de plaisirs épicés, laissent le champ libre à toutes les ambitions et trois hommes se disputent âprement le pouvoir ; le chancelier Bernstorff qui a du moins l'avantage d'être un homme d'État intègre, le grand maréchal de la cour comte de Moltke et, pour finir, son beau-frère, l'inévitable, l'obsédant Reventlow...

« Reventlow estime, écrit Reverdil, qu'il ferait preuve de patriotisme et d'un dévouement héroïque en continuant son éducation et en gouvernant le royaume comme il avait gouverné les melons de Fryenlung, la propriété privée du prince... »

Quand il y a trois candidats il est bien rare qu'un quatrième ne se montre pas. Cette fois il s'agit « d'une » quatrième : la reine-douairière Julia-Maria de Wolfenbuttel épousée sur le tard par Frédéric V après la mort de Louise d'Angleterre, mère de Christian et grand-tante de Caroline-Mathilde. Julia-Maria avait réussi à donner un fils à Frédéric V et, depuis sa mort, elle intriguait férocement pour assurer à ce fils un avenir royal. Malheureusement pour Caroline-Mathilde ce n'est pas une ennemie négligeable car, avec elle, tous les coups sont permis. Dès leur première rencontre, d'ailleurs, la jeune reine a senti que cette femme la détestait et ne désarmerait jamais.

Ainsi mal mariée, la Rose Anglaise ne trouve de paix et de détente que chez la grande maîtresse de sa maison : la comtesse de Plessen dont la demeure est le rendez-vous de tous les mécontents. Et Dieu sait s'il y en a !

Entre autres, un grand seigneur particulièrement remuant et particulièrement dangereux : le comte Otto-Schack de Rantzau-Ascheberg.

Appartenant à une ancienne famille de Holstein, Rantzau descend d'un illustre soldat qui, après avoir couru l'Europe l'épée à la main, combattit à Rocroi aux côtés du duc d'Enghien, gouverna Dunkerque pour le roi Louis XIV et reçut en 1645 le bâton de Maréchal de France. Otto lui ressemble un peu mais d'assez loin. C'est un bon soldat sans doute et un honorable chef de guerre mais il a le goût de l'intrigue chevillé au corps. Il l'a même à tel point qu'après une assez sombre histoire il s'est vu privé de tous ses titres et exilé de Copenhague.

Après avoir beaucoup voyagé, il a longtemps séjourné à Altona, près de Hambourg et il en est revenu depuis peu. Mécontent au premier chef, bien entendu, il ne rêve qu'aux moyens de récupérer titres et privilèges. C'est sans doute dans ce but que, connaissant la pauvre santé du roi, il a ramené avec lui un jeune médecin, fort brillant, fort habile et dans lequel il a toute confiance. Ce jeune médecin s'appelle Jean-Frédéric Struensee...

Le personnage de Struensee, auréolé de son destin tragique a souvent inspiré romanciers et dramaturges. Beaucoup de choses ont été écrites sur lui, si contradictoires en général qu'il est difficile de se faire une opinion. Pour les uns, il fut un génie méconnu, un martyre des idées progressistes. Pour d'autres, au contraire, il n'était qu'un aventurier sans scrupule cherchant à obtenir fortune et pouvoir grâce à l'amour d'une femme.

La vérité doit se situer à mi-chemin. Il semblerait que Struensee ait été un homme remarquablement intelligent, humain et professant des idées droites et saines. Mais aussi un homme de chair et de sang avec tout ce que cela peut comporter de faiblesses.

Il venait de Halle, vieille cité hanséatique et universitaire de la Saxe prussienne où son père, pasteur luthérien, enseignait la théologie. Un saint homme au demeurant mais austère. Son protestantisme fanatique choqua profondément le jeune Jean-Frédéric et sema chez lui les graines d'un scepticisme qu'une étude consciencieuse de la théologie allait amener à épanouissement. Alors que son frère se vouait aux mathématiques, Jean-Frédéric, par amour de la Science et peut-être aussi par simple amour de l'Homme, choisit la médecine.

C'est encore à Reverdil, qui connaît bien Struensee, qu'il faut s'en rapporter :

« Unissant les expériences de Haller avec les principes d'Helvétius, il en vint à se persuader que ses organes produisent seuls la pensée et en conclut que notre unique occupation devait être de nous procurer des sensations douces en ne nuisant à personne... » C'était, somme toute, une philosophie agréable pour un jeune garçon et tout a fait inhabituelle pour un fils de pasteur. Et Struensee entreprit de poursuivre ses études tout en cultivant un certain épicurisme. Ses rêves, nés d'une curiosité sans cesse en éveil, l'emmenaient loin ; il souhaitait aller aux Indes et connaître le monde.

Le premier voyage de la maisonnée du pasteur ne fut pas si ambitieux. La cour de Copenhague avait découvert un foyer d'insurrection dans le Slesvig-Holstein qui dépendait alors de la couronne danoise, et principalement à Altona. Elle ordonna donc au pasteur Struensee dont la réputation était grande d'aller y remettre un certain ordre moral. Et, naturellement il obéit.

Altona qui n'est plus à présent qu'une banlieue de Hambourg était alors un petit port commerçant où se tenait sur l'Elbe un gros marché aux poissons. La ville avait souffert, en 1713, de la mainmise du général suédois Steenbock qui en avait incendié les murailles et une bonne partie des habitations. En foi de quoi le pasteur y reçut un meilleur accueil qu'il ne l'aurait supposé.

Trois ans plus tard, Jean-Frédéric pouvait se parer du titre de médecin pensionné de la ville dont son père était alors le doyen. Il entreprit de mener la vie telle qu'il l'entendait et les choses se gâtèrent, l'épicurisme du fils choquant horriblement la morale sévère du père. Et, en 1760, le pasteur désavouait publiquement et solennellement un fils dont la vie de « débauche » le scandalisait.

Le jeune médecin ne parut pas souffrir outre mesure de l'anathème paternel. On peut même se demander s'il s'en soucia vraiment :

« Joyeux convive, beau joueur, empressé auprès des femmes, chasseur et voyageur infatigable, il eut la vogue comme médecin. On en fit même un ami... » C'est tout juste, en tout cas, ce qu'en fit Rantzau dont il devint l'intime tandis que le père Struensee, outré, quittait Altona pour Rendsbourg où il était nommé superintendant. Un titre qui n'avait rien à voir avec la police : c'était une sorte d'évêque. Délivré de l'œil de granit paternel, Jean-Frédéric vécut pratiquement avec Rantzau et son ami Brandt. Les deux derniers souhaitaient éperdument quitter Altona pour Copenhague : Rantzau pour rentrer en grâce et Brandt dans l'espoir d'obtenir la charge d'organisateur des spectacles de la Cour.

Les trois hommes s'étant juré une aide mutuelle dans la meilleure tradition des Mousquetaires – tous pour un, un pour tous ! – le trio s'embarqua lorsque Rantzau décida de rentrer. Il avait pour cela la meilleure raison du monde : un vieil ami de sa famille venait d'y prendre le poste de ministre de la Guerre et il espérait beaucoup de ce comte de Saint-Germain...

Il est bon peut-être d'ouvrir une parenthèse sur ce Saint-Germain-là qui n'a sans doute aucun point commun avec l'autre Saint-Germain, faiseur d'or, réparateur de pierres précieuses et champion toutes catégories de l'immortalité. Encore qu'ils eussent été exactement contemporains. Le nouveau ministre était un Jurassien qui après avoir servi sous différentes bannières avait été amené au roi Louis XV par le maréchal de Saxe. Lieutenant général des Armées françaises, il avait combattu avec gloire jusqu'à ce qu'une brouille avec le duc de Broglie le pousse à laisser tomber son commandement pour se rendre au Danemark où on lui offrait merveilles : le grade de feld-maréchal et le ministère de la Guerre.

Au fond, à cette époque personne ne trouvait étrange de voir un Rantzau devenir maréchal de France et un

Saint-Germain devenir feld-maréchal au Danemark. On avait plutôt tendance à s'arracher ces mercenaires de la gloire et la notion de trahison était moins sensible qu'au XXe siècle. Claude de Saint-Germain devait d'ailleurs rentrer en France en 1775 et se voir offrir par Turgot le poste de secrétaire d'État à la Guerre. Il n'y resta pas fort longtemps car c'était un homme de caractère difficile et totalement allergique à la notion de privilèges dans l'armée. Mais il y fit de bonne besogne en organisant le corps du Génie et en ordonnant l'installation de douze écoles militaires destinées aux gentilshommes pauvres et préparant à l'École militaire. Brienne fut l'une de ces créations et l'on peut affirmer hardiment que si Napoléon Bonaparte devint général puis empereur des Français au lieu d'être chef de bande en Corse, il le dut en partie au comte de Saint-Germain…

Rantzau obtint ce qu'il voulait. Le ministre lui confia le commandement des armées de Norvège et il partit pour prendre son poste au moment même où Struensee devenait médecin du roi…

La première rencontre de celui-ci avec Caroline-Mathilde est sans chaleur. La jeune reine n'a que dédain pour lui : ce Struensee est une créature de Rantzau et elle n'aime pas Rantzau dont elle se méfie. Le nouveau venu n'en est pas autrement affecté : il trouve la reine charmante mais son cœur, ou plutôt ses sens sont pris ailleurs : il est amoureux d'une Mme de Goehle, femme de général et d'ailleurs maîtresse de Saint-Germain. Il semble qu'il ait rencontré là quelque succès mais cet amour ne dure guère plus qu'un feu de paille.

Le roi, en effet, a décidé de voyager à travers l'Europe. Il veut voir la France, l'Allemagne, les Pays-Bas et il entend emmener son médecin. Mais pas sa femme ! Quand Caroline-Mathilde demande à l'accompagner, Christian lui oppose un refus brutal : il n'a aucun besoin d'une femme car il a l'intention de s'amuser. D'ailleurs la reine, ayant donné naissance à un fils, a autre chose à faire qu'à courir les grands chemins.

Caroline-Mathilde se résigne aisément. Au moins, pendant cette absence, elle pourra vivre à sa guise. Et elle s'installe au château de Frédériksborg, laissant le chancelier Bernstorff assumer la charge du gouvernement... et surveiller sa belle-mère. Depuis la naissance du petit Frédéric, celle-ci ronge visiblement son frein et dissimule de moins en moins la haine qu'elle éprouve pour la jeune reine.

À Frédériksborg, Caroline-Mathilde se consacre tout entière à son bébé et aussi à l'étude du danois car elle désire parvenir à se faire comprendre de son peuple sans intermédiaire. À la Cour où l'on copiait toute mode sur Versailles, on parlait plus volontiers français ou allemand. Et les jours coulent, paisibles... un peu ternes peut-être...

Le 14 janvier 1769, Christian VII et sa suite rentrent à Copenhague. Et là, se produit un coup de théâtre. Quand la reine s'avance vers lui pour la révérence d'accueil, lente et gracieuse dans ses brocarts scintillants, un peu inquiète peut-être de ce qui l'attend, Christian se précipite vers elle, l'embrasse avec une ardeur inconnue... et ne la quitte plus.

Nul n'a jamais pu savoir ce qui s'était passé dans ce cerveau fragile mais une chose est certaine qui ne se démentira plus : le roi est amoureux, follement amoureux de sa femme. En un tournemain tout est balayé. Favoris et maîtresses, serviteurs trop complaisants prennent avec un bel ensemble le chemin de l'exil. Un seul reste qui est devenu indispensable à son maître : Struensee.

Le médecin a reçu le titre de lecteur et il partage entièrement l'intimité du souverain. Christian s'en est engoué à un point inimaginable et l'écoute de plus en plus.

Durant le long voyage, Struensee a renouvelé sa provision d'idées nouvelles. Le séjour en France où Louis XV va vers sa fin et où fermente déjà la Révolution, a été pour lui une révélation. Petit à petit, il suggère au roi des projets de réforme mais il les suggère avec assez d'habileté pour que Christian soit persuadé d'être le seul auteur de ces projets. Un souffle de liberté et d'humanité est arrivé avec eux mais n'atteint pas Caroline-Mathilde. La jeune reine ne désarme pas : pour elle Struensee est un intrigant et le restera.

Et puis soudain, elle tombe malade. Sur l'ordre de Christian inquiet, c'est Struensee qui la soigne et il le fait avec une attention, une délicatesse et un dévouement qui peu à peu finissent par toucher sa patiente. À son tour, Caroline-Mathilde subit le charme de cet homme qui est jeune, beau, plein de vie… un homme tellement différent de l'enfant attardé qu'elle a pour époux !…

Une autre circonstance va rapprocher encore la reine de Struensee : au cours d'un voyage du couple royal dans le Holstein, le petit prince Frédéric tombe malade. La mère et le médecin le soignent de concert et tissent entre eux ces liens si forts qui se créent par-dessus le lit d'un enfant. Il est certain que c'est à ce moment que l'amour éclata entre ces deux êtres si éloignés l'un de l'autre. C'est en tout cas la maladie de l'enfant qui leur en fit prendre conscience et servit de révélateur. C'est d'ailleurs de cette période que date la fulgurante ascension de Struensee.

D'autant que le chemin est libre pour lui. Le voyage en Holstein a causé un nouveau préjudice à la santé de Christian VII. Les crises ont repris. Et puis il a cessé dc s'intéresser à tout ce qui n'est pas l'amour, quasi maniaque, entêté et exclusif qu'il porte désormais à sa femme. La Rose Anglaise est sa folie, son besoin de chaque jour, presque de chaque instant… Mais les yeux aigus des courtisans ont vite constaté que cet amour n'est pas vraiment payé de retour et ils suivent avec une passion jalouse l'ascension du nouvel astre.

Maître des requêtes puis conseiller d'État, Struensee ne tarde pas à parler en maître. Il obtient, le 15 décembre 1770, le renvoi du chancelier Bernstorff dont la rigidité et les principes quasi féodaux s'opposent aux grandes réformes qu'il prétend instaurer. Maintenant, fort de la folie sans danger du roi, plus fort encore de l'amour de la reine, le fils du pasteur de Halle va régner…

Pas seul d'ailleurs ! Fidèle au serment d'Altona, il s'entoure de ses amis, appelle Rantzau et Brandt pour former avec eux une espèce de triumvirat dont il sera la tête. Et, appuyé sur cette assistance totalement incompétente d'ailleurs, le voilà qui se lance dans la réalisation de ses vieux rêves : émancipation et amélioration du sort des paysans, réformes de la justice, autant de choses excellentes mais qui eussent demandé peut-être plus de doigté. Or, non seulement il n'en a pas mais il court la poste : le 14 septembre, il supprime la censure des livres, deux mois plus tard il abolit le Conseil d'État tout entier : lui et ses deux amis sont bien suffisants pour cela. Puis, sans transition, il affranchit les paysans, réduit les dépenses de l'État, entreprend la réforme de l'armée alors aux ordres de Rantzau. Il confie les Finances à son propre frère mathématicien et l'oblige à les remanier sévèrement. Puis il supprime la torture, crée des asiles d'enfants trouvés, lutte pour la tolérance religieuse, tente de faire de l'État une monarchie constitutionnelle. Il abat un travail de titan… Malheureusement, il veut aller trop vite.

Et bientôt, contre le ministre et son gouvernement, c'est une véritable levée de boucliers. Et chose étrange, le pays tout entier s'y met, paysans et citadins réunis parce qu'ils ne comprennent pas ! À vouloir ouvrir trop vite le cocon d'une chrysalide on ne la met pas à son aise. Les nobles, bien sûr crient plus fort que tout le monde puisqu'il prétend détruire leurs privilèges.

Dans tout le Danemark, on maudit Struensee et son fidèle Brandt. Seul Rantzau échappe à la réprobation générale… pour l'excellente raison qu'il s'est déjà rallié discrètement au parti des opposants. Pour ce grand seigneur vindicatif, le petit médecin d'Altona commence à prendre beaucoup trop de place.

Il est vrai qu'il en prend. Le 18 juillet 1771, il est Premier ministre, le 22 il devient comte de Struensee et chevalier de l'ordre royal de Dannebrog. L'amour de la reine le soutient et le porte toujours plus haut... beaucoup trop haut ! À cette altitude il n'y a plus guère que la solitude et le vertige qui engendrent l'aveuglement. Struensee est si haut qu'il ne voit pas, en bas, s'agiter Rantzau dont la bile monte. Cet excellent ami va offrir ses services éclairés à la douairière Julia-Maria.

C'est une recrue d'importance qui est accueillie avec enthousiasme mais sans trop de surprise. Tapie au fond de ses domaines comme une araignée dans sa toile, Julia-Maria attend son heure et sait bien qu'elle viendra. Sa demeure est le pôle attractif de tous les mécontents et Dieu sait s'il y en a ! Pour un peu on refuserait du monde. Il y a surtout l'armée : la plupart des officiers lui sont acquis. Dans l'espoir de se l'attacher, elle fait pressentir Bernstorff pratiquement exilé mais, dignement, le vieux chancelier refuse : il ne veut pas se salir les mains. Il n'empêche ! Lentement, sournoisement, la machine va se mettre en marche...

À la fin de l'année, des émeutes éclatent dans l'armée et dans la marine, puis dans la ville même de Copenhague. Le prétexte est facile car l'amour de la reine pour Struensee s'étale à présent au grand jour. Emportée par la passion, Caroline-Mathilde, avec la belle inconscience de la jeunesse, court délibérément à l'abîme...

Quand, le plus visiblement du monde, elle met au monde une fillette, il n'y a qu'une seule voix dans tout le pays pour en attribuer la paternité à Struensee. C'est sans doute vrai d'ailleurs mais c'est aussi la goutte d'eau qui fait déborder le vase et, le 15 janvier 1772, la perte des deux amants est décidée en un conseil secret qui se tient chez Julia-Maria : on ne va pas perdre de temps...

Dans la nuit du 16 au 17 janvier, vers quatre heures du matin, le colonel Köller et le commissaire Behringskiöld pénètrent chez Struensee puis chez Brandt. Tous dorment profondément car il y a eu bal masqué chez la reine et ils se sont couchés tard.

Les deux hommes ont à peine le temps de se reconnaître : ils sont déjà enfermés à la Citadelle. Au même instant, on arrête tous leurs amis, leurs proches et leurs serviteurs cependant que Julia-Maria et Rantzau pénètrent chez Christian VII. Tout est fait sans tapage, avec une habileté feutrée qui ne laisse pas place au hasard : il ne faut pas que la principale victime ait la possibilité de fuir...

Le malheureux roi est plus qu'à demi-fou, à présent. Ses instants de lucidité sont rares ce qui simplifie la tâche des conjurés. La présentation d'une fausse lettre de Caroline-Mathilde concernant l'enfant qui vient de naître déchaîne une véritable crise de folie furieuse suivie d'ailleurs, aussitôt, d'une totale prostration. Mais avant d'y plonger, Christian a tout de même signé l'ordre d'arrêter la reine et cet ordre est aussitôt exécuté : avant même le lever du jour, Caroline-Mathilde est arrachée à sa chambre, jetée dans une voiture fermée et conduite à la forteresse de Kroenborg, dans l'île de Seeland où elle va attendre son jugement dans des conditions qui risquent fort d'emporter rapidement une jeune femme qui n'est pas encore bien remise d'un accouchement.

Le 20 février, on commence l'instruction du procès. Pour Struensee cette instruction s'avère longue et atroce. Ni les pièges insidieux ni la torture – rétablie tout exprès pour lui ! – ne lui sont épargnés. Il se défend pourtant avec courage, héroïsme même jusqu'à l'instant où il apprend dans quelles conditions la reine est détenue : qu'il avoue s'il ne veut pas qu'elle meure de froid et de misère ! Alors il avoue tout ce que l'on veut, bien qu'il sache parfaitement qu'il signe ainsi son arrêt de mort.

La sentence tombe sur le crime de lèse-majesté : Struensee – et Brandt qui n'a pourtant pas grand-chose à voir avec la lèse-majesté – sont condamnés à avoir le poing droit tranché et à être décapités. Après quoi leurs corps coupés en quartiers suivant la meilleure technique du Moyen Âge seront exposés sur la roue.

Devant la cruauté de cette condamnation, le chancelier Bernstorff revenu au pouvoir et certains juges tentent d'obtenir au moins un adoucissement. Un homme, un seul s'y oppose et trouve, pour défendre son abominable cause les mots qu'il faut : c'est Rantzau décidément peu soucieux de son honneur. Et ce geste atroce infirme définitivement la légende selon laquelle, dans la nuit de l'arrestation, Rantzau aurait tenté de sauver son ancien ami, peut-être sous l'empire d'un remords tardif. Un Rantzau était-il seulement capable de remords ?

Le 28 avril 1772, Struensee et Brandt sont conduits à l'échafaud. Le pasteur Münter qui accompagne les deux amis a laissé de leur exécution une relation impressionnante. Devant la mort, Struensee l'épicurien est revenu à la foi de son enfance avec la passion qu'il met en toutes choses. Avant de quitter la prison il a lu avec le pasteur, les sermons de Schlegel sur la Passion et le huitième chapitre de l'épître aux Romains. Sur l'échafaud il fait montre d'une grande fermeté et subit son supplice avec un courage qui force l'admiration. Münter notera qu'il a seulement frissonné quand le bourreau armé d'une masse fracasse ses armoiries et celles de Brandt qui, d'ailleurs, meurt le premier…

Reste la reine. Le divorce pour adultère est prononcé contre elle le 6 avril assorti d'une condamnation à finir ses jours à Kroenborg ce qui équivaut à une condamnation à mort. La haine de Julia-Maria est assouvie… mais elle a oublié l'Angleterre. Et celle-ci n'est aucunement disposée à la laisser massacrer Caroline-Mathilde.

Peu de temps après la condamnation, une frégate anglaise sabords ouverts et canons en batterie, vient jeter l'ancre en rade de Copenhague. Elle porte lord Keith qui, au nom de son roi George III, s'en vient exiger la libération d'une princesse anglaise au besoin par la voix des bouches à feu. Keith est tout prêt à bombarder Copenhague si on ne lui remet pas Caroline-Mathilde.

Il n'y a pas à le répéter : on lui remet la prisonnière ainsi que sa petite fille dont personne ne veut puisqu'elle est déclarée bâtarde. Et la frégate reprend la mer…

Hélas, elle ne ramènera pas Caroline-Mathilde chez elle. L'orgueil britannique une fois sauf, George III entend bien laver le linge sale de sa famille et, non seulement l'adultère ne reviendra pas en Angleterre, mais défense formelle lui est faite d'y remettre jamais les pieds. Et c'est vers la côte de Hanovre, alors possession anglaise depuis que le prince de ce pays est devenu le roi George Ier que la frégate dirige sa course…

C'est le château fort de Celle, ancienne résidence des ducs de Brunswick-Lunebourg, qui reçoit la princesse proscrite à qui, par respect de sa naissance, un semblant de cour est autorisé. Elle n'y restera que trois ans. Sa santé est détruite, autant par le séjour de Kroenborg que par le désespoir. Une maladie contractée en soignant l'un de ses domestiques l'emporte à l'aube du 10 mai 1775, âgée d'à peine vingt-quatre ans…

MARIE-ANTOINETTE,
REINE DE FRANCE

« Tout me conduit vers toi... »

Le dimanche 30 janvier 1774, il y a bal à l'Opéra[1], un de ces bals de Carnaval où l'on se pressait, costumé et masqué et où l'on s'amusait beaucoup à intriguer ses amis en leur posant des questions saugrenues. Le costume le plus communément porté était le domino, cette ample mante de soie où les paniers des robes se logeaient facilement.

Ce soir-là donc, vers minuit un groupe de quelques personnes pénètre dans la salle, entourant une femme de belle allure, masquée de satin et soigneusement emballée dans son domino en dépit de la chaleur. Il y a beaucoup de monde et le groupe, par force, se disperse un peu.

Soudain, la dame au masque s'approche d'un jeune homme au visage découvert qui semble errer un peu à l'aventure parmi les groupes, regardant d'assez haut cette foule qui semble vouloir s'amuser à tout prix. Remarquable ce jeune homme : grand, mince, très élégant, il a un beau visage sérieux et régulier, des yeux assez mélancoliques sous l'abris des épais sourcils d'un

1. Il s'agit de l'Opéra de la rue Saint-Honoré qui avait été inauguré quatre ans auparavant, presque jour pour jour et qui devait brûler le 8 juin 1781. La Guimard faillit périr dans l'incendie.

blond foncé. La bouche sourit rarement mais avec beaucoup de charme. En outre, sous le tissu parfaitement coupé du costume on devine un corps entraîné à tous les exercices physiques. Le jeune homme a dix-neuf ans. Il est suédois. Il se nomme Fersen, le comte Axel de Fersen, fils d'un feld-maréchal et sénateur suédois.

Il a été présenté au roi Louis XV, il y a quelques jours, le 1er janvier. Et le 10 de ce même mois, il a dansé à Versailles au cours d'un bal.

La jeune dame – elle ne peut être que jeune et son allure à quelque chose d'aérien – entame la conversation avec Fersen, et lui tient des propos pleins de malice. Il s'en étonne car il ne fréquente pas encore grand-monde et cette dame, elle, semble le connaître. Piqué de curiosité, il répond de son mieux, s'efforce de se montrer spirituel tout en cherchant à deviner qui se cache sous ce joli masque. La dame a une voix haute et claire, bien timbrée et teintée d'un très léger accent étranger. Mais lequel ?

Soudain, le groupe dispersé se rapproche. Deux hommes encadrent alors la jeune dame et l'entraînent gaiement. L'un d'eux a été reconnu : c'est le comte d'Artois, l'enfant terrible de la cour, et comme il appelle la dame « Ma sœur » tout le monde du coup devine qui elle est : c'est la dauphine Marie-Antoinette.

Dans le journal qu'il tient scrupuleusement, le jeune Suédois écrira à la date du dimanche 30 janvier :

« … au bal de l'Opéra, il y avait une foule de monde : Madame la Dauphine, Monsieur le Dauphin, M. le comte d'Artois et M. le comte de Provence y vinrent et y furent au bal une demi-heure sans être connus. La Dauphine me parla longtemps… »

Voilà la première rencontre de deux êtres dont l'amour a fini par atteindre les dimensions de la Légende.

Pour l'heure, Fersen ne se doute absolument pas qu'il vient d'être l'objet d'une faveur particulière et si, dès le lendemain, 31 janvier, il se rend, à Versailles cette fois, à l'un des bals que donne si souvent la Dauphine, il ne mentionne aucunement la princesse. Il est arrivé à 3 heures, il est resté au bal jusqu'à 7 h 45, rien de plus…

Son séjour à Paris va se poursuivre encore quelques mois puisque c'est seulement le 12 mai, deux jours après la mort du roi Louis XV, qu'il quittera une capitale qu'il aime beaucoup et dans laquelle il s'est comporté en touriste passionné – son Journal en fait foi. L'accueil que lui ont réservé les salons lui a d'ailleurs donné l'envie de revenir.

Pour l'heure il se rend en Angleterre suivi par des regrets ainsi que le suggère la lettre que le comte de Creutz, ambassadeur de Suède en France adresse à son maître :

« Le jeune comte de Fersen vient de partir pour Londres. De tous les Suédois qui ont été ici de mon temps, c'est celui qui a été le mieux accueilli par le grand monde. Il a été extrêmement bien traité par la famille royale. Il n'est pas possible d'avoir une conduite plus sage et plus décente que celle qu'il a tenue. Avec la plus belle figure et de l'esprit, il ne pouvait manquer de réussir dans la société. Aussi l'a-t-il fait complètement. Votre Majesté en sera sûrement contente mais ce qui rendra surtout M. de Fersen digne de ses bontés, c'est qu'il pense avec une noblesse et une élévation singulières… »

Tout Fersen est décrit dans ces quelques lignes : un garçon beau mais modeste, aimable mais plutôt distant, plaisant aux femmes et se plaisant dans leur compagnie mais sans s'attacher jamais. En résumé un solitaire dont un seul amour saura remplir l'existence. Il ne se mariera jamais, laissant à ses frères le soin de continuer la race.

Il n'est pas triste pour autant. En Suède où il rentre vers la fin de 1774, il brille à la cour de Gustave III, aussi bien dans les fêtes que dans les spectacles de cour où il tient des rôles divers. Mais c'est la carrière des armes qu'il a choisie définitivement.

Marie-Antoinette, qui est devenue reine deux jours avant le départ de Fersen, a-t-elle vraiment été marquée par leurs premières rencontres ? C'est possible car, lorsqu'à la fin de l'été 1778, quand le comte de Creutz ramènera Fersen à Versailles pour le présenter au roi Louis XVI, la reine s'exclamera : « Ah ! C'est une ancienne connaissance... »

Néanmoins, pendant ces quatre années, elle a mené la plus joyeuse vie qui soit avec la petite coterie qu'elle aime à réunir autour d'elle, à Versailles et surtout à Trianon : les duchesses de Lamballe et de Polignac, la comtesse d'Ossun, les comtes de Vaudreuil, de Besenval, le duc de Coigny, le duc de Lauzun et le curieux comte Valentin Esterhazy, de grande origine hongroise – sa race remonte dit-on à Attila – mais né tout platement au Vigan, dans les Cévennes d'où sa mère, Philippine de la Nougarède, était originaire. Très pauvre au départ, élevé presque par charité par le comte de Bercheny qui en fera un soldat aidé en cela par une naturelle bravoure, Valentin Esterhazy s'élèvera jusqu'à l'intimité de la reine qui lui fera épouser la jeune Fanny d'Halweyl, de vingt-sept ans plus jeune que lui mais fort riche, en fera un gouverneur de Rocroy et l'aidera également à devenir colonel d'un régiment de hussards qui portera son nom. Il est à regretter que, passé à l'émigration quand viendront les heures noires, Esterhazy ne lèvera même pas le petit doigt pour tenter de sauver celle à qui il doit tout. Et l'on peut ajouter, pour la petite histoire que c'est de cette branche Esterhazy française que naîtra un jour un autre Esterhazy, celui qui fut si tristement mêlé à l'affaire Dreyfus.

Pour l'heure Valentin Esterhazy est solidement implanté auprès de Marie-Antoinette dont il devient le confident. C'est lui qui, au temps où l'amour éclatera presque au grand jour entre Marie-Antoinette et Fersen, servira de courrier et de boîte aux lettres. D'où l'importance qui lui est accordée dans ce récit…

De retour en France, Fersen est immédiatement admis dans le cercle intime de Marie-Antoinette qui est enceinte de la future Madame Royale. Il fait partie de son jeu, il est invité à ses soirées privées et cette fois – mais ne l'avait-il pas été dès la première rencontre ? – il est sous le charme. À sa manière assez impénétrable, il l'écrit à son père :

« La reine me traite toujours avec bonté. Je vais souvent lui faire ma cour au jeu. Elle me parle toujours. Elle avait entendu parler de mon uniforme – l'uniforme suédois – et elle me témoigna beaucoup d'envie de le voir au lever : je dois y aller mardi ainsi habillé, non pas au lever mais chez la reine. C'est la princesse la plus aimable que je connaisse… »

Rappelons que dans le langage du XVIIIe siècle aimable signifiait « que l'on était tout disposé à aimer ».

Ce désir presque enfantin exprimé par Marie-Antoinette de voir le jeune Suédois dans l'uniforme de son pays est le premier témoignage public d'intérêt donné par la reine à Fersen. Le succès du jeune homme est tel qu'il ne manque pas de déchaîner les potins : la reine s'entretient fréquemment avec lui, elle le regarde avec insistance… Elle aurait même eu les larmes aux yeux en chantant elle-même et en sa présence, le couplet de *Didon,* un opéra qui ne sera créé d'ailleurs que trois ou quatre ans plus tard :

Ah ! que je fus bien inspirée
Quand je vous reçus dans ma cour…

Bientôt les commérages dégénèrent, naturellement. Le tendre intérêt de la reine devient visible et l'on n'hésite pas à affirmer qu'elle est la maîtresse du beau Suédois. Mais elle a commis déjà tant d'imprudences, ses amis sont d'une moralité si contestable qu'il est difficile à une cour peu encline à l'indulgence et à la pratique des sentiments élevés de penser autrement.

Pour couper court à la campagne calomniatrice qui s'ébauche – et à laquelle le comte de Provence n'est pas tout à fait étranger – Fersen prend une résolution forte : il va s'embarquer pour l'Amérique avec le corps expéditionnaire du comte de Rochambeau et à bord de l'escadre que le chevalier de Ternay rassemble à Brest.

C'est à nouveau au comte de Creutz que l'on doit une lettre fameuse qui donne le juste ton de l'atmosphère qu'entretenait la faveur de la reine :

« 10 avril 1779. Je dois confier à Votre Majesté que le jeune comte de Fersen a été si bien vu de la reine que cela a donné des ombrages à plusieurs personnes. J'avoue que je ne puis m'empêcher de croire qu'elle avait du penchant pour lui : j'en ai vu des indices trop sûrs pour en douter. Le jeune comte de Fersen a eu dans cette occasion une conduite admirable par sa modestie et par sa réserve et surtout par le parti qu'il a pris d'aller en Amérique. En s'éloignant il écartait tous les dangers : mais il fallait évidemment une fermeté au-dessus de son âge pour surmonter cette séduction. La reine ne pouvait le quitter des yeux les derniers jours ; en le regardant, ils étaient remplis de larmes. Je supplie Votre Majesté d'en garder le secret pour Elle et pour le sénateur Fersen.

« Lorsqu'on sut le départ du comte, tous les favoris furent enchantés. La duchesse de Fitz-James lui dit : "Quoi, Monsieur, vous abandonnez ainsi votre conquête ? – Si j'en avais fait une, je ne l'abandonnerais pas, répondit-il, et malheureusement sans laisser de regrets." Votre Majesté avouera que cette réponse était d'une sagesse et d'une prudence au-dessus de son âge. Du reste la reine se conduit avec beaucoup plus de retenue et de sagesse qu'autrefois… »

Voilà Fersen parti pour Newport, comme aide de camp de Rochambeau. En fait, il ne s'est pas sacrifié le moins du monde en quittant la France et, sans doute Marie-Antoinette est-elle plus éprise que lui. À cette époque, en effet, les lettres de Fersen à sa sœur Sophie, sa préférée, font une large place à une certaine « charmante comtesse » qui semble l'accaparer quelque peu. En outre, il y a la vie militaire, la camaraderie avec les autres officiers embarqués sur les différents navires de la flotte, l'aimable vicomte de Noailles, un vieux de la vieille en dépit de son jeune âge parce qu'il a participé avec l'amiral d'Estaing au débarquement dans l'île de la Grenade, le duc de Lauzun futur général de la Révolution ce qui ne l'empêchera pas d'y laisser sa tête, le déjà très célèbre marquis de La Fayette, les frères Berthier dont l'un sera un jour maréchal d'Empire et prince de Wagram, toute une pépinière de gloire dont la bataille de Yorktown commencera la floraison.

Évidemment, le grade de Fersen est un peu imprécis. Il est colonel « à la suite » du régiment Royal-Deux Ponts, c'est-à-dire qu'il a une chance de commander le régiment quand le colonel en titre n'y sera plus. Mais il porte un superbe uniforme bleu et jonquille qui convient tout à fait à son allure martiale.

À Newport, le principal port de Rhode Island, Fersen s'est trouvé une maison amicale : celle de Mrs. Hunter : « Nous passons nos soirées depuis huit heures jusqu'à douze [c'est un homme fort attaché aux précisions de l'heure !] chez Mrs. Hunter, celle dont je vous ai parlé, qui a une jolie fille… Ces soirées sont fort agréables… »

Parlant parfaitement l'anglais, Fersen se trouve fort bien en Amérique mais ses relations avec Lauzun se détériorent quelque peu. Rabroué jadis par la reine, le beau Lauzun garde une rancune solide au jeune Suédois et ne perd guère d'occasions de la lui faire sentir.

De retour à Paris, après avoir accompli son devoir de soldat à l'entière satisfaction de Rochambeau – celui-ci écrit à Louis XVI : « Le comte de Fersen est l'un des officiers sur lesquels je me suis le plus reposé. » – Axel de Fersen qui a pris logis chez Mme de Matignon, songe surtout à s'établir en France. Après avoir espéré acquérir le régiment de Lauzun, il songe à celui de Royal-Suédois et entreprend le siège de son père, peu satisfait à l'idée qu'il pourrait se fixer en France. Pour amadouer le vieux gentilhomme il lui fait miroiter des espérances de mariages riches, d'abord avec Mlle Leyel, ce qui ne se fera pas, puis avec la jeune Germaine Necker, follement riche, très recherchée pour sa fortune et son esprit beaucoup plus que pour la beauté qu'elle ne possède pas, ce qui ne se fera pas davantage : Mlle Necker épousera bien un Suédois mais ce ne sera pas Fersen : elle préférera le baron de Staël dès qu'il aura décroché le poste d'ambassadeur de Suède en France et qu'il lui aura juré qu'elle ne serait pas obligée d'aller vivre dans les neiges du Nord...

Finalement, c'est grâce à Marie-Antoinette que Fersen trouvera l'argent nécessaire à l'achat de Royal-Suédois...

Pendant qu'il était en Amérique, en 1781 la reine a donné naissance à un premier Dauphin au milieu de l'enthousiasme général[1]. C'est son deuxième enfant et si elle n'a pas encore acquis une grande sagesse du moins n'est-elle plus tout à fait la folle « tête emplumée » qui inquiétait si fort sa mère, l'impératrice Marie-Thérèse, et son frère l'empereur Joseph II.

C'est au mois de juin 1783 que la reine et son chevalier vont se retrouver. La scène a été rapportée : Marie-Antoinette était en train de jouer de la harpe dans son salon doré quand on vint lui annoncer le comte de Fersen. Elle a eu peine à dissimuler son émotion tant le Suédois a changé : elle a vu partir un jeune homme, elle voit revenir un homme achevé : en quatre ans Fersen a vieilli de dix ans mais il n'en a que plus de séduction.

1. Il mourra en 1789. Celui qui sera le petit prisonnier du Temple naîtra le 27 mars 1785 et portera jusqu'à la mort de son frère le titre de duc de Normandie.

La reine, elle, est dans tout l'éclat d'une beauté que la maternité a épanouie.

« Marie-Antoinette, écrit Mme Vigée-Lebrun son peintre, était grande, admirablement bien faite, assez grasse sans l'être trop. Ses bras étaient superbes, ses mains petites, parfaites de forme et ses pieds charmants. Elle était la femme de France qui marchait le mieux, portant la tête fort élevée avec une majesté qui faisait reconnaître la souveraine au milieu de toute sa cour. Ses traits n'étaient point réguliers ; elle tenait de sa famille cet ovale long et étroit particulier à la nation autrichienne. Mais ce qu'il y avait de plus remarquable dans son visage c'était l'éclat de son teint.

« Je n'en ai jamais vu d'aussi brillant, et brillant est le mot car sa peau était si transparente qu'elle ne prenait point d'ombres. Aussi ne pouvais-je en rendre l'effet à mon gré : les couleurs me manquaient pour peindre cette fraîcheur, ces tons si fins qui n'appartenaient qu'à cette charmante figure et que je n'ai retrouvés chez aucune autre femme... »

Tant d'éclat faisait passer les yeux bleus un peu globuleux et myopes et surtout la fameuse lèvre autrichienne si facilement dédaigneuse. En outre, à cette époque, la reine, habillée par la fameuse Rose Bertin est sans doute la femme la plus élégante d'Europe : ses robes, ses coiffures et ses bijoux engloutissent des sommes énormes mais la réussite est absolue et quand, accueillant Fersen elle délaisse sa harpe pour lui tendre sa main à baiser, le comte reçoit un choc dont les ondes ne cesseront plus de s'étendre.

C'est le 31 juillet suivant qu'il adressera à sa sœur Sophie, comtesse Piper, la fameuse lettre dont l'un des paragraphes expose ce qui sera désormais l'évangile de Fersen :

« ... Je suis bien aise que Mlle Lyell soit mariée ; on ne m'en parlera plus et j'espère qu'on n'en trouvera plus d'autres ; j'ai pris mon parti je ne veux jamais former le lien conjugal. Il est contre nature. Lorsque j'aurès une fois le malheur de perdre mon Père et ma Mère, ce sera vous, ma chère amie, qui me tiendrès lieu de l'un et de l'autre et même de femme. Vous serès la maîtresse de ma maison, elle sera la vôtre et nous ne nous quitterons pas. Si cet arrangement vous convient, il fera le bonheur de ma vie. Je ne puis pas être à la seule personne à qui je voudrois être, la seule qui m'aime véritablement, ainsi je ne veux être à personne... »

Il fallut pourtant se séparer. Dans l'impossibilité d'obtenir de son père l'argent qu'il souhaitait, Fersen s'était tourné vers son roi. Gustave III lui voulait du bien. Il lui donna un grade dans son armée et, en attendant, l'emmena avec lui faire un tour en Italie.

La séparation sans doute est cruelle car, à présent, entre Fersen et la reine, c'est la passion. C'est là aussi que commence le mystère de ce que fut leur amour. Fersen fut-il ou ne fut-il pas l'amant de Marie-Antoinette selon la chair ?

Il semble que Mme Alma Söderhjelm, la grande archiviste suédoise qui a eu la chance de découvrir le Journal de Fersen, ses lettres à sa sœur Sophie chez une descendante de celle-ci, a réussi à faire le point en dépit de la conspiration de silence qui s'est établie, par respect pour sa mémoire après la mort tragique de la reine.

En effet, à partir de ce voyage en Italie, Fersen va entretenir avec une mystérieuse « Joséphine » une correspondance active. Et il ne fait aucun doute que ce pseudonyme cache le nom de la reine. Ainsi ce bref extrait du Journal de Fersen : « 23 août 1788. Lettre par Esterhazy que je commence par “Mon cher comte c'est pour Elle”... »

Esterhazy n'était pas d'ailleurs la seule boîte à lettres. Quelques-unes peut-être sont arrivées à destination par

Mme Campan dont les Mémoires ont été contestés par lord Holland quand elle affirme que Marie-Antoinette n'a jamais eu d'amants :

« Elle fut la confidente des amours de Marie-Antoinette, écrit l'Anglais, amours bien restreintes, sans scandale, sans abaissement, mais amours pourtant. Mme Campan qui vit la Restauration ne fut pas aussi réservée dans ses entretiens que dans ses écrits. Elle fit connaître à des personnes qui me l'ont fait connaître à moi qu'il exista des rapports secrets entre la reine et le duc de Coigny. Soit timidité, soit froideur, le seigneur français fut charmé de sortir d'une aussi dangereuse intrigue. Mme Campan avoua un fait curieux, c'est que Fersen était dans le boudoir ou la chambre à coucher de la reine, tête à tête avec Sa Majesté dans la nuit du fameux 6 octobre » (quand la foule parisienne vint assiéger Versailles).

Sans aller jusqu'aux infâmes accusations du comte de Provence qui, selon Roques de Montgaillard, son agent secret sous le Consulat, protesta contre la légitimité des enfants de la reine par une lettre dont le dépôt fut fait dans les archives secrètes du Parlement, il est certain que Fersen fut bel et bien l'amant de la reine car, à moins d'animer des êtres proprement surhumains l'amour passion, l'amour total, le grand amour se contente difficilement des demi-mesures. Sinon pourquoi tous ces passages raturés dans les lettres à Joséphine, pourquoi toutes ces lettres, dont on a pourtant les traces, jetées au feu soit par Fersen lui-même, son frère Fabian ou par les descendants ? L'horreur du martyre subi par la reine faisait un devoir impérieux d'effacer toutes traces de faiblesse terrestre.

Pour en revenir aux accusations de Monsieur, elles avaient pris naissance dans deux faits simplistes, deux coïncidences : le jeune duc de Normandie, futur Dauphin et sa sœur Marie-Sophie, qui vécut à peine une année, étaient venus au monde tous deux exactement neuf mois après des visites de Fersen à Versailles. Il fallait la haine sournoise d'un prince que ces naissances privaient de ses espérances de coiffer un jour la couronne de France pour faire de tels comptes.

Plus tard, beaucoup plus tard, devenu le roi Louis XVIII, il fera sans doute construire à la mémoire des rois martyrs, la Chapelle expiatoire mais il laissera paraître les Mémoires de Lauzun qui peignaient la reine sous les aspects d'une véritable gourgandine. Mémoires si insultants que Napoléon Ier en avait interdit l'impression par respect pour le trône qu'il occupait.

Mais nous voilà bien éloignés à présent des débuts véritables de ce grand amour.

Au cours de son voyage en Italie, Fersen rencontre une bonne partie de la famille de la reine : l'empereur Joseph II qui voyage sous le nom de comte de Falkenstein, le grand-duc de Toscane, la duchesse de Parme Marie-Amélie, et la reine de Naples Marie-Caroline, ses frères et sœurs. Partout l'accueil est parfait. Il rencontre aussi de jolies femmes, telle la charmante lady Élisabeth Foster, fille du comte de Bristol, ravissante et malheureuse. Fersen a fait sa connaissance à Naples dans le milieu des conspirateurs politiques formé autour du prétendant au trône d'Angleterre, Charles-Edward Stuart, comte d'Albany. Dans une lettre à Sophie, Fersen dit que la belle Élisabeth était « bien malheureuse » mais qu'elle avait en lui « beaucoup de confiance et d'amitié. J'en ai beaucoup pour elle », ajoute-t-il.

Une « amitié » qui alla sans doute un peu plus loin mais ne détourna pas le cœur de Fersen. Loyalement, le jeune homme avouera à la jeune femme ce qui le lie à la reine de France : « Déclaré tout... », écrit-il dans son Journal.

Et, chose extraordinaire, non seulement lady Foster ne concevra aucune jalousie mais encore elle deviendra l'un des plus chauds partisans de Marie-Antoinette, tentant même, à certain moment, d'aider Fersen à sauver celle qu'il aime.

Le 7 juin 1784, Fersen, toujours escortant le « comte de Haga », arrive à Paris. Marie-Antoinette, évidemment souhaite qu'il vienne la voir au plus vite mais c'est impossible ainsi que l'indique le Journal : « À Joséphine, 18 et 21 mai, par Fontaine que je ne peux pas venir avant le roi… »

Après la visite officielle, Fersen emploie des ruses de Sioux pour se libérer un peu de son roi suédois :

« J'ai été obligé de me constituer malade dans ma chambre afin d'avoir la liberté d'écrire et de faire mes affaires. Je ne sortirai que ce soir pour aller souper à Versailles. »

C'est en son honneur d'ailleurs que la reine donne, à Trianon, une fête somptueuse dont il est le centre beaucoup plus que Gustave III, une fête qui magnifie et presque officialise leur amour et dont les frères du roi et les princes du sang – à l'exception de la princesse de Lamballe – ont été exclus. Ce sera la dernière grande fête à Trianon. Des nuages d'orage commencent à poindre à l'horizon car, déjà, à l'entour de Marie-Antoinette évolue une femme à la moralité plus que douteuse : la fameuse comtesse de La Motte-Valois, authentique descendante d'un bâtard du roi Henri II. Et cette femme, en dépit des dénégations ultérieures de la reine, a été reçue par elle et bien reçue ainsi que l'a affirmé Louis Hastier dans son passionnant ouvrage *La Vérité sur l'affaire du Collier*. Elle assiste peut-être, perdue dans la foule des courtisans, à cette dernière fête…

Fersen repart, toujours à la suite de son roi, le 19 juillet. Il ne reverra la France qu'en avril 1785. Il passe d'abord par Landrecies où est cantonné Royal-Suédois puis il gagne Paris où il arrive le 10 mai pour faire son service car, grâce à l'aide de la reine, il est désormais colonel du régiment tant souhaité.

C'est de cette période – mai 1785 – que date une lettre à sa sœur qui laisse une résonance étrange :

« Il est 8 heures du soir, il faut que je vous quitte, je suis à Versailles depuis hier. Ne dites pas que je vous écris d'ici car je date mes autres lettres de Paris… »

« Pourquoi ce voyage à Versailles devait-il rester secret ? écrit Mme Söderhjelm. Pour qui se cachait-il ? Et pourquoi Fersen datait-il ses lettres de Paris alors qu'il se trouvait à Versailles ? Autant de questions qui restent sans réponse. Ces lettres témoignent néanmoins dans toute leur brièveté des relations intimes qui existaient alors entre Axel et la reine – son séjour mystérieux ne pouvait bien avoir d'autre objet qu'une visite secrète à Marie-Antoinette. »

Quand éclate l'affaire du Collier, le 15 août 1785, lorsque le roi fait arrêter le cardinal de Rohan en habits sacerdotaux et en pleine galerie des Glaces, juste avant la messe de l'Assomption, Fersen est à Landrecies depuis dix jours déjà. Il y attend son frère Fabian et s'occupe de son régiment. Pas beaucoup, car à la mi-septembre il s'en va prendre les bains de Saint-Amand-Montrond et, le 2 septembre, il part pour Paris.

Chose extraordinaire, on ne sait rien de ce que fut l'attitude de Fersen durant l'affaire du Collier. Entre le 30 septembre 1785, date à laquelle le comte arrive à Paris et s'installe dans un appartement du troisième étage chez Mme de La Farre, et le 2 juin 1786, il n'y a aucune lettre à Joséphine et rien non plus dans les rares lettres à Sophie. Seule, une lettre au roi Gustave III nous renseigne sur son opinion :

« … toutes les histoires que l'on débite sur lui (le cardinal de Rohan) et surtout en province sont incroyables. On ne veut pas que ce soit le collier et la signature de la reine contrefaite qui soit la vraie cause de sa détention. On suppose quelque raison politique et il n'y en a certainement pas ; à Paris même on a dit que tout cela n'était qu'un jeu entre la reine et le cardinal, qu'il était fort bien avec elle, qu'elle l'avait en effet chargé de lui acheter le collier et qu'elle se servait de lui pour faire savoir à l'empereur tout ce qui se passait dans le Conseil, que c'était pour lui porter ces nouvelles qu'il avait fait le voyage d'Italie, et qu'il l'avait été chercher à Venise, que la reine faisait semblant de ne pas pouvoir le souffrir afin de mieux cacher le jeu, que le roi en avait été informé, qu'il le lui avait reproché et qu'elle s'était trouvée mal et avait fait semblant d'être grosse… »

Dieu sait, en effet tout ce qui courut Paris à cette époque ! Les libellistes du comte de Provence, et ceux du duc d'Orléans, s'en donnèrent à cœur joie, jouant sur le fait que la popularité de la reine n'était déjà plus qu'un souvenir. Fersen s'en était aperçu lors de la visite que Marie-Antoinette, après son dernier accouchement, avait rendue à la ville de Paris : « La Reine a été reçue très froidement, écrit-il à Gustave III. Il n'y a pas eu une seule acclamation mais un silence parfait. »

Ce silence, on croit l'entendre, troublé seulement par le roulement des carrosses et le pas des chevaux. Il prélude à une infinité d'horreurs. L'affaire du Collier, dont la reine exige maladroitement que les coupables soient jugés par le parlement de Paris, déchaîne une tempête d'ordures. Pourtant, rien, ni dans le Journal de Fersen ni dans sa correspondance ne reflète ces heures dramatiques.

Tandis que le procès s'instruit, son Journal ne rapporte que des événements mondains : le mariage de Mlle Necker avec le baron de Staël-Holstein, célébré le 14 janvier 1786, par exemple et auquel Fersen assiste. Marie-Antoinette vit dans un état de fureur constant mais il n'en fait pas état. Bien mieux, dès le prononcé de la sentence, le 31 mai, dès le triomphe du cardinal de Rohan qui blesse la reine au plus sensible, il songe à préparer son départ. Et il part, le 20 juin, la veille même du jour où le bourreau va marquer au fer rouge la dangereuse comtesse de La Motte. Ne serait-ce pas, au contraire, le moment d'aider Marie-Antoinette, de la soutenir de tout son amour dans ces instants où elle réalise enfin qu'elle est désormais détestée par son peuple ? Est-ce la reine elle-même qui, craignant de voir découvrir ses amours secrètes et ajouter ainsi un scandale à un autre, a exigé son départ ? Peut-être voulut-elle seulement protéger l'être qui lui était le plus cher et c'est d'elle sans doute que vint la décision…

Pendant les années 1786-1787, Fersen ne cesse d'aller et venir entre la Suède, son régiment que l'on finit par installer à Valenciennes et Paris où il ne séjourne guère. À la fin de 1787 il rejoint la Suède pour s'y battre : c'est la guerre avec la Russie.

Ce n'est qu'en décembre 1788 que Fersen peut enfin revenir à Paris, pour y constater que la France, en attente des états généraux, commence à bouillonner de tous côtés :

« La fermentation est très grande mais je suis persuadé que les suites n'en seront pas aussi funestes qu'on le croit en général… » Ce en quoi il se trompe lourdement. Mais les prémices de la révolution ne choquent pas tellement ce Suédois épris de libéralisme. Il trouverait normale une royauté constitutionnelle. Pourtant, la reine a plus que jamais besoin de lui car les événements se succèdent à une allure sans cesse plus rapide. Les États généraux s'ouvrent le 5 mai, le premier Dauphin meurt le 4 juin, puis c'est la prise de la Bastille le 14 juillet, enfin, le 5 octobre, la marche des femmes de Paris sur Versailles traînant avec elles un canon, la menace sur le palais, l'assaut au cours duquel les gardes du corps donneront la mesure de leur dévouement en se faisant tuer, l'intervention tardive de La Fayette que l'on a dû tirer du lit, enfin le retour sur Paris de la famille royale, prisonnière d'un peuple qui ne sait plus ce que c'est que le respect. Tout au long de l'interminable chemin que ses chevaux franchissaient si vite jadis quand ils la ramenaient de quelque bal à l'Opéra, la reine va entendre les injures les plus infâmes, les menaces de mort les plus atroces. Elle commence à gravir ce calvaire de quatre années – c'est le 16 octobre 1795 qu'elle montera à l'échafaud – qui, effaçant toutes les folies de la jeunesse, vont forger l'image inoubliable de la reine martyre.

Fersen est là, pendant que le cortège progresse lentement dans la poussière et la chaleur de l'été. Il précède même les voyageurs aux Tuileries où rien n'est préparé pour les recevoir, où il faut même faire déménager en hâte des locataires[1] pour offrir un logement décent à ceux qui arrivent. Axel écrit alors à sa sœur :

« Elle est extrêmement malheureuse mais très courageuse. C'est un ange de bonté... Je tâche de la consoler le mieux que je peux. Je le lui dois : elle est si parfaite pour moi... »

À la fin du mois de décembre, il passe toute une journée aux Tuileries avec d'autres familiers : « Jugez de ma joie ! écrit-il encore à Sophie. Il n'y a que vous qui puissiez le sentir... »

Mais Fersen ne va plus guère avoir le loisir de séjourner longtemps à Paris. En 1790, la situation s'aggrave : l'insurrection touche à présent l'armée qui se désagrège. Certains corps de troupes se révoltent, d'autres sont massacrés. De Suède, le roi Gustave III regarde avec inquiétude cette révolution qui secoue si rudement le trône de France et pourrait menacer les autres trônes amis. Dès lors, Fersen va galoper presque continuellement car il est à présent l'homme de confiance aussi bien du roi de Suède que des souverains français. Il chiffre et déchiffre des centaines de dépêches entre Stockholm et Paris, adresse des rapports à son maître et au ministre Taube, son intime ami avec lequel il est en correspondance

1. De nombreux artistes s'étaient installés dans l'ancien palais de Catherine de Médicis.

constante. Une seule pensée mais obsédante : tirer Marie-Antoinette de la terrible situation où elle se trouve à présent.

D'accord avec la reine il va préparer ce qui sera la désastreuse fuite à Varennes. Presque seul d'ailleurs : ils sont quatre, en dehors du marquis de Bouillé gouverneur et commandant des troupes des Trois-Évêchés, d'Alsace et de Franche-Comté, et de son fils, pour mener à bien une telle entreprise. Quatre dévouements... quatre étrangers : Fersen d'abord qui est Suédois, un Écossais nommé Quintin Crawfurd qui voue à la reine une sorte de culte, sa maîtresse, une Italienne, Éléonora Franchi devenue par mariage Mrs. Sullivan – elle est aussi plus ou moins la maîtresse de Fersen – enfin une Russe, la baronne de Korff que l'entreprise va ruiner ainsi que sa fille, Mme Stegelmann.

C'est Mme de Korff qui, dès le 22 décembre 1790, fait venir Jean-Louis le carrossier de la rue de la Planche pour lui commander une grande berline de voyage. C'est elle encore qui fournira les passeports à son nom dont la reine fera usage. Elle procura aussi de l'argent en accord avec Crawfurd qui, lui, est fort riche et s'en tirera sans perte trop cruelle. Fersen, lui, est partout : il surveille la fabrication de la voiture et veille à son équipement – il n'oubliera même pas un petit pot de chambre pour le Dauphin – il achète des chevaux, fait établir les passeports, envoie de l'argent au marquis de Bouillé pour qu'il prépare tout à Montmédy où le roi souhaite se rendre – à aucun moment, en effet, Louis XVI n'a eu l'intention de quitter la France, contrairement à Marie-Antoinette qui, elle, ne rêvait que reconquérir son trône par la force des armées étrangères – et enfin réunit les trois gardes du corps qui accompagneront les souverains déguisés en cocher et en piqueurs : MM. de Moustiers, de Valory et de Malden. Enfin, vers la mi-juin, tout est prêt et Fersen écrit, à la date du 16 : « Chez la reine à 9 h 30 ; transporté moi-même des effets ; ils ne soupçonnent rien ni en ville. »

Puis : « Samedi 18 juin – Chez la reine à 2 h 30 jusqu'à 6 h. » « Dimanche 19 juin – Chez le roi. Emporté 800 livres et sceaux. Resté au château de 11 h à minuit… »

Enfin, c'est le 20 juin, date choisie pour le départ. À 11 heures du soir, on quitte les Tuileries. Fersen déguisé en cocher tient le petit Dauphin par la main, puis vient Mme de Tourzel, gouvernante des enfants de France qui a exigé d'être du voyage pour ne pas abandonner son poste. Elle tient par la main la petite Madame Royale. Enfin vient la reine. Le roi déguisé en valet sortira tout seul. Après bien des incidents la famille royale arrive à se retrouver et gagne la barrière de Clichy où attend la berline.

À 2 heures du matin, on est à Bondy pour relayer. C'est là que Fersen va se séparer de celle qu'il aime. Le roi n'a pas voulu qu'il fût du voyage. Il devra gagner Bruxelles et, de là, agir au cas où les choses ne se passeraient pas bien…

Le roi n'est pas ingrat cependant. Le comte de Moustiers a raconté : « Le roi l'embrassa avec effusion de cœur et le remercia avec une bonté touchante… » Quant à la reine dont il pourra tout de même baiser la main, elle agitera un moment son mouchoir par la portière à l'adresse de la haute silhouette qui, debout sur la route, regarde s'éloigner la berline. Au dernier moment, Fersen a crié : « Adieu, Madame de Korff !… » Sans parvenir à retenir les larmes qui coulent sur son visage. Et il reste là un long moment, regardant cette route vide. Il ne lui reste plus qu'à en prendre une autre, celle du nord et, le lendemain, il arrive à Lens sans difficulté.

De là il gagne Arlon où il rencontre le marquis de Bouillé. C'est lui qui va apprendre à Fersen la catastrophe : le roi a été reconnu, à un relais, par un maître de poste, un certain Drouet. On l'a arrêté à Varennes et déjà on ramène la famille royale à Paris. Dans son Journal, Fersen note : « 24 juin. D'une tristesse affreuse… Au désespoir que le roi fût pris… »

Il écrit le roi, il pense la reine !

Mais il n'a pas le droit de courir vers elle. Il doit rester à Bruxelles. Le roi l'a ordonné afin qu'en ce centre nerveux de l'Europe antirévolutionnaire il puisse agir au mieux des intérêts des prisonniers. Car aux Tuileries, Louis XVI, Marie-Antoinette et les leurs sont bien des prisonniers que Fersen ne renonce pas à faire évader de nouveau.

Dans ce but, il se rend à Vienne afin de tenter d'intéresser l'empereur, Léopold II, un autre frère de Marie-Antoinette, au sort de la famille royale. Pendant ce temps, à Paris, les choses ont bien changé.

Aux Tuileries, Marie-Antoinette, sans nouvelle de Fersen, se sent désemparée. C'est à Esterhazy qu'elle se confie :

« Si vous lui écrivez, dites-lui que bien des lieues, bien des pays ne peuvent jamais séparer les cœurs ; je sens cette vérité tous les jours davantage... » Elle lui adresse, en outre, deux anneaux de pacotille comme il en circule pas mal sous le manteau à Paris : ils portent trois fleurs de lys gravées et, à l'intérieur quelques mots : « Lâche qui les abandonne. » Et Marie-Antoinette de préciser : « Celui qui est entouré de papier est pour lui ; faites-le lui tenir pour moi ; il est juste à sa mesure ; je l'ai porté deux jours avant de l'emballer. Mandez-lui que c'est de ma part. Je ne sais où il est, c'est un supplice affreux de n'avoir aucune nouvelle et de ne savoir même pas où habitent les gens que l'on aime... »

À la même époque, elle lui fait aussi parvenir l'empreinte d'un cachet qui porte gravé une transparente devise italienne « *Tutto a te me guida...* » (« Tout me conduit vers toi... »)

Marie-Antoinette craint sans doute que son ami ne prenne ombrage des nouvelles relations qu'elle vient de nouer, par force, avec le député Barnave.

Barnave est l'un des commissaires envoyés à Varennes pour ramener la famille royale et il a été alors victime du plus imprévu des coups de foudre. Durant le voyage de retour une conversation s'est établie entre lui et la reine. Celle-ci a écrit à Fersen, dès son retour aux Tuileries, par l'intermédiaire du comte de Jarjayes, colonel des gardes du corps dont la femme est l'une des fidèles de Marie-Antoinette.

Cette première rencontre a inauguré toute une série de négociations menées par Barnave et deux de ses collègues, Lameth et Duport ; destinées à convaincre le roi… mais surtout la reine, de se laisser amener à une royauté constitutionnelle. C'est l'une des grandes occasions manquées soulignées par André Castelot car, si Barnave, emporté par la passion, joue le jeu franchement, Marie-Antoinette, elle, triche et ment. Néanmoins les échos de cette semi-intimité parviendront jusqu'à Fersen qui écrira un jour : « On dit que la reine couche avec Barnave… » Sans d'ailleurs paraître attacher plus d'importance qu'il ne convient à la chose et même, selon Alma Söderhjelm, comme à une chose fort possible…

Bientôt d'ailleurs Barnave comprendra qu'il a perdu la partie et c'est Dumouriez que la Gironde a imposé à Louis XVI comme principal ministre qui va tenter de faire comprendre au couple royal qu'il n'a plus guère de chance de s'en tirer autrement qu'en acceptant la royauté constitutionnelle. Mais, il ne verra même pas le roi. C'est la reine qui le reçoit et très mal :

« Ni le roi ni moi ne pouvons souffrir toutes ces nouveautés sur la Constitution. Je vous le déclare franchement. Prenez-en votre parti… »

Dumouriez insiste, tente de la convaincre, se jette même à ses pieds : « Laissez-vous sauver… »

Elle refuse de l'entendre davantage. Si quelqu'un doit la sauver ce ne sera pas ce général qu'elle considère comme un traître, ce sera l'homme qu'elle aime.

Celui-ci sait bien qu'elle compte sur lui et il prépare un nouveau plan d'évasion mais, cette fois, il ne se laissera pas écarter au dernier moment. Il accompagnera lui-même le roi – il pense bien sûr : la reine – hors des frontières car la France n'est plus possible. En même temps, il s'efforce de faire tenir tranquilles les princes émigrés – Provence a quitté Paris la même nuit que la famille royale mais lui a pu gagner Bruxelles sans rencontrer le moindre obstacle – qui s'agitent avec une maladresse, voulue peut-être, mais de toute façon compromettante pour la sécurité du roi.

Pour monter cette nouvelle évasion, Fersen doit rentrer à Paris quelque danger qu'il risque d'y rencontrer. En effet, il est étranger, proscrit, bien connu des rares familiers et des serviteurs des Tuileries où d'ailleurs le roi et sa famille sont presque gardés à vue. Il sait bien qu'il va jouer sa vie mais il ne peut pas, il ne veut pas faire autrement.

Le 11 février 1792, il quitte Bruxelles dans une chaise de poste accompagné de son officier d'ordonnance Reuterswärd. Déguisé, portant perruque, lui qui n'en met jamais, il est censé porter des dépêches du roi Gustave III au roi de Portugal. Des dépêches forgées par lui de toutes pièces.

Deux jours plus tard, il arrive à Paris vers 5 h 30 du soir. Trois heures plus tard, il est chez la reine :

« Allé chez elle, écrit-il, passé par mon chemin ordinaire peur des gard. nat. [gardes nationaux] : son logement à merveille. (resté là)... »

Ces deux derniers mots ont été raturés dans le journal de Fersen mais il en est resté une trace suffisante pour arriver à les lire. Il va donc passer près de vingt-quatre heures enfermé chez Marie-Antoinette, car c'est seulement le lendemain, à 6 heures du soir, qu'il verra le roi.

Hélas, Louis XVI refuse catégoriquement de recommencer l'équipée de Varennes qui paraît d'ailleurs impossible avec la garde sévère qui occupe les Tuileries. Et puis, il ne veut pas manquer encore une fois à sa parole, même avec des gens qui en veulent à sa vie. « Au vrai, écrit Fersen, il s'en fait un scrupule ayant si souvent promis de rester car c'est un honnête homme… »

C'est fini. Quand, à neuf heures et demie, Fersen quitte les Tuileries après avoir dit adieu à la reine, il ignore qu'il ne la reverra jamais plus. Pendant huit jours, il va vivre caché dans la maison de Quintin Crawfurd mais à son insu car l'Écossais est, à présent, jaloux de lui. Éléonora Sullivan va prendre là, elle aussi, un risque par lequel on mesure l'amour qu'elle porte au Suédois. Enfin le 21, dans la nuit, profitant des réjouissances du Mardi-Gras, il quitte Paris avec Reuterswärd – ce dernier est descendu à l'hôtel des Princes, rue Lepelletier –, pour retourner à Bruxelles. Le temps est beau mais froid et il y a de la neige partout. Fersen a fait acheter « pelisse et chaussons ». Le 24, à trois heures du matin, c'est l'arrivée à Bruxelles « ayant extrêmement froid et surtout pour aller se coucher sans feu… »

A-t-il encore l'espoir d'arracher Marie-Antoinette à son destin ? Sans doute et il reprend sa correspondance aussitôt en dépit de sa mauvaise santé – il a des engelures et son estomac le fait souffrir. Malheureusement, le 1er avril, il perd le meilleur soutien de cette cause qui lui tient si fort à cœur : le roi Gustave III meurt, assassiné au cours d'un bal à l'Opéra de Stockholm. En mourant, le roi a murmuré : « Voilà un coup qui va réjouir les Jacobins de Paris… »

Il ne les réjouira en effet que trop…

Le 20 juin 1792, ceux-ci jettent une première fois la populace à l'assaut des Tuileries sous le prétexte d'un bruit qui a couru : Louis XVI se serait échappé de nouveau. Le sang-froid du roi sauvera la situation de justesse. Il ordonnera que la foule puisse pénétrer jusqu'à lui. Peu après Marie-Antoinette écrit à Fersen :

« J'existe encore mais c'est un miracle. La journée du 20 a été affreuse. Ce n'est plus à moi qu'on en veut le plus, c'est à la vie même de mon mari, ils ne s'en cachent plus… Votre amie est dans le plus grand danger. Faites part de sa malheureuse situation à ses parents… »

Lesquels ? Les Autrichiens qui alternent dérobades et maladresses ou les Français, les chers, très chers beaux-frères qui ne verraient aucun inconvénient à ce que l'on massacre toute la famille ?

De toute façon le temps marche trop vite à présent. Durant quelques semaines Fersen va recevoir des lettres de Marie-Antoinette qu'un autre, Goguelat, un dévoué serviteur, écrit pour elle car elle n'a plus la possibilité de le faire elle-même. Ces lettres reflètent toute la montée de l'angoisse. Fersen y répond d'une façon apaisante qui surprend un peu : « Le duc de Brunswick doit franchir la frontière dans six semaines. » – on est fin juillet. Cela montre que Fersen, s'il déplore la lenteur des souverains alliés, ne se rend aucun compte de la gravité des dangers qui entourent Louis XVI et les siens. Le fameux Manifeste de Brunswick, va, au contraire, mettre le feu aux poudres car le texte menace d'extermination tous ceux qui ont osé malmener le roi.

Le 10 août, le peuple de Paris se lance de nouveau sur les Tuileries, massacre les Suisses qui se feront tuer avec le même héroïsme qu'à Versailles les gardes du corps. La famille royale ne trouvera le salut qu'en se réfugiant à l'Assemblée qui ne leur permettra pas de regagner le palais. Désormais, pour elle c'est le vieux donjon du Temple. Pour Fersen, Marie-Antoinette entre définitivement dans le silence. Il n'en saura plus que ce que lui apprendront les nouvelles, chaque jour plus désastreuses.

C'est le 24 janvier 1793, à Düsseldorf – il a été chassé de Bruxelles avec ses amis – que Fersen apprend la mort de Louis XVI. Il en reçoit un choc affreux qui accentue le délabrement de sa santé. Pourtant, quelques semaines plus tard l'espoir lui revient : l'Angleterre a déclaré la guerre à la France. On parle, dans les milieux émigrés, d'une possible régence de Marie-Antoinette durant la minorité du petit Louis XVII. On rêve et Fersen rêve aussi…

Pas longtemps : le 9 août, il apprend que la reine a été transférée à la Conciergerie et comprend que tout est perdu. Dans l'impossibilité d'agir, il s'enfonce de plus en plus dans la mélancolie.

On aimerait, pour la beauté de l'histoire, qu'il revienne en France malgré sa mauvaise santé, malgré le danger, pour tenter une ultime folie. D'autres la tenteront à sa place : ceux du complot de l'Œillet mené par le chevalier de Rougeville, par exemple, et qui fourniront à la guillotine l'un de ses plus gros contingents.

Le 16 octobre Marie-Antoinette est exécutée à son tour.

Le désespoir de Fersen est immense : « Je n'ai que la faculté de vous dire que tout est fini pour moi », écrit-il à sa sœur Sophie.

Tout est, en effet, fini pour lui.

Il va rester à Bruxelles jusqu'en octobre 1794. Son père est mort le 24 février et il doit rentrer en Suède pour prendre possession de l'héritage : une fortune considérable et de grandes propriétés foncières. Il va revoir le cher domaine de Mälsâker, sur le lac Mélar où désormais il sera chez lui. Il va retrouver Sophie et tout ce qui possède quelque pouvoir d'apaisement sur les blessures de son cœur.

Il ne vivra pas dans la solitude d'ailleurs. Les honneurs vont pleuvoir sur lui. Il est nommé ambassadeur et chef de la délégation suédoise au congrès de Rastatt où Bonaparte le reçoit fort mal. Ensuite, il devient chancelier de l'université d'Uppsala, dignitaire de l'ordre des Séraphins, lieutenant général, grand maréchal du royaume. Il est monté très haut. Plus dure sera la chute…

En 1809, c'est un prince danois, Charles-Auguste qui est nommé prince-héritier de Suède mais, brusquement, le 28 mai 1810 il meurt. De façon si subite que l'on parle de poison et c'est Fersen que l'on accuse de l'avoir empoisonné… Alors, le 20 juin pendant les funérailles, Fersen est arraché de sa voiture et massacré par la foule en furie. Ses dernières paroles seront : « Oh, mon Dieu, je t'implore pour mes bourreaux à qui je pardonne… »

C'est fini. Fersen va rejoindre pour l'éternité celle qui, dans sa dernière lettre autographe, avait écrit : « Adieu, le plus aimant et le plus aimé des hommes… »

JOSÉPHINE ET SON HUSSARD

L'irrésistible Hippolyte Charles

« ... Tes lettres font le plaisir de mes jours et mes journées heureuses n'en sont pas fréquentes. Junot porte à Paris vingt-deux drapeaux. Tu dois revenir avec lui, entends-tu ?... Malheur sans remède, douleur sans consolation, peines continues si j'avais le malheur de le voir revenir seul, mon adorable amie. Il te verra, il respirera dans ton temple ; peut-être même lui accorderas-tu la faveur unique et inappréciable de baiser ta joue et moi je serai seul et bien loin. Mais tu vas revenir, n'est-ce pas ? Tu vas être ici, à côté de moi, sur mon cœur ?... »

Cette lettre passionnée, datée du 24 avril 1796 – ou plus républicainement du 5 floréal an IV – est parvenue à sa destinataire le 2 mai. Toutefois, elle ne rencontre pas, tant s'en faut, l'écho qu'elle mérite. La jolie Mme Napoléon Bonaparte se contente de la lire distraitement puis la laisse tomber en disant avec son charmant accent des îles : « Qu'il est "drolle" ce Bonaparte !... », puis se hâte de reprendre la tendre conversation un moment interrompue avec son visiteur de l'heure, un beau lieutenant de hussards qui semble l'intéresser prodigieusement. Or, il y a alors tout juste six semaines – le 9 mars de cette même année 1796 – qu'à la mairie du deuxième arrondissement, assez tard dans la nuit d'ailleurs, la gracieuse veuve du général de Beauharnais a épousé le nouveau général en chef de l'armée d'Italie, le Corse Napoléon Bonaparte.

Mariage sans amour de sa part à elle, contracté tout juste pour faire « une fin ». Et surtout parce que le directeur Barras, son ex-amant, a fait miroiter aux yeux de la jolie créole le brillant avenir ouvert devant ce petit général maigre comme un chat écorché, mal habillé, mal peigné, rencontré un soir chez Thérésa Tallien et surnommé avec désinvolture « le chat botté ».

Lui est passionnément amoureux de sa Joséphine. Au fait, c'est lui qui a baptisé ainsi Marie-Rose-Josèphe que jusqu'alors tout le monde appelait Rose. Il lui voue un amour dévorant, jaloux, exclusif mais qui, heureusement n'aura pas eu le temps de l'exténuer car pratiquement au lendemain de ses noces, Bonaparte est parti pour l'Italie où la gloire l'attend avec impatience.

Demeurée seule dans son agréable maison de la rue Chantereine, sa belle épouse n'a pas jugé utile de lui rester fidèle au-delà d'une semaine car, peu de jours après son mariage elle perdait la tête pour le plus beau, le plus séduisant, le plus ardent, le plus convoité des hussards. Le plus « drolle » aussi car la spécialité du lieutenant Hippolyte Charles consiste justement à faire mourir les dames de rire en même temps qu'il les fait délirer d'amour.

Et pendant qu'en Italie Bonaparte collectionne les victoires, Joséphine en remporte une bien particulière mais qui est pour elle sans prix puisqu'elle l'a remportée de haute lutte sur les coquettes les mieux armées de Paris : Thérésa Tallien, Juliette Récamier et Fortunée Hamelin qui raffolent toutes d'Hippolyte. Mais c'est chez Joséphine dans son petit hôtel de la rue Chantereine qu'il vient chaque jour retrouver sa nouvelle maîtresse pour s'y livrer, avec elle, à tous les plaisirs de l'amour illicite. Et, quand arrive une lettre d'Italie, on la lit ensemble, on rit beaucoup aux dépens de l'amoureux général et l'on ne s'en aime que plus ardemment ensuite.

En vérité, il a de quoi plaire cet Hippolyte couvert de Phèdres d'un genre nouveau. Il n'est pas très grand, certes, mais bien musclé et fort bien fait ce qui lui permet de porter avec une allure irrésistible son superbe uniforme bleu pâle et argent. Il a la peau bronzée des Méridionaux, des yeux de feu, une fine moustache et de superbes favoris noirs qui mettent parfaitement en valeur des dents d'une irréprochable blancheur. Enfin, il a vingt-trois ans c'est-à-dire neuf de moins que l'incandescente Joséphine…

Dès leur première rencontre, il a su la faire rire aux larmes avec l'un de ces calembours dont il s'est fait une spécialité : « Comment une femme aussi jeune et aussi jolie que vous, citoyenne, peut-elle avoir pour mari un général qui est à "Milan". Cela fait une bien grande différence d'âge… »

Tout le reste est à l'avenant. Devenu l'amant de Joséphine, Hippolyte se livre à toute sorte de facéties d'un goût pour le moins contestable, visant surtout « le petit général qui est sur le Pô… ce qui est bien sans gêne… »

Et Joséphine, tant elle est aveuglée par l'amour, rit à perdre haleine de ces plaisanteries dont rougirait un garçon coiffeur (de l'époque bien entendu !), oubliant pour lui qu'elle est une aristocrate issue d'un monde, disparu peut-être, mais qui était la quintessence du bon goût, de l'élégance et de la politesse. Le lieutenant Charles, évidemment, ne sort pas du même monde. Il est né dans une famille de petits bourgeois de Romans, en Dauphiné et il a eu la chance d'avoir un frère adjudant-général à Marseille durant la Révolution.

Naturellement, Charles est auprès d'elle quand Joséphine reçoit la lettre dont nous avons donné un extrait. Et, non moins naturellement la jeune femme se hâte d'oublier que son époux la réclame en Italie. Cette partie de la lettre n'a fait que traverser, un très court instant, sa tête folle…

Pourtant, force lui est, quinze jours plus tard, de reconsidérer la question à l'occasion d'une visite un peu inquiétante. Las de ne voir que la route qui poudroie et l'herbe qui verdoie, Bonaparte a dépêché son aide de camp, le chef de brigade Murat, porteur d'un ordre... oui, ordre est donné à la générale Bonaparte d'avoir à monter en voiture dans les plus brefs délais pour y prendre, bride abattue, le chemin de l'Italie. Apparemment, la patience du mari est à bout !

Or Joséphine n'a toujours pas envie de quitter Paris. Elle y est fêtée, adulée... et tellement heureuse avec son Hippolyte !... Mais ce ne sont, naturellement, pas choses à dire à ce grand diable aux yeux verts et aux épais cheveux noirs, bouclés comme une toison d'astrakan, qu'elle ne connaît pas encore mais qui, en revanche, la regarde d'un air connaisseur. Fine mouche, elle commence par l'inviter à dîner « dans l'intimité » pour, dit-elle, « pouvoir parler du général à notre aise ».

Ce n'est guère qu'une figure poétique car, si le dîner va se prolonger fort tard, on y parlera fort peu de Bonaparte, et même pas du tout, si l'on en croit les demi-confidences que Murat, de retour en Italie fera plus tard à un ou deux camarades. Grand coureur de femmes, Murat aimera toujours à se vanter, mais comme on ne prête qu'aux riches et que la réputation de la citoyenne Bonaparte n'est pas des plus pures, il est à peu près certain que Joséphine a trouvé un moyen simple et agréable de s'attacher par quelques jolis souvenirs le messager de son époux.

Et qu'on n'évoque pas ici la silhouette martiale du bel Hippolyte ! Son souvenir ne gênait pas plus Joséphine que son anneau de mariage pour distinguer un beau soldat passant par la rue Chantereine. Et Dieu sait que Murat pouvait plaire à une femme !

Quoiqu'il en soit quand, le lendemain, l'aide de camp vient se mettre à la disposition de sa « générale » pour l'organisation de son voyage tout en prenant congé, il trouve Joséphine très souriante. La nuit, en effet, a toujours eu la réputation de porter conseil et celle de la belle créole, agitée ou pas, n'en a pas moins fait preuve d'une grande fertilité. Elle a trouvé la solution idéale pour rester chez elle.

« Dites à Bonaparte que rien ne me rendrait plus heureuse que de le rejoindre, dit-elle avec ce sourire qui n'est qu'à elle, mais je ne peux partir. Il me faut ménager ma santé... » Et, sans respirer elle ajoute froidement qu'elle attend un enfant !

Incontestablement l'idée est géniale. Non seulement Bonaparte cesse de se poser des questions sur l'inexplicable obstination de sa femme, non seulement il cesse d'insister lourdement pour qu'elle se lance sur les grands chemins, mais encore c'est tout juste s'il ne pleure pas d'attendrissement. Et là-dessus il reprend la plume : « Je serai donc encore plusieurs mois loin de tout ce que j'aime, soupire-t-il. Serait-il possible que je n'aie pas le bonheur de te voir avec ton petit ventre ? Cela doit te rendre intéressante... »

Comme s'il ne l'avait pas trouvée toujours passionnante ! Il n'empêche que Joséphine joue un jeu dangereux car si Bonaparte est loin, sa famille, elle, est sur place et la nouvelle épousée y compte autant d'ennemis que de membres. Et le clan Bonaparte tout entier a les yeux rivés sur elle. D'autre part, en Italie, le général brûle d'une telle envie de voir sa chère Joséphine avec « son petit ventre » qu'il ne parle de rien moins que de démissionner, de laisser tout en plan et de rentrer rue Chantereine.

Cette bourgeoise initiative ne fait pas du tout l'affaire du Directoire qui ne voit pas qui pourrait bien remplacer le génial petit Corse. En outre, la prétendue grossesse court Paris et ne convainc aucun de ces messieurs. On juge avec un bel ensemble que si d'aventure Bonaparte surgit et constate, *de visu,* que le ventre de sa femme est toujours aussi plat, on aura tout perdu sans rien gagner en échange. Certes ce sera à Joséphine de se débrouiller, mais le Directoire, sérieux pour une fois, n'entend pas se mêler d'une histoire de femme. On décide donc de mettre un holà aux fantaisies créoles et l'on charge Barras d'une mission épineuse : faire entendre raison à une épouse rétive, adultère de surcroît et regrettablement casanière.

Barras, d'ailleurs, est l'homme qu'il faut. Joséphine ne lui fait pas peur car, avant d'épouser Bonaparte, elle a occupé, dans son harem privé, le poste envié de favorite. On dit même que l'ex-vicomte ne l'a mariée au petit général que pour s'en débarrasser car elle était devenue envahissante.

La directeur se fait donc annoncer, un soir, rue Chantereine et s'y exprime sans ambages. Fini de rire ! On ne va pas gâcher, pour un caprice de femme, une campagne qui s'annonce exceptionnelle ! Et comme Joséphine tente de mettre en avant son « état », Barras lui rit au nez : elle n'est pas plus enceinte que lui et il faut être un benêt comme Bonaparte pour y croire. Néanmoins, si aveuglé qu'il soit, celui-ci pourrait bien un jour voir la lumière jaune qui entoure sa maison et décider alors de divorcer. Joséphine devrait tout de même savoir qu'il n'a pas un caractère facile. Alors que deviendra-t-elle ? Ce n'est pas son lieutenant de hussards qui se hasarderait à l'épouser car ce serait tirer un trait définitif sur sa carrière. Les autres ? Il vaut mieux n'y pas compter. D'abord l'ex-Madame de Beauharnais n'est plus une jouvencelle, en outre il y a ses dettes !… Qui donc les paierait ?

Le discours est peut-être un peu brutal mais Joséphine sait bien qu'il n'exprime que la vérité. Elle dépense l'argent à pleines mains et n'en manque pas car elle trouve tout le crédit qu'elle veut… en tant que Mme Bonaparte ! Divorcée, elle irait droit en prison pour dettes…

Alors, elle capitule. Elle partira. Mais elle met une condition : le lieutenant Charles ira rejoindre, lui aussi, l'armée d'Italie !

Abasourdi d'un tel toupet Barras, la première stupeur passée, entame un nouveau réquisitoire : et si Bonaparte apprend les liens qui unissent ce garçon à sa femme ? On va à la catastrophe. Mais, cette fois Joséphine ne veut plus rien entendre : ou bien Charles partira avec elle ou bien elle ne part pas, quelles qu'en soient les conséquences. D'ailleurs Barras est en train de faire une montagne d'une taupinière : Bonaparte n'a jamais entendu parler d'Hippolyte et il ne saura jamais rien…

C'est donc au tour de Barras de baisser les armes. Galamment, au soir du 23 juin, il offre un grand dîner en l'honneur de cette Iphigénie d'un nouveau genre qui s'en va s'immoler sur l'autel du dieu des armes et des intérêts supérieurs du Directoire.

Le lendemain matin, Joséphine « plongée dans un chagrin extrême, fondant en larmes, sanglotante comme si elle allait au supplice », monte enfin en voiture avec une provision de mouchoirs parfumés. Ce grand chagrin est tout entier dédié à Paris car, dans la même voiture le bel Hippolyte prend place : il vient d'être nommé aide de camp du général Leclerc. Mais c'est Paris que Joséphine pleure sincèrement. Jamais elle ne réussira à s'en passer…

Il faut dire aussi que le voyage ne se présente pas comme une promenade d'amoureux car la berline est pleine. Outre Hippolyte il y a Junot qui est un aimable garçon et que Joséphine supporterait fort bien, mais il y a aussi Joseph Bonaparte, l'aîné du clan et l'ennemi viscéral de sa belle-sœur. Et là, c'est la pénitence : sa seule présence suffit à gâter pour Joséphine le cours des jours. Mais seulement des jours car, pour ce qui est des nuits, elle réussit à y trouver quelques agréables compensations.

Or, arrivée à Lyon, Mme Bonaparte constate soudain que sa corvée peut avoir de bien agréables côtés : « Elle y fut, à sa grande surprise, traitée en reine : bouquets de fleurs, discours, troupes sous les armes et même audition d'une interminable cantate : Iphigénie en Aulide. », dont l'inconscient humour n'empêche pas qu'elle soit proprement assommante.

Et voilà que plus on avance, plus ce voyage vers l'Italie se révèle agréable ! Ravie à présent, Joséphine constate qu'elle n'a jamais eu autant de succès. Mais l'apothéose l'attend à Milan où elle trouve son illustre époux royalement installé au palais Serbelloni, une fastueuse demeure où il donne des fêtes magnifiques. Joséphine, mondaine impénitente, se retrouve emportée dans un tourbillon grisant car, naturellement, elle est la reine de toutes ces fêtes.

Pourtant, elle n'en oublie pas pour autant son Hippolyte. Et tandis que Bonaparte vole de victoires en victoires, sa femme ne songe qu'à arracher au « service » le plus d'heures de liberté possible pour son beau hussard. Il faut véritablement, qu'à cette époque, l'amour de Bonaparte soit aussi sourd qu'aveugle pour qu'il n'entendre aucun ragot et continue à ne s'apercevoir de rien. Y eut-il des scènes, comme le prétend Laure Junot, future duchesse d'Abrantès ? Bonaparte eut-il tout de même quelques soupçons ? C'est possible mais Joséphine est passée maîtresse dans l'art de manier son grand homme. Et puis, il est si ardemment, si follement amoureux d'elle !... Quelques années plus tard à la veille de sa répudiation, l'impératrice se souviendra – avec quels regrets ! – de cette passion éteinte par ses propres soins...

Mais, pour l'heure présente, elle donnerait tous les conquérants du monde pour être tout entière à Hippolyte Charles. Elle y réussit vaguement quand, un an et demi plus tard, elle rentre en France, repue de fêtes et de triomphes. Tandis que Bonaparte est parti directement pour Paris, porter au Directoire les drapeaux pris à Lodi, à Arcole, à Rivoli et ailleurs, Joséphine jouant toujours les souveraines est reçue à Venise. Fêtes, concerts, promenades en gondole, tous les charmes d'un voyage de noces avec l'irrésistible Charles qui d'ailleurs, meuble les loisirs forcés que lui accorde en rechignant sa maîtresse en compagnie de la sœur du maître, l'adorable Pauline Bonaparte qui est pourtant mariée depuis peu au général Leclerc.

Vraisemblablement, Pauline, délaissée par Hippolyte, se venge en prévenant son frère et celui-ci ordonne que le trublion rentre immédiatement... Il optempère. Mais Joséphine suit. Et, en cours de route, elle s'accorde quelques jours grisants seule avec son cher Hippolyte dans une auberge d'Essonne. C'est « Vénus tout entière à sa proie attachée... ». Mais, pendant ce temps Vulcain trépigne à Paris où il est rentré depuis belle lurette. Entre-temps d'ailleurs, il a changé d'adresse : la rue Chantereine est devenue la rue de la Victoire et l'attention de la ville de Paris l'a touché. Moins pourtant peut-être que le chamboulement de sa maison dont, depuis Milan, Joséphine a ordonné la nouvelle décoration : la chambre des premières nuits d'amour est transformée en tente de campagne avec des tambours en guise de sièges et des trophées d'armes partout...

Quand Joséphine arrive enfin, le 2 janvier 1798, l'accueil du « Chat Botté » est assez froid. À présent, il a des soupçons et ils ne le quitteront plus. Qu'importe ! Quelques heures passées sous la soie rayée de la nouvelle chambre et Bonaparte a retrouvé son sourire qui sait avoir tant de charme. Joséphine d'ailleurs mélange un peu tout : elle est si heureuse de retrouver enfin Paris que son époux profite de ce débordement d'amour. Elle est aussi contente de respirer l'air glacé de Paris qu'un poisson à sec peut l'être de regagner sa rivière natale. On y respire tellement mieux qu'ailleurs !

En outre, il est beaucoup plus facile, dans cette grande ville de retrouver Hippolyte que dans une auberge de campagne au milieu d'une armée. Dans ce but, le capitaine Charles – il a pris du galon en Italie – s'est installé au 100 de la rue du faubourg Saint-Honoré, chez le sieur Bodin, fournisseur aux armées. Et, dès son retour, Mme Bonaparte, soigneusement voilée, vient l'y rejoindre chaque jour. Et comme ce n'est pas encore assez, elle lui écrit entre-temps des lettres proprement insensées, aux termes desquelles tous les Bonaparte fraternellement unis en prennent, comme l'on dit vulgairement, pour leur grade : « Ils ont toute ma haine. Toi seul as ma tendresse, mon amour. Ils doivent voir combien je les abhorre par l'état affreux dans lequel je suis depuis quelques jours... »

Car, bien sûr, les visites « secrètes » de Joséphine ne le sont pas restées bien longtemps. Depuis leur commune équipée en Italie, Joseph Bonaparte n'a pas cessé de surveiller une belle-sœur qu'il déteste, une femme dont il voudrait bien débarrasser son frère. Cette fois il n'a guère de peine à réunir des faits suffisamment graves et, sûr de lui, il se fait un plaisir de prévenir son cadet.

Celui-ci, bien sûr, réagit selon son tempérament et fait à Joséphine une scène mémorable :

« Connais-tu le citoyen Bodin, Joséphine ?

— Mais... non !

— Tu vas pourtant chez lui chaque jour. C'est là que loge le capitaine Charles ! »

Fidèle à la vieille technique de tous les coupables, Joséphine, après avoir essuyé une bordée de reproches et de cris, se fâche.

« Je ne comprends rien à ce que tu me dis, Bonaparte ! C'est un complot de Joseph. Mais si c'est le divorce que tu cherches tu n'as qu'à le dire !... »

Ah ! ces mots-là ! Avec quelle douleur elle s'en souviendra quand, en 1809, sonnera l'heure du véritable divorce. Pour l'instant, elle se croit « habitée » et se sent l'âme d'une héroïne de roman. Elle est prête à tout sacrifier pour son amour. Mais Charles, lui, est infiniment plus prudent. Il aime Joséphine – c'est une incontestable vérité – mais il n'a pas envie de se mettre à dos le tout-puissant Bonaparte. Alors, pour se placer autant que possible à l'abri de ses coups, il choisit de quitter l'armée. Adieu le superbe uniforme brodé d'argent !

Mais comme il faut bien vivre, il s'associe avec son logeur, le sieur Bodin. Celui-ci est enthousiaste : Charles est une recrue de choix si l'on considère ses attaches avec le « gouvernement ». Et de fait, grâce à Joséphine qui veille tendrement sur les intérêts de son amant, la maison Bodin obtient de substantielles commandes de l'armée tandis que pour sa part, Mme Bonaparte touche quelques pots-de-vin vite engloutis dans l'océan de ses dettes incessantes.

Hélas, les deux compères livrent des fournitures désastreuses qui valent à Joséphine quelques amers règlements de comptes avec son époux. Pourtant, en dépit du danger croissant, elle ne s'assagit pas, elle ne cède pas. Elle veut garder son ex-hussard à tout prix ! Elle n'imagine pas que le plus amer va bientôt venir…

Bonaparte s'est embarqué pour l'Égypte et Joséphine, ravie, se croit entièrement libre. Elle oublie naïvement que l'Égypte n'est pas au bout du monde et que, de toute façon, Joseph et ses sœurs sont encore là et bien là. Elle se conduit de telle façon que le scandale menace.

La situation est si tendue qu'un beau jour, tandis que l'on bivouaque au puits de Massadieh, Junot, fort empêtré de son personnage révèle la vérité à Bonaparte qui jette feu et flammes : cette fois, il va rentrer et jeter l'infidèle à la porte comme elle le mérite depuis trop longtemps. Mais, en attendant, il traite en sultane favorite la jolie Pauline Fourès, dite Belillotte[1], qui se voit déjà « consulesse ».

Quand il annonce son retour, toute la tribu Bonaparte exulte avec un bel ensemble : enfin « la vieille » va être traitée selon leurs espérances ! Ils exultent si fort et si impudiquement que, cette fois, Joséphine prend peur. Elle sait qu'elle ne retrouvera jamais un second Bonaparte. Aussi, apprenant qu'il roule vers Paris, elle se jette dans sa voiture pour aller au-devant de lui. Mais elle se trompe de route et, tandis qu'il revient par le Bourbonnais, elle le cherche en Bourgogne. Résultat : quand il arrive rue Chantereine, la maison est vide !

Il donne immédiatement des ordres cruels. Quand, éreintée par des heures de voiture, Joséphine arrive enfin rue de la Victoire, elle trouve les portes fermées, ses bagages chez le portier. Quant à Bonaparte, il est retranché dans la chambre, cette chambre trop guerrière qui soutient sa colère. Alors Joséphine comprend enfin sa folie…

1. Les soldats l'ont surnommée «Clioupâtre».

Agenouillée derrière cette porte muette, elle pleure, elle supplie, elle implore, elle essaie désespérément de réveiller les souvenirs brûlants d'autrefois sans imaginer un seul instant que Bonaparte est là, plaqué contre cette porte et qu'il se ronge les poings pour maîtriser son émotion…

Le salut viendra des enfants de Joséphine, Hortense et Eugène que Bonaparte aime comme s'ils étaient ses propres enfants. Ils plaident pour la coupable et, finalement, la porte va s'ouvrir enfin, doucement, tout doucement, laissant face à face un époux blême, une femme défigurée par les larmes. C'est le pardon… Quand sonnera l'heure, Joséphine, dans Notre-Dame illuminée, deviendra impératrice.

C'est aussi, enfin, la rupture avec le trop beau Charles.

Définitive, cette rupture ? Pas tout à fait. Il y aura de temps à autre, quelques moments où les braises, mal éteintes, se ranimeront sous la cendre. Mais ces moments seront rares. Joséphine a compris qu'il fallait choisir…

De son côté, le pauvre Hippolyte Charles que Bonaparte, puis Napoléon a pris en haine perdit peu à peu la fortune acquise grâce à Joséphine. Il vendit le beau domaine de Casan qu'il avait acheté et se retira finalement à Romans, sa ville natale.

Il y vécut bourgeoisement mais sans jamais se marier… et sans parvenir à oublier celle qui, pour lui, avait failli perdre un trône.

Il mourut bien après elle, en 1837. Il avait prié sa nièce de brûler un paquet de lettres dont il n'avait jamais pu se résoudre à se séparer. Elles étaient la preuve, perdue à présent, que le beau capitaine Charles avait été le plus grand amour d'une impératrice… Ce sont de ces choses qui aident à supporter même la maladie, même la vieillesse.

HORTENSE, REINE DE HOLLANDE

L'amant des reines : Charles de Flahaut

Un soir du printemps 1801, la famille du général Bonaparte réunie aux Tuileries dans le salon de Joséphine attend à la fois l'instant de passer à table et surtout l'arrivée du Premier Consul qui, naturellement, se fait attendre.

La conversation languit en dépit de l'incontestable savoir-faire mondain de la générale Bonaparte. Non seulement il n'existe aucun atome crochu entre elle et sa belle-famille mais encore on se déteste cordialement. On s'en tient donc aux lieux communs car Joséphine n'a pas, et de loin, la majorité : tous les Bonaparte sont là, y compris le jeune ménage Murat et même Madame Laetitia qui n'est pas encore devenue Madame Mère.

Soudain, Bonaparte paraît, franchit les doubles portes de son pas rapide, les mains nouées derrière le dos et vient droit à sa belle-fille qui rêve dans l'embrasure d'une fenêtre car elle n'a aucun goût pour les mondanités.

« Eh bien, dit-il en prenant, par jeu, une voix sévère, j'en apprends de belles ! Je viens de votre chambre. Toutes vos affaires ont été fouillées et l'on a lu tous vos billets doux. Ah ! c'est joli de recevoir ainsi de belles déclarations !... »

Ses yeux rient et il pense que la jeune fille va répondre à sa plaisanterie par un sourire ou un éclat de rire. Mais non : Hortense est devenue toute rouge, baisse la tête comme si elle allait se mettre à pleurer et, tournant les talons, quitte le salon en courant, laissant Bonaparte stupéfait par l'effet inattendu de sa plaisanterie.

Toujours courant, elle descend l'escalier du palais, gagne le rez-de-chaussée où elle habite un petit appartement composé d'une chambre à coucher et d'un ancien oratoire transformé en atelier-salon où elle range ses livres, sa musique et son matériel de peinture.

Là, après un rapide coup d'œil circulaire qui lui apprend que tout est toujours dans le même ordre parfait, elle va vers un petit secrétaire dont elle tire la clef de son corsage. Elle l'ouvre et pousse un gros soupir de soulagement : la lettre est toujours là et son cachet est intact. Cette lettre qui lui fait battre le cœur un peu plus vite chaque fois qu'elle la regarde sans se résoudre à l'ouvrir bien qu'elle soit en sa possession depuis la veille. Elle devine que c'est une lettre d'amour et pourtant, elle n'ose pas la lire peut-être parce qu'elle craint, ensuite, de ne plus être maîtresse de ses propres sentiments... Et parce qu'une jeune aristocrate bien élevée se doit d'obéir d'abord à ses parents.

À cette époque, Eugénie-Hortense de Beauharnais, fille de Joséphine et de son premier mari, le général Alexandre de Beauharnais, guillotiné sous la Terreur, approche de ses dix-huit ans et l'on ne saurait trouver meilleure description que celle donnée par son amie Laure Junot, future duchesse d'Abrantès :

« Hortense de Beauharnais avait dix-sept ans à l'époque où je la vis pour la première fois. Elle était fraîche comme une fleur, la taille svelte comme un palmier. Elle avait de jolis pieds, avec des mains très blanches, des ongles bien bombés et rosés. Ses cheveux blonds accompagnaient à merveille de leurs boucles soyeuses des yeux bleus d'une douceur infinie et d'une grande puissance de regard. En outre, elle est gaie, douce, parfaitement bonne... »

À ce charmant portrait qui, venant d'une autre femme ne saurait être sujet à caution, on peut ajouter qu'Hortense était très intelligente, qu'elle adorait la musique – elle jouait de la guitare, chantait et composait même des mélodies qui connaîtront une certaine célébrité – et qu'elle savait user d'un pinceau avec plus d'habileté qu'une honnête moyenne. Bref, une jeune fille accomplie en dépit d'une enfance et d'une adolescence difficiles.

Ses parents unis par l'un de ces mariages de convenances comme il en pleuvait sous l'Ancien Régime, n'avaient jamais réussi à s'entendre. Alexandre de Beauharnais, joli garçon pédant et coureur semblait prendre un malin plaisir à exciter la jalousie de sa jeune femme. De son côté, celle-ci possédait un tempérament amoureux qui s'accommodait mal des dédains maritaux. Son seul triomphe auprès de Beauharnais fut de lui avoir donné deux enfants : Eugène, qui sera un jour le prince Eugène, vice-roi d'Italie et gendre du roi de Bavière, et la charmante Hortense.

Néanmoins, Joséphine avait une haute idée de son devoir d'épouse. En dépit de la séparation demandée par elle quand son mari revint de la guerre américaine, elle n'hésita pas à revenir de sa Martinique natale où elle s'était réfugiée avec ses enfants quand elle sut que la vie de son époux était menacée. En effet, bien qu'il eût été par deux fois président de l'Assemblée constituante et eût servi dans les armées de la Révolution, Beauharnais ayant échoué devant Mayence fut arrêté purement et simplement et incarcéré à la prison des Carmes.

Joséphine était alors réfugiée à Croissy où, par prudence, elle avait mis ses enfants en apprentissage : Eugène chez un menuisier, le père Cochard, et Hortense chez une couturière. Mais elle n'en revint pas moins dans ce Paris si dangereux pour tenter d'arracher Alexandre à la prison. Elle ne réussit qu'à se faire arrêter à son tour. Quand elle revit son époux de l'autre côté des grilles de la prison des Carmes il avait entamé une romance passionnée avec la ravissante marquise de Custine que l'on surnommait à Versailles « la Reine des Roses ». De son côté, Joséphine trouva quelques consolations avec le séduisant Lazare Hoche.

On sait la suite : Joséphine sauvée, grâce à l'intervention de Tallien, avec son amie Thérésa Cabarrus, maîtresse du conventionnel, est devenue l'une des femmes les plus en vue du Directoire. Et naturellement, les enfants ne sont pas restés à Croissy : Eugène est entré au Collège irlandais fondé par Patrick Mac Dermott et Hortense a été confiée à l'institution fondée à Saint-Germain-en-Laye par Mme Campan, ancienne lectrice de Marie-Antoinette, qui s'efforce d'inculquer à ces filles d'un monde nouveau les grandes manières et l'exquise politesse de l'ancienne cour. C'est chez elle qu'Hortense va apprendre le remariage de sa mère. Le récit de sa réaction en a été donné par Mlle Pannelier, nièce de Mme Campan :

« Un jour qu'Hortense avait passé l'après-midi à Paris, elle revint triste et nous dit qu'elle avait bien du chagrin parce que sa mère allait épouser le général Bonaparte, qu'il lui faisait peur et qu'elle craignait qu'il ne fût bien sévère pour elle et pour Eugène. Elle considérait le second mariage de sa mère comme une déchéance.

« Peu de temps après, Mme de Beauharnais devenue Mme Bonaparte vint voir sa fille accompagnée de son nouvel époux. Il voulut visiter les classes et nous fit plusieurs questions ; mais soit la terreur qu'Hortense nous avait inspirée à l'avance, soit cet air de supériorité qu'il avait déjà à un si haut degré, ce ne fut qu'en tremblant que nous lui répondîmes. Il eut cependant l'air très satisfait et dit à ma tante : “Il faudra que je vous confie ma petite sœur, Caroline, madame Campan. Je vous préviens seulement qu'elle ne sait absolument rien. Tâchez de me la rendre aussi savante que la chère Hortense.” »

Autant dire tout de suite qu'elle n'y arrivera jamais.

Hortense, elle, ne restera plus longtemps à Saint-Germain. Dès son retour d'Italie, Bonaparte l'installe auprès de sa mère. C'est elle qui, avec son frère Eugène, fera fléchir la volonté du Premier Consul quand, au retour d'Égypte, il a voulu jeter Joséphine à la porte après son aventure avec le lieutenant Charles. Enfin, installée aux Tuileries remises au goût du jour pour y loger le Premier Consul et sa famille immédiate, Hortense participe pleinement à la nouvelle vie de sa mère. Elle manque même de laisser la vie dans l'attentat de la rue Saint-Nicaise. La machine infernale la blessera seulement au poignet sans gravité. Et bien moins sans doute que les terribles plaisanteries de Bonaparte, encore qu'il n'y mette aucune malice. L'affaire des « billets doux » lui a fait battre le cœur beaucoup plus fort que la poudre des royalistes.

La veille du jour où elle a eu si peur, Hortense, en se rendant au salon de musique pour y chercher un livre oublié, s'y est trouvée brusquement en face de l'un des aides de camp de son beau-père, Christophe Duroc.

C'est l'un des rares aristocrates de la nouvelle armée – son nom entier est Christophe de Michel du Roc et n'est devenu Duroc tout court que pendant la Révolution. C'est aussi un héros comme pas mal d'autres à l'époque. Colonel à vingt-cinq ans, l'affection du Premier Consul lui promet une belle carrière. Or, depuis qu'Hortense a quitté la maison de Mme Campan, elle a compris que le jeune colonel ne lui est pas indifférent et Duroc, pour sa part, a fait la même découverte.

Comme il arrive aux jeunes amoureux, tous deux ont rougi en même temps, intimidés de se retrouver seuls dans le salon de musique, mais Duroc s'est repris le premier : il est venu prendre congé de Joséphine… et de sa fille car Bonaparte l'envoie en Russie, via Berlin, pour y porter ses félicitations au tsar Alexandre Ier à l'occasion de son avènement…

Pour cacher la peine que lui cause un départ pour une destination si lointaine, Hortense s'est mise à tourner en rond dans le salon, cherchant visiblement quelque chose, quelque chose qu'elle ne trouve pas pour l'excellente raison qu'elle ne se souvient plus de ce qu'elle est venue y faire.

« Est-ce que vous avez perdu quelque chose ? demande Duroc.

— Non... oui ! J'ai dû oublier ici l'un de mes livres et je ne le vois pas. »

Le livre apparaît soudain, comme par magie au bout des doigts gantés de l'aide de camp.

« Ce doit être celui-ci, dit-il tranquillement. Il porte votre nom... » Puis il salue et s'en va. C'est seulement en rentrant chez elle qu'Hortense s'aperçoit que le livre contient une lettre... la fameuse lettre qu'elle ne s'est pas décidée à ouvrir. Dieu sait pourtant qu'elle en meurt d'envie ! Mais le code de civilité puérile et honnête à l'usage des jeunes filles édicté par Mme Campan est formel à ce sujet : à aucun prix, une jeune fille bien élevée ne doit accepter de lettres, surtout clandestines. Son devoir est de la porter sur-le-champ à sa mère qui seule a le droit de l'ouvrir afin de s'assurer qu'elle ne contient rien de choquant...

À cela non plus Hortense ne peut se résoudre et, incapable de décider, elle a choisi d'enfermer la précieuse épître à double tour en gardant la clef sur elle. C'est déjà un bien grand plaisir de l'avoir en sa possession et d'en caresser le papier du doigt...

Quand elle retourne au salon de Joséphine c'est pour y affronter cette fois la suspicion du Premier Consul :

« Ainsi ce serait vrai ? gronde Bonaparte. Vous avez des secrets, vous ? »

Heureusement pour elle, on annonce le souper juste à cet instant et, renonçant momentanément à questionner sa belle-fille, Bonaparte va offrir son bras à sa mère pour passer à table. Mais la soirée terminée, c'est Joséphine qui descend chez sa fille. Elle semble très émue. Visiblement, son époux ne digère pas les « secrets » d'une jeune fille et Joséphine vient en ambassadrice.

Elle n'a pas besoin d'user d'une grande diplomatie : en fille obéissante, Hortense, pensant peut-être qu'il y a là un signe du destin, ouvre son secrétaire et remet la chère lettre à sa mère. Sans trop d'inquiétude d'ailleurs : Joséphine ne répète-t-elle pas qu'elle souhaite marier sa fille à un noble d'Ancien Régime. En outre, Duroc est l'un des favoris de Bonaparte. La lettre devrait lui plaire...

Or, au lieu de sourire, Joséphine se met à pleurer devant sa fille interloquée. Pourquoi ces larmes ? Est-ce que Duroc n'offre pas toutes les garanties de bonheur ? Est-ce que le Premier Consul ne l'estime pas ?...

Sans doute, répond Joséphine après s'être mouchée, mais pas au point de lui donner sa fille. Hortense doit épouser « quelqu'un de grand ! ».

La jeune fille alors proteste. Elle estime que la grandeur accapare déjà suffisamment sa famille. Bonaparte s'en charge, et aussi Eugène qui est promis à un bel avenir. Et d'ailleurs Duroc aura lui aussi sa part de gloire. Il n'y a donc aucune raison pour qu'on ne la laisse pas l'épouser...

Eh bien, si ! Il y a une raison et Joséphine l'expose sous une forme passablement dramatique : ce mariage ferait son malheur à elle. Et de s'expliquer : Bonaparte est de ceux qui fondent les dynasties. Or, à toute dynastie normalement constituée il faut des héritiers et ces héritiers Joséphine n'est pas sûre de pouvoir un jour les offrir, encore qu'elle rejette sur Bonaparte la stérilité de leur mariage.

En conséquence, il faut qu'Hortense – Bonaparte la considère comme sa propre fille – épouse un homme dont les fils puissent être adoptés par lui. Sinon, qui sait s'il ne lui viendrait pas l'idée de divorcer pour épouser quelqu'un d'autre ?...

Pour la première fois, Joséphine vient d'exprimer l'angoisse qu'elle va traîner durant près de dix années : se voir écartée au profit d'une femme plus jeune...

En quittant la chambre de sa fille, Joséphine emporte la fameuse lettre, console un peu Hortense en lui disant que l'on reparlera de tout cela. À Plombières, par exemple, où les deux femmes vont se rendre. Puis, incorrigible, elle lance cette remarque peut-être digne d'une snobinette mais certainement pas d'une future impératrice : « Il ne faut pas m'en vouloir. Je ne pourrai m'habituer à t'entendre appeler madame Duroc… »

D'où Hortense, regrettant sa lettre et ses manières trop parfaites, conclut que la lutte sera chaude si elle veut épouser un jour son beau colonel.

Elle sera pire encore que la jeune fille ne l'imagine car Joséphine a déjà son idée : marier Hortense au frère favori de Bonaparte, le jeune Louis qui lui paraît un gendre tout à fait souhaitable. C'est le seul, d'ailleurs, qui soit encore à marier.

Quand on rentre, en août, à Malmaison, Bonaparte est acquis au projet de Joséphine et il a installé son frère au château de Rueil qui est voisin. Mais, au moment d'annoncer à Hortense la ruine définitive de ses espoirs de bonheur, le cœur manque à Joséphine. Elle n'a pas le courage d'asséner à sa fille le coup fatal et c'est le jeune secrétaire de Bonaparte, Bourrienne, qu'elle charge de la corvée. Bourrienne, en effet, entretient d'excellentes relations avec Hortense. Il lui a fait un peu la cour et ils ont joué ensemble sur le petit théâtre de Malmaison. Le coup sera peut-être moins rude si c'est un ami qui le porte.

Hélas, Bourrienne se comporte non en ami, mais en ambassadeur, et c'est d'un ton solennel qu'il annonce à Hortense la nouvelle qu'il porte : elle va recevoir prochainement une demande en mariage de Louis Bonaparte et elle doit l'accepter !

Hortense réagit aussitôt. Elle n'aime pas Louis qui d'ailleurs ne l'aime pas davantage : il est amoureux d'Émilie de Beauharnais, sa cousine. Mais Bourrienne balaie l'objection : ce mariage est un devoir envers le pays !

On n'est pas plus maladroit et l'entrevue se termine sur le mode glacial. Hortense déclare au messager de sa mère que, devoir ou pas, elle demande une semaine pour réfléchir. Elle espère encore pouvoir se mettre d'accord avec Duroc revenu de Russie. Mais de ce côté-là, le travail est fait : si Duroc s'obstine dans ses sentiments, c'est la disgrâce.

Aussi la fameuse semaine se solde-t-elle par un véritable cauchemar. Joséphine ne laisse pas à sa fille cinq minutes de paix. Armée de sa tendresse, de sa voix douce et de ses larmes, elle répète que les Bonaparte complotent sa perte, qu'ils la haïssent et veulent amener Napoléon au divorce sous prétexte de se donner un héritier.

Mme Campan, dûment chapitrée passe à l'attaque à son tour : « Vous allez former un lien auquel toute l'Europe applaudira... Vous serez le lien de deux familles qui ne doivent en faire qu'une et qui, toutes deux, sont chères à la France. Je prédis donc que vous vous aimerez beaucoup et toujours... »

L'avenir prouvera surabondamment que, décidément, la voyance n'est pas le fort de Mme Campan. Elle devrait laisser cela aux spécialistes de la boule de cristal...

Elle a quelques excuses de se tromper ainsi car Louis, à première vue, est plutôt charmant. Il est blond avec un visage un peu pâle, de grands yeux et un sourire avenant. Il est très cultivé, bien élevé et cause agréablement... Malheureusement, l'envers ne vaut pas l'endroit car Louis est atteint d'une paranoïa due à une homosexualité refoulée. C'est dire qu'il a tout ce qu'il faut pour rendre une femme affreusement malheureuse... et il n'y manquera pas.

Le 4 janvier 1802, vers neuf heures du soir, le mariage est célébré aux Tuileries devant le maire du premier arrondissement. Puis deux heures plus tard, le mariage religieux est béni discrètement, dans la maison de Joséphine, rue de la Victoire, par le cardinal Caprara. Ensuite un souper est servi. Enfin, les nouveaux époux sont livrés à eux-mêmes...

Ils reparaîtront en public quelques jours plus tard à l'occasion de la grande fête donnée en leur honneur par la marquise de Montesson. Une soirée très brillante et très gaie. Seuls, les deux époux montrent une tristesse hors de saison : « Éblouissante dans une tunique blanche et rose, bordée d'argent, couverte de diamants et de fleurs mais aussi d'une affreuse pâleur, Hortense semblait étrangère à tout... », écrit Laure Junot.

La malheureuse sait déjà que son mariage est une catastrophe, Louis ne s'est-il pas avisé, dès les premières heures, « d'éclairer » sa femme, comme il dit « sur les débordements passés de sa mère », sur sa conduite pendant que Bonaparte était en Égypte, sur sa vie désordonnée avant son mariage. En outre, il se comporte comme un maître exigeant avec une servante. Même les heures qui devraient être les plus douces sont pour Hortense de pénibles corvées. Mais bientôt, elle peut annoncer à Joséphine la nouvelle qui la rassure : « Elle est enceinte... »

Elle le sera plusieurs fois et il n'est guère que pendant ses grossesses qu'elle connaîtra un peu de paix. Louis, maladivement jaloux est un maniaque de la suspicion, ce qui ne l'empêche nullement de s'offrir des aventures. Du moins dans les limites d'une santé en voie de délabrement car il est atteint, depuis sa jeunesse militaire, d'une de ces maladies dont on ne parle qu'à mots couverts et qui, mal soignées, peuvent opérer des ravages.

Heureusement, Bonaparte devient l'empereur Napoléon et Louis, altesse impériale, se voit chargé de tâches extérieures qui débarrassent un peu sa femme et lui permettent de goûter en paix les charmes d'une vie mondaine pour laquelle elle est faite. Entre autres les bals...

Excellente danseuse, Hortense adore ces grandes soirées où elle peut se laisser emporter par la musique. Et, comme elle a beaucoup de grâce on l'admire unanimement, quand elle danse, surtout les danses nouvelles : la valse et la polka qui font fureur.

C'est ainsi qu'un soir de bal, alors qu'elle vient de valser au milieu d'un cercle d'admirateurs, elle remarque soudain un jeune officier qui, debout sur une chaise, l'applaudit de toutes ses forces.

Outrée de se voir traiter comme une ballerine, Hortense s'approche du jeune imprudent. Elle le connaît un peu car il a été sous-lieutenant dans le régiment de dragons commandé par Louis Bonaparte qui, d'ailleurs lui montrait de la sympathie. Il se nomme Charles de Flahaut. Mais, à cette minute, la jeune femme ne le trouve pas aimable du tout et, en passant auprès de lui, elle lui signifie vertement qu'elle danse pour son plaisir et non pour être applaudie comme une fille d'opéra, puis elle oublie l'incident.

Quelques jours plus tard, le jeune enthousiaste débarque chez Hortense, remorqué par sa mère, Mme de Souza, épouse d'un diplomate portugais que « Mme Louis » a déjà rencontrée.

C'est une aimable femme que Mme de Souza. Elle a du charme, un heureux caractère et des mœurs accommodantes. Très jeune elle avait épousé un vieil aristocrate, le comte de Flahaut, homme âgé mais fort courtois qui, avant de périr sur l'échafaud avait eu l'extrême courtoisie de fermer les yeux sur une liaison fort passionnée de sa femme : celle qui l'avait unie longtemps au jeune abbé de Périgord qui n'avait pas encore eu le temps de devenir évêque d'Autun et encore moins le très célèbre et très diplomate prince de Talleyrand. Le jeune Charles, fruit de cet amour, avait été reconnu le plus galamment du monde par l'époux de sa mère.

Devenue veuve, Mme de Flahaut avait épousé son diplomate portugais, tandis que le galant abbé jetait avec enthousiasme sa soutane aux orties, mais ne se désintéressait pas du fruit de ses amours.

Pourvu de tels parents, Charles de Flahaut ne pouvait qu'être séduisant. Il n'y manqua pas. Aussi, le jour où sa mère l'amène, tout contrit chez Hortense, il n'a aucune peine à se faire pardonner. Il devint même l'un des commensaux habituels de la maison et on le verra bien souvent, rue de la Victoire d'abord, puis, à partir de 1806.

dans le fastueux hôtel de la rue Cerruti dont Louis Bonaparte a fait sa demeure.

On fait de la musique, on chante en duo, on se parle un peu des lèvres, beaucoup des yeux, énormément du cœur. Peu à peu, Hortense se laisse aller à un sentiment dont elle ne mesure ni l'intensité, ni la profondeur.

Pourtant, elle n'ignore pas que Flahaut a une vie sentimentale assez chargée. Quelque temps avant de rencontrer Hortense il s'est épris d'une jeune Polonaise qui lui a laissé, en regagnant son froid pays, un profond désenchantement. Il n'en est pas guéri quand il s'est laissé aller à applaudir Hortense. Celle-ci, bonne âme, va s'efforcer d'adoucir de son mieux, un chagrin qui l'attendrit :

« Il est susceptible d'aimer. Il souffre donc il m'intéresse », confie-t-elle alors à sa mère qui s'est contentée de sourire. Joséphine sait, d'expérience personnelle jusqu'où peut aller ce genre d'intérêt... Pourtant, elle met Hortense en garde : Flahaut vient d'être nommé aide de camp de Murat et nul n'ignore le tempérament, à la fois volcanique et envahissant de Mme Murat, née Caroline Bonaparte.

Joséphine est bon prophète. Caroline a entrepris, elle aussi, de consoler Flahaut mais d'une façon infiniment moins platonique que la princesse Louis.

Flatté et d'ailleurs pourvu d'un robuste appétit en matière de femmes, le jeune Charles se laisse faire une douce violence mais sans renoncer pour autant à la cour charmante, discrète, musicale et si rafraîchissante qu'il fait à Hortense. Laquelle, bien sûr, ignore totalement que Flahaut est devenu l'amant de Caroline.

Elle l'apprend un peu brutalement un soir au cours d'une fête au château de Neuilly que les Murat ont élu comme résidence d'été. Dans les ombres d'un parc illuminé de lanternes vénitiennes, la pauvre Hortense s'est trouvée soudain le témoin d'une scène fort intime qui l'a éclairée un peu rudement sur la nature exacte des relations existant entre Mme Murat et son ami Charles.

Blessée plus cruellement qu'elle ne l'imagine, Hortense décide alors de rompre toutes relations avec le jeune homme. Elle se met à l'éviter et même lui ferme sa porte. Flahaut alors s'alarme. Comme il ignore qu'elle l'a surpris, il demande les raisons d'un ostracisme qu'il ne comprend pas... Mais, comme la jeune femme le regarde sans répondre avec des yeux qui s'emplissent de larmes, il comprend soudain et tombe à ses pieds.

« Pourquoi, demande-t-il, m'avoir laissé ignorer que vous me portiez quelque intérêt ? Vous m'auriez épargné bien des peines car je n'aime que vous. Mais, hélas, je me dois à une autre... »

Et ce n'est pas peu dire ! Caroline, en effet, n'est pas femme à se laisser évincer. Jalouse comme plusieurs tigresses, elle surveille Flahaut avec une attention sourcilleuse. Il n'en est pas à sa première scène. Il y a même droit chaque fois qu'il lui arrive de rencontrer la princesse Louis dans le monde s'il se permet autre chose qu'un simple salut.

Hortense comprend que Flahaut est prêt à lui ouvrir les bras, qu'il n'attend qu'un encouragement et, cet encouragement, elle est bien près de le lui donner. Mais, finalement, elle le refuse aussi bien à lui qu'à elle-même car comment pourrait-elle, sans perdre la face, avouer à l'amant de Caroline qu'elle l'aime à en perdre la tête ? L'orgueil la sauve.

« Vous vous trompez, dit-elle doucement. Je ne vous aime pas. Et si je l'ai cru un instant, cela n'est plus, croyez le bien.

— Alors, accordez-moi au moins votre amitié. Elle me consolera de tout ce que j'ai perdu... »

On en est là quand Napoléon, renseigné par les rapports quotidiens que Fouché, son ministre de la Police dépose chaque matin sur sa table de travail, s'aperçoit des relations anormales établies entre sa sœur et le fils de Talleyrand. Il commence par piquer l'une de ses célèbres colères :

« Je déteste que les femmes de ma famille s'affichent avec les aides de camp de leurs maris. Ils ne sont pas faits pour ça ! »

Après quoi il ordonne à Murat d'expédier Flahaut avec les avant-gardes de l'armée déjà en marche pour l'Autriche. Le soleil d'Austerlitz se prépare à paraître. Flahaut en sera.

Un an environ après cette grande victoire, l'Empereur pose sur la tête de son frère Louis une couronne de roi de Hollande. Naturellement Hortense en devient la reine. Ce qui ne l'enchante pas. Mais il lui faut bien se résigner à suivre son roi à La Haye.

« Je voudrais tant être reine de Hollande à Paris ! » soupire-t-elle, appréhendant ce qui l'attend au pays des canaux, des tulipes et des moulins à vent.

Non sans raison. À La Haye, la vie auprès de Louis est positivement intenable. Il exige, par exemple que, dans la chambre royale, Hortense couche sur un petit lit de fer tandis qu'il se prélasse seul dans le grand lit. L'impuissance croissante qu'il doit à sa maladie le rend odieux, tatillon, mesquin et soupçonneux. Non sans raison peut-être ? Hortense, si elle n'a pas cédé à l'amour qui la porte vers Flahaut s'est tout de même offert ici et là quelques « consolations » discrètes. Louis, qui en imagine cent fois plus, se mue en geôlier, cloître sa femme et la maltraite. Tant et si bien que Napoléon, mis au courant par Fouché qui sait toujours tout ce qui se passe dans l'Empire, se fâche.

« Vous avez la meilleure des femmes et la plus vertueuse », écrit-il à son frère aux termes d'une épître vengeresse qui, non seulement n'arrange rien mais vaut à la pauvre reine une scène plus violente encore que les précédentes. Néanmoins, craignant tout de même les représailles fraternelles, Louis n'ose pas refuser à Hortense le séjour à Cauterets, dans les Pyrénées, dont sa santé a besoin. Et la jeune femme part avec un vif sentiment de soulagement.

Le séjour pyrénéen est agréable. Hortense pense toujours à Flahaut mais elle a auprès d'elle deux hommes aimables qui sont tous deux des amoureux fervents : l'amiral hollandais Verhuel et le futur duc Decazes. L'un d'eux eut-il quelques raisons de se croire le père du petit garçon qui sera un jour l'empereur Napoléon III ? Toujours est-il que le cardinal Fesch, oncle de Napoléon, avait coutume de dire plus tard : « Quand il s'agit des pères de ses enfants, la reine Hortense s'embrouille toujours dans ses calculs... »

L'enfant en question vient au monde le 20 avril 1808. Cette naissance marque les prémices de séparation entre Louis Bonaparte et sa femme...

En septembre de cette même année, trois personnes qui ne se sont pas vues depuis longtemps se retrouvent soudain à Paris : Hortense qui arrive d'Aix-les-Bains, Flahaut qui arrive d'Espagne mais s'apprête à y retourner, et Caroline, devenue reine de Naples et qui est sur le point de gagner son royaume tout neuf.

C'est plaisir de voir avec quelle vanité satisfaite la nouvelle majesté fait miroiter sa couronne. Pourtant, si heureuse qu'elle soit, Caroline n'est pas sans regret de quitter Paris car en revoyant Flahaut elle s'est reprise pour lui d'un goût d'autant plus vif qu'il s'intéresse visiblement à Hortense. Dieu sait pourtant qu'elle ne lui a guère été fidèle ! L'ambassadeur d'Autriche Metternich et le gouverneur de Paris, Junot, en savent quelque chose. Mais décidément Flahaut est irrésistible.

Aussi craignant que l'absence n'incite Flahaut à l'oublier, la reine de Naples se résout à une démarche bien dans sa manière c'est-à-dire aussi étrange que perfide.

« Tu n'ignores pas, vient-elle dire à son ancienne camarade de pension, le sentiment qui me lie à M. de Flahaut. Tu es la seule femme au monde que j'eusse redoutée. Il paraissait te distinguer mais j'ai été promptement rassurée. Quoique jeune, quoique léger il ne pourra jamais aimer que moi. On ne ressent pas deux fois un attachement comme celui que je lui ai inspiré. Pourtant, j'appréhende la douleur que lui causera mon départ. Il cherchera peut-être à se consoler auprès de toi, mais promets-moi de ne pas l'écouter. Il doit me rester fidèle puisque son amour est si vif… »

Le naïf étalage d'une aussi formidable vanité mériterait tout juste un éclat de rire mais Caroline sait bien à qui elle s'adresse. Hortense a le cœur trop haut placé. Blessée dans son amour, elle promet et Flahaut repart pour l'Espagne sans avoir rien obtenu de celle que, pourtant, il aime véritablement.

Pendant deux ans encore la guerre et la politique vont séparer les deux amoureux, mais le temps travaille pour eux. En 1810, après l'épreuve cruelle du divorce de sa mère, Hortense, non sans soulagement perd sa couronne hollandaise que Napoléon, outré des maladresses de son frère, a reprise. Elle va pouvoir vivre en France et d'ailleurs, à présent, Louis souhaite autant qu'elle une séparation définitive. Qui d'ailleurs ne sera pas un divorce…

Quoi qu'il en soit, quand vient l'été c'est avec joie qu'Hortense prend la route d'Aix-les-Bains où l'attend Joséphine. C'est là qu'elle va revoir Flahaut. C'est là qu'il la rejoindra enfin dans la maison campagnarde « avec un toit de tuiles brunes à quatre pans » que Joséphine a louée pour sa fille.

Cette fois tout est balayé, surtout Caroline, sa prétention et ses perfidies. Hortense et Flahaut s'aiment comme ils en avaient envie depuis si longtemps. Mais c'est elle qui aime le plus car il y a toujours trop de femmes dans la vie du jeune homme.

Ce qu'il aime, en réalité, dans l'amour, c'est plutôt l'excitation du chasseur. La victoire obtenue il a quelque tendance à se laisser adorer benoîtement. Néanmoins, Hortense vit tout de même, auprès de lui, de bien beaux jours. Des jours qui, dans les débuts de 1811 commencent à porter leur fruit…

Heureusement pour l'ex-reine de Hollande, toute la France a les yeux fixés sur le ventre de la nouvelle impératrice Marie-Louise. Mais après la naissance du roi de Rome, Hortense va devoir dépenser des trésors d'ingéniosité pour dissimuler son état. Surtout le jour du baptême de l'enfant impérial. C'est elle, enceinte alors de six mois, qui doit tenir le petit roi sur les fonts baptismaux. Mais les couturiers français étaient déjà capables d'accomplir des miracles et personne ne se douta de rien…

Autre cause de soucis : l'accouchement qui se doit d'être clandestin car Louis serait trop content de prendre ainsi en faute celle qui est toujours sa femme. À bout d'imagination, Hortense se confie à son frère Eugène, alors vice-roi d'Italie. Et Eugène trouve la solution : Hortense fera semblant de venir le rejoindre à Milan mais s'arrêtera en route, sous prétexte d'une maladie, dans un endroit tranquille. Au bord d'un lac par exemple. L'un de ces beaux lacs italiens qui semblent faits pour tous les bonheurs…

Mais Hortense, partie avec son amie Adèle de Broc et le cher Flahaut n'aura pas le temps d'atteindre le lac Majeur. Et c'est dans le Valais, à Saint-Maurice, que va naître le futur duc de Morny…

Encore quelques mois de bonheur et c'est hélas la séparation. En février 1812, le colonel de Flahaut est sur le point de partir avec la Grande Armée pour la Russie. Hortense et lui danseront ensemble au dernier bal des Tuileries et pour la dernière fois. C'est le 11 février…

Après l'abdication de l'Empereur, Flahaut, élégamment, offre à Hortense de l'épouser. Elle refuse tout aussi élégamment, estimant qu'elle se doit à son beau-père puisqu'il est malheureux et déjà abandonné de tous. Il y a autre chose aussi : elle sait que Flahaut ne lui sera jamais fidèle parce qu'il en est incapable. Alors, autant rester l'ex-reine de Hollande. Ou même duchesse de Saint-Leu, suivant le titre – attaché à l'une des propriétés de Louis Bonaparte – qu'à la demande du tsar,

Louis XVIII lui a offert. On se demande en vérité pourquoi elle l'a accepté…

Fidèle à l'Empereur sans la moindre défaillance, Flahaut le lui pardonnera difficilement en dépit de l'affection dont Hortense entoure Napoléon durant les Cent-Jours et après Waterloo en l'accueillant à Malmaison, devenue son domaine après la mort de Joséphine. Le départ pour Sainte-Hélène lui arrache des larmes mais le chagrin de Flahaut est encore plus grand de n'être pas mort à Waterloo…

Pour l'un comme pour l'autre c'est le chemin de l'exil qui s'ouvre. Pour Hortense, ce sera le petit château d'Arenenberg, au-dessus du lac de Constance où elle se consacrera uniquement à ses deux fils et connaîtra de nouveau la douleur d'en perdre un, le 17 mars 1831. C'est là aussi qu'atteinte d'un cancer, elle mourra le 5 octobre 1837 à cinq heures et demie du matin.

De son côté, Charles de Flahaut a gagné l'Angleterre où, sourd à toutes les avances que lui fait la Restauration par Talleyrand interposé, il épouse en 1817, Margaret Elphinstone, fille de lord Keith, une jeune fille pas jolie mais intelligente, énergique et fort riche.

C'est l'avènement de Louis-Philippe qui le ramènera en France. Pair de France, puis ambassadeur à Vienne, il y vivra sept années.

Le Second Empire le portera plus haut encore. Devenu ministre de son demi-frère, l'empereur Napoléon III, le duc de Morny a pris en main la carrière d'un père qui ne l'a jamais abandonné – l'enfant du Valais a été élevé successivement par Mme de Souza, puis par Hortense et enfin par Mme de Flahaut. Grâce à Morny, Flahaut devient sénateur, ambassadeur de France à Londres et enfin grand chancelier de la Légion d'honneur. Et c'est dans l'ancien palais des princes de Salm, devenu grande chancellerie de l'ordre créé par Napoléon Ier que s'éteignit, le 1er septembre 1870, Charles de Flahaut, amant de deux reines, déchiré par une guerre qu'il savait perdue d'avance…

Depuis trente-trois ans reposait dans l'église de Rueil-Malmaison, la douce reine Hortense qui avait pris pour devise :

Mieux connue, mieux aimée
Moins connue, moins troublée...

LES CAVALIERS DE PAULINE BORGHÈSE, PRINCESSE DE GUASTALLA

Dans la destinée de Napoléon, ainsi encadrée par deux histoires d'amour où le corps des hussards a joué un rôle prépondérant, il y a place pour les nombreux militaires, des hussards le plus souvent, qui ont jalonné la vie – brève puisqu'elle mourut à quarante-cinq ans – de sa sœur préférée, Pauline, princesse Borghèse qui fut peut-être la plus jolie femme de son temps. Il suffit, pour s'en convaincre d'admirer le célèbre marbre de Canova dont la perfection ne laisse place à aucune critique.

De sa sœur cadette – elle n'était pas la plus jeune ainsi qu'on le pense couramment – Napoléon disait : « C'est une petite païenne... » et elle le fut avec éclat, passant d'un amour à l'autre avec une désinvolture qui n'excluait pas la tendresse. S'il est difficile de dresser une liste exacte des amants de la reine Margot, il est à peu près impossible de dresser celle des amants de Pauline.

Le général Bonaparte s'y essayait déjà vers la fin du printemps 1803 au cours d'une scène dont le seul témoin fut Joséphine. Ce jour-là, le futur empereur, écrasant d'une botte nerveuse le tapis de son épouse comptait sur ses doigts tout en fulminant.

— Macdonald, un, Decrès, deux, Lafon, trois, Humbert, quatre, Sémonville, cinq, Montholon, six ! Six amants ! Et il n'y a pas quatre mois que Pauline est rentrée de Saint-

Domingue, pas six que ce pauvre Leclerc, son époux, est mort de la fièvre jaune !...

Pauline, que l'on appelait alors Paulette, avait dix-sept ans quand son frère la maria à l'un des principaux officiers de son armée d'Italie, le général Victor-Emmanuel Leclerc, beau garçon blond qui, naturellement était éperdument amoureux d'elle. Le ménage marcha bien. Pauline aimait son Leclerc auquel, au bout de dix mois de mariage, elle donna un fils. Et quand Bonaparte nomma son beau-frère capitaine-général de l'île de Saint Domingue, Pauline suivit sereinement son mari, de même qu'elle affronta tout aussi sereinement la terrible révolte des Noirs menée par Toussaint-Louverture.

« Vous avez peur, vous autres ? disait-elle à son entourage terrifié. Pas moi. Je suis la sœur du général Bonaparte ! »

Cela lui semblait une protection suffisante contre toutes les catastrophes possibles... À dire vrai, le général Leclerc pensait de même. À tort, hélas ! L'image du chef vénéré ne pouvait rien contre un ennemi plus redoutable qu'une armée d'esclaves révoltés : la fièvre jaune, l'affreux *vomito negro* qui emporta le malheureux le 22 décembre 1802.

Pauline, qui se croyait inconsolable, coupa alors ses magnifiques cheveux noirs pour les jeter dans le cercueil de son époux. Mais comment se confiner dans les larmes lorsque l'on possède le plus ravissant visage du monde et le corps le plus ensorcelant de toute une époque ?

« Je suis si belle, si belle !... », disait-elle ingénument. Je ne peux pas pleurer toujours... »

Les comptes agacés de son frère prouvent avec éclat qu'elle ne pleura guère au-delà de la traversée du retour vers la France... Encore Bonaparte ne comptait-il pas – pour la raison qu'il ne les connaissait pas – ceux qui avaient été honorés des grâces de Mademoiselle Bonaparte puis de la générale Leclerc. Ne fût-ce que l'irrésistible Hippolyte Charles...

Affronté à une situation aussi étrange, le futur empereur trouve très vite une solution : pour que Pauline se tienne tranquille, la seule solution c'est de la marier. Idée géniale, sans doute puisqu'elle émane d'un tel cerveau. Malheureusement, comme bien des idées géniales masculines conçues à l'usage des femmes, celle de Bonaparte ne vaut rien pour l'excellente raison que son choix est mauvais.

En effet, pour maintenir Pauline dans la ligne droite, il faudrait une sorte de surhomme, un foudre de guerre capable d'exploits quasi fabuleux sur les tendres champs de bataille de l'amour. Or, qui Bonaparte va-t-il chercher ? Le prince Camillo Borghèse. Autrement dit un charmant garçon, jeune, beau, riche, appartenant à la plus haute aristocratie romaine, prince, possédant deux palais et quarante châteaux ou villas, élégant et sportif par-dessus le marché : Camillo est l'un des tout premiers cavaliers d'une période de l'histoire qui en comporta pourtant de fameux. Il a une foule de qualités, Camillo Borghèse mais il a aussi un énorme défaut et un défaut quasi public puisque tout le monde le prétend impuissant.

L'objection, quand il s'agit de la « petite païenne » ne manque pourtant pas de valeur et Joséphine n'hésite pas à la faire valoir. Mais le consul la balaye d'un revers de main : que Borghèse soit impuissant ou non qu'importe ! Pauline sera mariée et si un nom d'homme doit prêter à sourire au moins ce ne sera pas celui des Bonaparte ni celui de son défunt mari. De toute façon, la chose est décidée. Mariage dans une semaine ! Exécution !

Le 6 novembre 1803, au château de Mortefontaine, chez Joseph Bonaparte, l'adorable Pauline qui vient d'avoir vingt-trois ans convole en justes noces avec le prince romain dont, à ses yeux, les principales qualités sont un beau regard sombre et de superbes mollets. Naturellement, elle est ravie aussi de devenir princesse et d'autant plus que ce joli titre a le don de faire jaunir d'envie ses deux autres sœurs, Élisa et Caroline, dont l'une s'appelle encore bêtement Mme Bacchiochi et l'autre encore plus bêtement Mme Murat, et belle-fille d'aubergiste de surcroît. Les oripeaux de la gloire ne sont pas encore tombés sur elles…

À vrai dire, l'enthousiasme de la jeune mariée ne franchit pas le cap de la nuit de noces. Ainsi que prétend, avec quelque cruauté le général Thiébault – où a-t-il bien pu aller chercher pareille information ? – c'est « ne se donner à personne que se donner à Camillo Borghèse… ». Heureusement, Pauline possède un heureux caractère. S'il n'est pas Casanova, Camillo est prince, riche et éminemment décoratif. On fait avec ce que l'on a !… En outre, le cher grand frère s'est montré d'une générosité impériale avant la lettre en offrant au jeune couple le magnifique hôtel de Charost, faubourg Saint-Honoré, dont Waterloo fera l'ambassade d'Angleterre. Ce qu'il est toujours d'ailleurs et l'on peut encore y admirer la somptueuse chambre rouge qui fut celle de la princesse Borghèse…

Quelques mois après le mariage, le général Bonaparte disparaissait pour faire place à l'empereur Napoléon Ier, souverain glorieux et pourvu d'une maison militaire singulièrement bien fournie en beaux garçons. Aussi Pauline put-elle entreprendre de meubler à sa convenance les absences d'un époux qui devait être le seul homme au monde possédant le don de l'ennuyer au plus haut point.

De temps en temps, évidemment, il faut bien que Pauline consente à cohabiter avec son époux à Rome dans le fastueux et glacial palais Borghèse. Ainsi de l'hiver 1806 où la jolie princesse pense mourir d'ennui à la lettre car, à force de s'ennuyer, elle tombe malade… La maladie sera longue mais la convalescence à Plombières fort agréable.

En effet depuis quelques semaines Pauline est non seulement princesse et altesse impériale mais souveraine. Napoléon lui a fait cadeau de la principauté de Guastalla, un État joujou qui fait péniblement ses dix kilomètres carrés. Pauline s'en souciera peu et même le revendra un jour pour acheter des fanfreluches mais, en attendant, cet État lui donne droit à une maison quasi royale qu'elle s'occupe de peupler à sa convenance.

Une occupation agréable. Pauline, en effet, a laissé à Rome sa dernière « occupation sentimentale » : son beau-frère le prince Francesco Aldobrandini – ou plutôt celui de Camillo. En outre Napoléon vient de l'obliger à rompre avec le premier chambellan qu'elle s'était trouvé : le jeune Maurice de Balincourt qu'elle avait dû céder à Julie Clary, la femme de Joseph Bonaparte.

La place de chambellan trouve bientôt un titulaire plein de charme en la personne du comte Auguste de Forbin, de vieille noblesse provençale, chevalier de Malte, mais aussi peintre, poète, romancier, architecte… et d'une prestance véritablement hors du commun.

Devenu chambellan, Forbin devenait automatiquement l'amant de la princesse qui en cela se montrait logique ; un chambellan ayant surtout pour mission de s'occuper de la chambre.

Ce sont alors des amours exubérantes et passionnées, très spectaculaires aussi car la jeune femme éprouve presque autant de plaisir à étaler ses amants qu'à les séduire. Avec elle, pas d'échelle de soie, pas de manteau couleur de muraille, pas de sombrero à l'espagnole, pas de portes dérobées : le grand soleil, le plein midi et le plus de monde possible ! Son Altesse Impériale eût fait l'amour en boutique ou sur la place du marché si la chose eût été possible sans déchaîner les foudres impériales. Assez semblable en cela à sa sœur Caroline qui, devenue la maîtresse de Junot, faisait stationner des nuits entières l'équipage de son amant dans la cour de l'Élysée durant les absences de Murat. Comme Junot était alors gouverneur de Paris, personne ne pouvait ignorer ce qu'il faisait chez son compagnon d'armes.

Auguste de Forbin demeurera deux ans le chambellan de Pauline et c'est lui qui donnera sa démission. Non par épuisement mais parce qu'il va finir par comprendre que le poste de chambellan comporte d'étranges aléas. Ainsi quand il fallait introduire dans la chambre de la princesse des personnages qui, selon lui n'avaient pas grand-chose à y faire. Tel le chef d'orchestre Felix Biangini avec qui Pauline entreprit de prendre des leçons de chant à n'importe quelle heure...

C'est ainsi qu'un beau jour le jeune homme se retrouve, par ordre de l'Empereur, affecté à l'état-major de Junot avec le grade de lieutenant et le poste d'aide de camp adjoint.

Cette défection ne fait guère plaisir à Pauline bien sûr, mais elle est encore très occupée par son chef d'orchestre qui, d'ailleurs, ne résistera pas à certain bal de la cour car, ce soir-là, notre princesse rencontre le plus beau hussard qu'elle ait jamais vu : le très séduisant Armand de Canouville, chef d'escadron et attaché à l'état-major du maréchal Berthier.

Au cours d'un concert donné chez Pauline, Biangini se voit prié de chanter personnellement un air alors fort en vogue : *Armide, vous m'allez quitter.* Ce qui est une façon comme une autre de lui faire entendre qu'Armide n'a plus besoin de lui. Elle entend, en effet, se consacrer totalement et exclusivement à son nouvel amour...

Et comme, à cet amour neuf, il faut le calme et l'éloignement de la campagne, Pauline va s'enfermer avec Canouville dans la superbe propriété qu'elle vient d'acquérir à Neuilly. Les délices qu'elle y goûte doivent être quasi paradisiaques car pendant un bon moment, les pires cancanières de la Cour vont se demander si la princesse Borghèse n'a pas enfin trouvé son maître : après plusieurs mois sa passion pour Canouville dure encore. C'est lui qui, en pantoufles et en robe de chambre, préside aux bains quotidiens de sa maîtresse. Et lui seul, ce qui n'est pas une mince victoire car Pauline adore faire profiter un assez large public de la splendeur de sa personne. Les habitués de sa maison n'en reviennent pas : on ne voit plus jamais Pauline sans son hussard…

Ce jumelage incessant finit par porter singulièrement sur les nerfs de Napoléon. L'Empereur pense en effet, non sans logique, que les officiers de sa garde impériale ont autre chose à faire que se prélasser sur les coussins de ses sœurs. Mais, toujours indulgent pour l'enfant terrible, il en est à chercher un prétexte plausible pour se mêler de l'affaire quand le malencontreux Canouville vient, de lui-même, lui offrir ce prétexte.

Ce matin-là, l'Empereur, en selle sur « Ali », l'un de ses chevaux favoris, passe la garde impériale en revue dans la cour du Carrousel. Canouville est là, pour une fois, mais dans un uniforme si étincelant, si brillant d'or et de galons qu'il aurait de quoi faire envie à Murat lui-même et qu'il accapare un peu le soleil.

Napoléon n'a pas été sans remarquer superficiellement ce luxe vestimentaire mais la tenue du chef d'escadron est irréprochable. Il n'y a donc rien à dire.

Soudain, poussée par on ne sait trop quelle lubie chevaline, la monture du bel Armand bronche, fait un écart, se met à danser et, quittant sa place réglementaire dans l'état-major au front duquel se trouve l'Empereur, s'en vient heurter la croupe d'Ali.

Or, non seulement Napoléon est loin d'être bon cavalier mais, en outre, Ali, pur-sang arabe assez chatouilleux, déteste les familiarités. Il proteste si vigoureusement que Sa Majesté l'empereur et roi ne doit qu'à une vraie chance de ne pas se retrouver les quatre fers en l'air devant le front des troupes.

Ce sont de ces choses que l'on supporte mal lorsque l'on est Napoléon Ier. Furieux, il cherche d'où vient l'attentat et découvre Canouville qui, rouge de honte, cherche désespérément dans quel trou il pourrait bien se fourrer. Hélas, il n'y en a pas et il faut demeurer là sous l'implacable regard gris-bleu qui le détaille férocement depuis le shako jusqu'à la pointe étincelante de ses bottes à la hongroise.

Le regard à trois pas, Canouville attend. Soudain, l'œil de l'Aigle se fixe sur l'élégante pelisse que l'officier porte, réglementairement attachée à l'épaule. Une pelisse superbe ! Non seulement admirablement brodée et dorée… mais encore doublée de peaux de zibeline que Napoléon reconnaît sur-le-champ. Ce sont celles que le tsar Alexandre Ier lui a offertes et que, connaissant la passion de Pauline pour les fourrures, il a généreusement partagées avec elle.

C'est la goutte d'eau qui fait déborder le vase. Napoléon éclate :

« Commandant ! claironne-t-il, votre cheval est jeune. Il a le sang trop chaud et je vais vous envoyer le lui faire rafraîchir… »

Canouville n'a guère le temps de se demander ce que Sa Majesté entend par là. La revue terminée, le maréchal Berthier lui signifie que l'Empereur l'a désigné pour porter, sur-le-champ, des dépêches importantes au maréchal Masséna qui se trouve alors… au Portugal.

Désespéré, Canouville s'en va conter sa peine à sa princesse qui, naturellement, partage son désespoir, maudit « Napolione », jure que rien ne parviendra à briser leur amour… et presse son amant de partir pour revenir encore plus vite.

« Tu sais combien je m'ennuie quand tu n'es pas là, ajoute-t-elle. Il ne faut pas me laisser seule trop longtemps… »

Du coup, les angoisses du malheureux deviennent de la panique. Il sait trop ce que Pauline entend par s'ennuyer. S'il a le malheur de rester trop longtemp absent il est à peu près sûr de trouver la place prise au retour.

Alors, serrant sur son cœur la miniature, petit chef-d'œuvre d'Isabey, qu'elle lui remet en gage d'amour, Canouville enfourche son cheval et entreprend de battre un véritable record de vitesse : Paris-Lisbonne et retour !…

Jalonnant sa route de cadavres de chevaux offerts en holocauste à sa princesse, Canouville mène un train d'enfer, franchit tour à tour la Loire, la Charente, la Gironde, les Pyrénées, atteint Burgos puis Valladolid : dix jours sans quitter la selle pour autre chose que manger et changer de monture : un étonnant exploit que battra seul Moustache, le courrier de l'Empereur quand il apportera à Paris la nouvelle de la victoire de Friedland.

À Salamanque, le général Thiébault – celui-là même qui connaissait si bien les secrets d'alcôve de Camillo Borghèse – voit tomber tout à coup devant sa porte un cavalier sale, barbu et couvert de boue qu'il arrive tout de même à reconnaître. Et au lieu de lui demander un lit et un bon repas cet enragé lui demande seulement un cheval frais : il doit gagner Lisbonne.

Et de raconter pêle-mêle son amour, son chagrin, sa collision avec l'Empereur, la colère de celui-ci, les recommandations de Pauline, le tout, selon Thiébault « en poussant des soupirs à éteindre les bougies ».

Or, le général connaît fort bien Pauline qui a eu pour lui des « bontés ». Tellement bien qu'il peut comprendre aisément le point de vue de Canouville. Et il va l'aider… Il lui explique qu'il ne peut continuer ainsi, qu'il lui faut manger, boire, se reposer et qu'ensuite il aura son cheval, le plus rapide que l'on pourra trouver… et qui le ramènera à Paris.

Et comme Canouville ne comprend pas, Thiébault s'explique. Les dépêches à Masséna, il s'en charge et les fera porter par son meilleur courrier. Une lettre signée de sa main attestera que le messager a superbement accompli son devoir.

Le malheureux est à moitié mort mais il se sent ressusciter. Il engloutit un énorme repas, vide deux ou trois flacons, dort quatre heures puis, sans même consentir à se laver, il enfourche le cheval qu'on lui amène et reprend en sens inverse la route déjà parcourue : la chevauchée infernale recommence. Elle va durer exactement autant de temps qu'à l'aller et, vingt jours après avoir quitté Neuilly, Armand de Canouville tombe de cheval plus qu'il n'en descend dans les bras du majordome de Pauline d'abord puis dans ceux d'Auguste de Forbin qui, n'ayant jamais été relevé officiellement de son titre de chambellan, vient de temps à autre à Neuilly voir ce qui s'y passe.

Avec beaucoup de circonlocutions, Forbin tente d'expliquer au centaure exténué qu'il ne peut rencontrer sur l'heure une maîtresse dont l'image l'a cependant si bien soutenu au cours de sa chevauchée fantastique. Elle n'est pas visible…

Pas visible ? pour un homme habitué à partager avec elle ses moments les plus intimes ? Allons donc !… Et comme Canouville fait mine de s'en aller investir lui-même les appartements privés de sa maîtresse, Forbin, de plus en plus gêné, se résout à lui apprendre la vérité : Pauline se repose en ce moment. Mais pas seule !

Canouville prend feu : avec qui ? Eh bien… avec un militaire. Non ce n'est pas un hussard cette fois mais bien un capitaine de dragon : Achille Tourteau de Septeuil qui – et c'est un comble – est fiancé à Mme de Barral, la dame d'honneur favorite de Pauline veuve depuis peu. On suppose que la princesse a voulu juger par elle-même des qualités de Septeuil pour faire un bon mari.

Cette fois Canouville a compris. Ecœuré, désolé, il rentre chez lui, prend un bain, dort dix-huit heures puis s'en va tout droit chez le maréchal Berthier pour lui réclamer une nouvelle mission lointaine.

— Le Portugal vous a plu à ce point ? dit celui-ci quelque peu surpris.

— Non, monsieur le Maréchal. Mais on ne respire pas bien à Paris. J'ai besoin de grand air…

Sans poser d'autres questions, Berthier accède à la demande du jeune homme et, le lendemain, Canouville nanti de nouvelles dépêches reprend la route du sud, mais au petit trot cette fois car rien ne le presse plus. Il pousse presque autant de soupirs que son cheval fait de pas tout en regardant certaine miniature encadrée de rubis.

Or, comme il arrive à la hauteur de Châtelleraut, il est tout à coup rejoint par un autre cavalier couvert de poussière, et lancé comme un boulet de canon mais qui tout de même s'arrête auprès de lui... Et, surprise ! Le nouveau venu n'est autre que le dragon Achille Tourteau de Septeuil que Napoléon envoie, à son tour, respirer l'air vivifiant du Portugal pour l'empêcher de respirer celui, trop aphrodisiaque, des jardins de Neuilly. La rencontre est si drôle et tellement inattendue que Canouville, bon garçon, tend à son rival une main sans rancune. Un rival qui d'ailleurs regrette à la fois sa folie et sa fiancée. Et les deux hommes repartent ensemble à une allure raisonnable : ainsi naissent les amitiés.

À Paris, Pauline, privée de ses deux amoureux, choisit elle aussi de prendre la route. Elle a décidé d'aller en Italie afin de réaliser un projet qui lui tient à cœur : faire exécuter sa statue par le grand sculpteur Canova.

Le maître est alors âgé de soixante-trois ans mais son génie est au plus haut. Il n'en manque pas moins de peu l'infarctus fatal en pénétrant dans le boudoir où l'attend son impérial modèle : Pauline, chaudement vêtue d'un diadème de diamants l'attend, étendue sur un sopha avec la superbe indifférence des femmes sûres de leur exceptionnelle beauté.

La statue terminée, Pauline la laissera d'ailleurs à son époux... qui s'empressera de la mettre sous clef après avoir constaté qu'elle « donnait des distractions à ses visiteurs... » La volage princesse, elle, était déjà repartie vers d'autres amours...

Pourtant, elle ne devait jamais oublier Canouville ainsi qu'elle en fit la cruelle expérience, en 1812, alors qu'elle prenait les eaux d'Aix-les-Bains et faisait littéralement tourner en bourrique le tragédien Talma.

Le 23 septembre, un messager de l'Empereur est venu lui apporter une petite miniature encadrée de rubis et une mèche de cheveux...

Le drame a eu lieu le 6 septembre alors qu'en Russie les troupes du maréchal Ney se lançaient à l'assaut de la puissante redoute de Borodino, formidablement défendue par des ravins profonds et dans laquelle les Russes avaient entassé une forte artillerie.

Depuis des heures, les canons russes crachent la mort. Pourtant, avec la folle bravoure qui est son signe distinctif, la cavalerie de Murat charge sous le déluge de feu. Dans les premiers cavaliers, le commandant de Canouville fait des prodiges de valeur à la tête de ses escadrons. Le sabre au clair, sur son cheval lancé au grand galop, Canouville fonce sur Borodino quand un boulet ennemi l'atteint de plein fouet et le coupe en deux à la hauteur de la ceinture.

Après la bataille, quand on l'a ramassé, on a trouvé sur son cœur une miniature précieuse que l'on a fait porter aussitôt à l'Empereur. C'est lui qui a ordonné qu'un messager spécial la rapporte à la donatrice avec une mèche de cheveux coupée sur la tête d'un de ses plus valeureux soldats.

Sur ces deux souvenirs de celui qui a peut-être été son plus grand amour, Pauline pleurera longtemps, condamnant sa porte à tous, même au superbe colonel Duchand, surnommé « le Cupidon de la Garde » qui venait de remplacer Talma. Bientôt, d'ailleurs l'officier va connaître d'autres soucis plus graves encore.

L'Empire s'en va vers son déclin et c'est alors que Pauline va révéler sa véritable valeur car, seule de toute sa famille avec sa mère, elle va démontrer d'éclatante façon que son frère est pour elle beaucoup plus qu'un empereur.

En dépit d'une santé de plus en plus fragile, elle vole à son secours. Seule de toute la famille, elle le rejoint à l'île d'Elbe et tient avec grâce auprès de lui le rang de maîtresse de maison. Sa foi dans l'étoile impériale est sans faille et c'est elle qui lui insuffle le courage de reprendre le combat.

Au moment du départ, celle qu'il avait surnommée « Notre-Dame des Colifichets » lui offrit son dernier collier de diamants, la seule ressource qui lui restât.

Puis, elle le suit à Paris, s'efforçant d'adoucir l'absence de Marie-Louise. Après Waterloo, elle refuse l'adieu définitif que lui imposent les vainqueurs et, apprenant que l'on envoie son frère à Sainte-Hélène, elle va tout droit trouver Metternich… Metternich avec qui elle a vécu une « romance » assez poussée encore que brève, pour Pauline tout au moins et qui, prétend-on avait laissé quelques regrets à l'ambassadeur autrichien. Il est à présent chancelier d'Autriche et tout-puissant.

Pourtant, il va refuser à Pauline ce qu'elle demande et qui, pourtant, ne lui coûterait guère : rejoindre son frère à Sainte-Hélène, continuer auprès de lui le tendre rôle d'ange consolateur commencé à l'île d'Elbe… La raison ? Metternich craint le charme de Pauline capable de causer les pires ravages dans la garnison anglaise la plus coriace.

On se prend alors à rêver. L'affreux Hudson Lowe, le mesquin geôlier de l'Empereur maté par sa sœur, ronronnant aux pieds de la plus jolie des princesses ! L'histoire du nez de Cléopâtre se fût-elle reproduite ? Celui qui allait devenir le geôlier de l'Aiglon ne laissait jamais rien au hasard… La seule vengeance de Pauline se solda par une phrase méprisante : « Au temps où vous sanglotiez à mes pieds, Monsieur de Metternich, vous me sembliez moins sot… et vous me plaisiez mieux… »

N'ayant plus rien à faire à Paris, Pauline regagna Rome pour y apprendre que son époux demandait le divorce. Camillo, à présent que sa femme n'était plus sœur d'empereur, la trouvait encombrante. La princesse s'en soucia peu. Réinstallée dans sa villa Paolina – qui abrite à présent l'ambassade de France auprès du Vatican – elle s'occupa exclusivement de son frère, fatiguant les Alliés de ses lettres et de ses plaidoiries, réclamant incessamment le droit d'aller le rejoindre.

Quand elle sut qu'il allait mourir, elle écrivit une dernière lettre à lord Liverpool pour réclamer un changement de climat pour l'auguste malade ou, à défaut, le droit d'aller le soigner elle-même. On ne lui répondit même pas…

Le cœur navré, elle apprit peu après la mort de ce frère bien-aimé qui, au moment de quitter ce monde, l'avait magnifiée devant l'Histoire et absoute du même coup de ses péchés parfumés : « Pauline, la plus belle femme de son temps a été et demeurera jusqu'à la fin la meilleure des créatures vivantes… »

La fin n'était plus bien loin pour elle non plus.

En dépit de sa séparation avec Borghèse, Pauline demeura à Rome. Le soleil était devenu indispensable à son organisme affaibli. La mort venait à grands pas.

Elle l'attendit sereinement, en vraie grande dame malgré des souffrances croissantes. Elle était allée s'installer à Florence et ce fut là qu'elle mourut, le 7 juin 1825… entre les bras de Camillo Borghèse qui était revenu vers elle. Elle était restée exquise jusqu'au bout.

C'est à Rome, dans la chapelle Borghèse, à l'église Sainte-Marie-Majeure que repose pour l'éternité l'enfant terrible de l'Empire…

MARIE-LOUISE ET SON GÉNÉRAL BORGNE

Le comte de Neipperg

Le 25 janvier 1814, alors que le jour n'est pas encore levé sur le palais des Tuileries, Napoléon Ier, en tenue de campagne, pénètre sur la pointe des pieds dans la chambre où dort un petit garçon blond qui n'a pas encore trois ans. La « berceuse » Mme Marchand que le petit appelle Chanchan a plongé dans sa révérence, les bras déjà tendus pour prendre, dans son berceau, le roi de Rome mais l'Empereur met un doigt sur sa bouche : il ne veut pas que l'on réveille son fils.

Un moment, il le regarde dormir à la lueur incertaine d'une chandelle. Les larmes ne sont pas loin mais il a besoin de tout son courage : il lui faut « chausser ses bottes de 93 » pour chasser l'ennemi hors de France. Quelques minutes encore puis l'Empereur se détourne, s'éloigne, la porte se referme sur lui… Jamais il ne reverra cet enfant qu'il aime plus que tout au monde.

Encore un baiser à Marie-Louise dont il est persuadé qu'elle l'aime – qui en est persuadée aussi elle-même ! – et puis il part. Un commandement bref. La portière de la berline qui claque. Le pas des chevaux qui martèle le pavé du Carrousel. Le bruit des roues ferrées. L'éclat des uniformes dans le petit jour gris où les fenêtres éclairées du palais brillent comme naguère encore, à la fin d'un bal. Quelques rares passants au bord de l'eau…

Le trot, puis le galop des cavaliers s'éloigne. Cette fois, Napoléon est bien parti et Marie-Louise, essuyant ses yeux rougis peut aller se recoucher. Elle non plus ne le reverra plus. Mais alors que l'enfant en mourra, elle n'en fera même pas un drame, tant s'en faut...

Au début peut-être, et encore !... Quand Napoléon sera à l'île d'Elbe, elle lui écrira souvent, jurera qu'elle fait tous ses efforts pour aller le rejoindre, tentera timidement de convaincre son père l'empereur François de la laisser aller, mais, en réalité, ne tente pas grand-chose. De la vieille reine Marie-Caroline de Naples, sœur de Marie-Antoinette et qui, cependant, hait de tout son cœur ce Napoléon qui l'a détrônée – « Il ne manquait à mes malheurs que devenir la grand-mère du diable », a-t-elle dit au moment du mariage –, Marie-Louise entendra à Vienne une vérité première : « Il fallait attacher les draps de votre lit à votre fenêtre et vous enfuir sous un déguisement. Voilà ce que j'aurais fait à votre place !... »

Le 23 avril, Marie-Louise et son fils quittent Paris, d'abord pour Grosbois où les attend – chez le maréchal Berthier passé à l'ennemi comme quelques-uns de ses confrères – l'empereur François. C'est lui qui décide du sort de sa fille. Napoléon voulait qu'elle se retire sur Orléans en attendant que la couronne impériale soit attribuée au roi de Rome ; elle ira à Vienne. Un voyage agréable sans doute. Par Provins, Troyes, Dijon, Belfort on gagne, sous la garde du général autrichien Kinsky, la Suisse que l'on atteint à Bâle. On traverse par Schaffhouse, Zürich, Constance – aucun doute là-dessus, on fait un peu de tourisme –, on gagne le Vorarlberg puis le Tyrol et Innsbrück et, enfin, Vienne où entrent, avec Marie-Louise, les voitures timbrées de l'aigle impériale, les valets aux livrées vertes, tout l'apparat impérial français d'une femme qui n'est déjà plus que la duchesse de Parme, et de son fils, également titré prince de Parme... mais qui exige qu'on l'appelle Majesté. Le malheur de Marie-Louise aura toujours été de ne jamais avoir de volonté propre et de laisser toujours les autres régler son sort. Échappée à la forte personnalité de Napoléon, elle n'aura de cesse de retomber sous une autre autorité.

À Vienne elle s'ennuie en dépit de l'accueil quasi triomphal qu'elle a reçu. La ville et la cour raffolent du petit Napoléon que l'on proclame « tout Autrichien » d'aspect. Elle aimerait bien redevenir impératrice, au fond. Un moment, peut-être même songe-t-elle à rejoindre l'exilé de l'île d'Elbe. Mais il lui faut, avant tout... prendre les eaux d'Aix. D'abord parce qu'elle estime que sa santé en a grand besoin, ensuite parce qu'elle a formellement promis à sa grande amie la duchesse de Montebello – Madame Lannes – de l'y rejoindre. La duchesse qui, au départ, faisait partie de la petite cour française expédiée en Autriche s'est bien gardée d'y rester : à la première occasion, elle a pris le large en compagnie de Corvisart, ex-médecin impérial.

Mais ce n'est pas très facile d'obtenir la permission de « bon papa » de quitter l'Autriche. L'empereur craint qu'hors de sa vue Marie-Louise n'en profite pour filer à l'île d'Elbe et Metternich le craint encore plus que lui. On trouve vite la solution : la mère ira prendre les eaux mais le fils restera à Vienne où l'on s'occupe de lui constituer une « maison ». Une maison singulièrement vigilante car, jusqu'à sa mort, le fils de Napoléon n'aura le droit de se déplacer qu'en Autriche et encore... pas trop loin. Ainsi il n'aura jamais l'autorisation de rejoindre sa mère à Parme...

Voilà donc Marie-Louise partie pour Aix avec le fidèle Méneval, un médecin, deux chirurgiens et plus de vingt-cinq personnes de service. Elle est heureuse comme une collégienne en vacances. Mais, de l'avis de Metternich, cela n'est pas suffisant comme garantie. Il convient de donner à l'épouse de Napoléon un « chevalier d'honneur » aimable et bien tourné qui sera, en fait, un espion chargé de la surveiller et, mieux encore, de la détourner de son époux. La police secrète de Metternich est bien faite, en effet. Il sait que Marie-Louise est comme la nature : elle a horreur du vide. En digne fille de son père qui use une épouse après l'autre, elle est pourvue d'un tempérament exigeant.

L'homme qu'on lui envoie est parfaitement adapté au rôle qu'on lui destine. Il se nomme Adam-Albrecht, comte de Neipperg, commandant à Pavie une division de hussards. C'est, selon Méneval « un homme d'une taille moyenne mais d'une tournure distinguée. Un large bandeau noir couvre la cicatrice d'une blessure qui lui a fait perdre son œil. Son regard est vif, perçant, scrutateur. Des manières élégantes et polies, un langage insinuant, des talents agréables préviennent en sa faveur... »

Ajoutons qu'il a près de quarante ans, qu'il est né à Vienne des relations adultères de sa mère avec un officier français, ce qui ne l'empêche pas de haïr Napoléon. Enfin, il est marié à une italienne, Thérèse Pola...

Avant son départ pour Aix, Neipperg a reçu des instructions précises : « Le comte de Neipperg tâchera de détourner Madame la duchesse, avec tout le tact nécessaire, de toute idée d'un voyage à l'île d'Elbe, voyage qui remplirait de chagrin le cœur paternel de Sa Majesté qui formule les souhaits les plus tendres pour le bien-être d'une fille bien-aimée. Il ne manquera pas d'essayer par tous les moyens de l'en dissuader... »

Les ordres de Metternich sont transparents. On croit entendre le fameux dialogue de *Ruy Blas :*

Et que m'ordonnez-vous, seigneur, présentement ?
— De plaire à cette femme et d'être son amant...

Neipperg n'y va pas manquer et n'aura même pas besoin de beaucoup de temps pour arriver à ses fins.

Pourtant, dans les débuts, il ne plaît guère. Marie-Louise n'est pas encore arrivée à Aix quand il la rejoint. Elle s'est arrêtée à Genève le 10 juillet et, pendant six jours, elle a excursionné à Chamonix et aux alentours. C'est le 17 qu'à Carouge, elle voit venir à elle deux cavaliers couverts de poussière : Neipperg et son officier d'ordonnance. Elle connaît le comte pour l'avoir déjà vu deux ou trois fois et jusqu'à présent elle ne le trouvait point antipathique mais cette fois il en va autrement : elle n'est pas assez sotte pour ne pas voir en lui un espion de Vienne et son mécontentement est vif de se savoir ainsi surveillée. Son accueil s'en ressent.

Cela ne trouble guère Neipperg. Il connaît les femmes. Il est sûr de lui. Avec celle-là comme avec les autres – il en a déjà eu pas mal – il suffit de savoir s'y prendre. Et il va s'y prendre à merveille, en dépit de la défense farouche que va mener la duchesse de Montebello.

Neipperg n'impressionne pas du tout la belle Louise-Antoinette. Elle n'est pas sortie, comme son glorieux époux défunt, d'un cabinet de marchand de biens et d'une échoppe de teinturerie ; elle est la fille du marquis de Guehenneuc, d'antique famille bretonne et n'a jamais considéré comme au-dessus d'elle un titre de duchesse. C'est dire qu'un Neipperg, bâtard de surcroît, lui semble peu de chose. En outre, elle est beaucoup plus fine que Marie-Louise et devine très vite que sa propre influence risque de fléchir singulièrement. Aussi emploie-t-elle tous les moyens. Après avoir tourné le dos à ce borgne dont les compagnons d'armes ont tué le maréchal Lannes, elle ne cesse de le desservir auprès de Marie-Louise qu'elle met en garde continuellement contre son charme insinuant…

De son côté, Neipperg emploie lui aussi tous les moyens. Entre les séances de traitement que suit Marie-Louise, il l'accompagne partout, porte son ombrelle, lui offre des fleurs, lui débite des galanteries, l'amuse, l'emmène en promenade ce qui vaudra d'ailleurs à la jeune femme une lettre quelque peu croustillante de l'impératrice d'Autriche qui demande à sa belle-fille si l'aimable général l'engage « à se retrousser en grimpant les montagnes escarpées… ». Il ne cesse de gagner des points et Madame de Montebello perd son temps. Ce qui l'agace…

Quelqu'un d'autre commence également à perdre patience : Napoléon qui, dans son île, trouve le temps long sans sa femme et son fils. Le 18 août, Marie-Louise reçoit une lettre à laquelle elle répond de façon déjà évasive :

« Que je serais contente de pouvoir te rejoindre tout de suite dès que j'aurai mon fils. J'avais donné l'ordre de le faire venir quand j'ai reçu une lettre de mon père qui me prie de revenir à Vienne pour le Congrès où l'on doit traiter pour les intérêts de mon fils ; il paraît que les Bourbons se remuent beaucoup pour m'ôter Parme... Je suis bien malheureuse de ne pas être avec toi à ton heureuse île (?), cela serait le paradis pour moi, fie-toi à moi, je t'écrirais franchement si c'était moi qui m'opposais à y aller, tu me connais assez pour cela et je te prie de ne pas croire tout ce que l'on pourrait te dire là-dessus. Je tâcherai de partir le plus tôt possible... »

Décousues et incohérentes, ces protestations sentent la mauvaise excuse. Napoléon a dû grincer des dents en recevant cette épître : à lui qui rêve de reconquérir un empire, Marie-Louise parle de Parme, un mouchoir de poche, comme du bien suprême à obtenir pour son fils.

Mais l'Empereur a déjà pris ses précautions : un de ses émissaires, le capitaine Hurault de Sorbée quitte l'île d'Elbe sur l'*Inconstant,* débarque en Provence, court à Aix et remet à Marie-Louise une lettre dont on ignore le contenu, mais que l'on devine comminatoire. On sait, en gros, que l'exilé y donnait le choix à son épouse entre demeurer désormais en Autriche ou s'enfuir avec Hurault pour l'île d'Elbe...

À Aix, que d'ailleurs Marie-Louise doit quitter quelques jours plus tard (on est au début de septembre) c'est l'affolement. Marie-Louise, déjà séduite par Neipperg, n'a plus aucune envie d'aller visiter l'île méditerranéenne. Dans son désarroi elle se confie à l'une de ses dames d'honneur, Madame de Brignole qui est très liée avec Neipperg. Aussitôt prévenu, celui-ci fait arrêter immédiatement le messager par la gendarmerie d'Aix puis il s'en va chapitrer fort doucement « Madame la duchesse ». Celle-ci ne saurait s'aliéner à jamais la tendresse de son père en s'enfuyant comme une voleuse avec un inconnu... Elle doit songer aux intérêts de son fils, aux siens propres. N'a-t-elle donc plus envie de ce joli duché de Parme ?

Il n'a guère de peine à remporter la partie. Tout ce que demande Marie-Louise c'est qu'on lui dicte sa conduite et Neipperg se montre un mentor si galant, et si empressé à la fois !... Sur son conseil l'ex-impératrice écrit à son père, une belle lettre pleine de soumission et s'en va continuer ses bagages. Découragée, Madame de Montebello est repartie sachant bien que le borgne est désormais maître de la place : il ne partage pas encore le lit de Marie-Louise, mais ce n'est plus qu'une question de temps. Marie-Louise a déjà oublié qu'elle est mariée à un empereur et jamais place forte un peu croulante n'a tant souhaité sa reddition.

Avant de quitter Aix, Marie-Louise reçoit la nouvelle de la mort de sa grand-mère. A-t-elle alors donné une pensée aux conseils que lui donnait naguère encore Marie-Caroline, cette vieille reine déchue pour qui, malgré tout, la solidarité conjugale devait passer avant tout ? C'est possible... mais ce n'est pas certain. On sait seulement qu'elle pleura. Mais Neipperg n'était-il pas là pour offrir un mouchoir avec quelques paroles de consolation ?

Et l'on repart pour un retour touristique. Lausanne, Grindelwald, Berne puis Lucerne. On excursionne sur le lac des Quatre-Cantons, on s'en va visiter la chapelle de Guillaume Tell, on escalade les pentes du Righi – pas jusqu'au bout tout au moins...

Or, tandis que l'on flâne, l'orage menace. On a juste le temps de se réfugier, près de la chapelle de Guillaume Tell dans une aimable auberge, « Le Soleil d'Or » où l'on va coucher.

Cette nuit-là, le hussard borgne va rejoindre l'épouse de Napoléon sous les couvertures d'une auberge de campagne. Mission accomplie ! Napoléon ne reverra jamais ni sa femme ni son fils et Metternich peu désormais dormir tranquille.

D'ailleurs, la récompense suit. À peine rentré à Vienne, Neipperg est nommé chambellan ordinaire de Madame la duchesse de Parme. Une duchesse sans terre d'ailleurs car Parme n'est pas encore remise à Marie-Louise. Aussi tandis que sa maîtresse vit confinée à Schönbrunn entre lui et son fils, loin des flon-flons du Congrès le plus frivole de tous les temps, Neipperg s'occupe de ses intérêts, lui dicte des lettres, la pousse à certaines visites. Il parviendrait sans doute à ses fins si Napoléon n'avait la mauvaise idée de quitter son île pour reconquérir la France.

La nouvelle arrive à Vienne comme une bombe. Marie-Louise pour sa part éclate en sanglots. Ce n'est pas possible, cet homme-là lui en veut ! L'obliger à tout remettre en question alors que, justement, tout commençait à s'arranger si bien ? Voilà déjà la famille qui fait la tête, et Metternich qui fronce le sourcil, ce qui est plus grave, bien entendu !

Marie-Louise, toujours poussée par Neipperg, se hâte de rassurer tout le monde. Que l'on sache bien qu'elle est désormais entièrement soumise à son cher papa… Et quand arrivent les lettres de l'Empereur annonçant son retour, appelant son fils et sa femme, tout le Congrès va les lire, les commenter. Cet étalage scandaleux a quelque chose d'écœurant mais Marie-Louise obtient les assurances qu'elle souhaite obtenir : qu'elle s'engage donc par écrit à ne plus jamais lire une seule lettre de Napoléon et tout ira bien…

Elle s'empresse naturellement de souscrire à cette effarante volonté. Ouf, la voilà libérée !

Du même coup on la « libère » aussi de sa cour française. Mme de Brignole vient de mourir : c'est toujours autant de fait. Mais les filles de chambre, les gens de service nés de l'autre côté du Rhin doivent partir et surtout, surtout Mme de Montesquiou, la chère « Maman Quiou » du petit prince dont le désespoir ne fera céder personne. Que l'enfant refuse de manger, de boire, qu'il demeure prostré durant des jours qu'importe ! Il faut qu'il apprenne à devenir Autrichien. Confusément peut-être, le petit roi devine que c'est la seule présence vraiment maternelle que l'on éloigne de lui. Sa mère, bientôt, ne sera plus pour lui qu'une entité lointaine, un tendre rêve qui ne se matérialisera qu'une fois l'an, au moment des vacances...

Pour l'heure présente le Congrès ne chôme pas tout à fait. Ainsi le 27 mai, sur les instances du tsar, il confirme à Marie-Louise la jouissance des duchés de Parme, Plaisance et Guastalla. Ce dernier avait été un temps la principauté pour rire de Pauline Bonaparte, princesse Borghèse mais elle n'y est guère venue.

Madame la duchesse est folle de joie et, en compagnie de la comtesse Scarampi qui a remplacé Mme de Brignole, elle établit avec délices une liste de personnalités destinées à composer sa nouvelle cour.

Cela la distrait de son grand chagrin car le cher Neipperg est parti combattre Murat. Mais, grâce au ciel, il s'est couvert de gloire à la bataille de Tolentino. Autre joie encore : Thérèse Pola, officielle tenante du titre de comtesse de Neipperg vient de mourir. Voilà le cher ami veuf, donc libre de se vouer tout entier à sa duchesse...

Ainsi passent les jours. Marie-Louise est aux eaux de Baden quand lui arrive la nouvelle de Waterloo. Comment réagit-elle ? C'est fort simple : elle prend une part sincère à la joie générale. Enfin le cauchemar est fini ! Elle n'aura plus besoin de rentrer à Paris où le roi légitime est revenu. Quant à Napoléon, avec un peu de chance, on n'en entendra plus parler. Néanmoins Marie-Louise croit de son devoir de plaider mollement sa cause : « J'espère qu'on le traitera avec bonté, écrit-elle à son père, et je vous prie très cher papa d'y contribuer car je lui dois de la reconnaissance de la tranquille indifférence dans laquelle il m'a laissée vivre au lieu de me rendre malheureuse... »

Le moins que l'on puisse dire est qu'elle a la mémoire courte mais la pensée de Neipperg oblitère tout le reste et, par la même occasion, l'ex-impératrice prie vivement son cher papa de lui rendre son chevalier d'honneur qui, écrit-elle « me sera d'une grande utilité dans ma maison… » Personne n'en doute !

Elle l'attendra jusqu'en décembre et les retrouvailles seront enthousiastes. « Et Marie-Louise, écrit Jules Bertaut, qui a connu les étreintes du plus grand soldat de tous les temps, tombe, délirante, dans les bras de son sous-officier… » Un peu d'exagération peut-être car, tout de même Neipperg est général à présent. Mais, tous comptes faits, la distance est la même.

Le sous-officier en question lui fera trois enfants qui seront titrés princes de Montenuovo, ce qui est la traduction italienne de Neipperg, et qui viendront au monde du vivant même de Napoléon mais, il faut bien le dire, à l'insu de l'empereur d'Autriche. Lorsqu'il en sera informé, le « cher papa » entrera dans une grande colère et fera de vifs reproches mais ne changera rien à l'état des choses.

À présent, Marie-Louise vit à Parme, avec Neipperg qui s'occupe de tout. Fort bien d'ailleurs. Il fait à sa compagne cette vie de confort douillet à laquelle elle tient plus que tout. À un point même que l'on n'imagine pas. Un exemple ?

Revenant de Sainte-Hélène, Gourgaud écrit à Marie-Louise une lettre qui est un appel à la pitié car Napoléon déjà est très malade :

« Le supplice de l'Empereur peut durer encore longtemps ; il est temps de le sauver. Votre Majesté pourrait-elle supplier son auguste père de joindre ses efforts aux vôtres pour obtenir que Napoléon lui soit confié si la politique ne permettait pas encore de lui rendre la liberté ?… »

Intercéder pour le captif de Sainte-Hélène ? Tenter d'obtenir qu'il vienne se faire soigner en Autriche ? Est-ce que cet homme n'est pas devenu tout à fait fou ?… Et au lieu de prier son père pour que l'on adoucisse une très cruelle captivité, celle qui a tout oublié de sa couronne impériale, qui n'est même plus sensible à ce beau titre de Majesté, va insister auprès du Congrès d'Aix-la-Chapelle pour que l'on renforce au contraire la surveillance.

Le 5 mai 1821, meurt Napoléon Ier.

Marie-Louise apprend la nouvelle au cours d'une représentation à l'opéra de Parme. Elle n'en montre nulle émotion et c'est Neipperg qui va ordonner le protocole qui convient : les trois mois de deuil de la Cour et le service funèbre organisé autour d'un catafalque factice et qui sera célébré au palais de Sala. Curieux service funèbre, et plus curieux catafalque encore qui ne porte aucun ornement, aucun emblème rappelant si peu que ce soit que toute cette pompe est celle d'un empereur !

Tout de même Marie-Louise écrira à Mme de Montebello :

« J'ai été très secouée et affectée car j'aurais dû être une insensible pour ne pas me rappeler que le défunt ne m'avait jamais fait que du bien dans tout le temps que j'avais passé avec lui… »

Le petit prince, lui, a été bouleversé. Pour l'aider à assumer sa douleur, il recevra… une lettre de sa mère un point c'est tout…

D'ailleurs il semble bien que la lettre de la duchesse ne soit guère plus qu'eau bénite de cour et, lorsque l'étrange médecin Antomarchi viendra lui apporter le masque mortuaire de l'Empereur, elle l'offrira en cadeau à son jardinier. Les enfants du bonhomme en feront un jouet. Surtout que l'on ne parle plus de *lui* ! Dans sa mort, Marie-Louise ne voit qu'une chose : elle va pouvoir épouser Neipperg.

Ce sera chose faite en septembre de cette même année 1821…

Saint-Mandé, novembre 1983

BIBLIOGRAPHIE SOMMAIRE

ALEXANDROV (Victor), *Les Mystères du Kremlin*, Fayard, Paris, 1960.

ARONSON (Theo), *Les Bonaparte*, Fayard, Paris (traduction de *The Golden Bees*).

ASSA (Janine), *Grandes dames romaines*, Le Seuil, (Le Temps qui court), Paris.

ASTOUR (M.), *La Vie privée d'Henri VIII*, Gründ, Paris, 1947.

BERTAUT (Jules), *Le Ménage Murat*, Tallandier, Paris, 1958. *Marie-Louise, impératrice des Français*, Tallandier, Paris, 1972.

BORDONOVE (G.), *Henri IV* (Les Rois qui ont fait la France) Pygmalion, 1980.

BRETON (Guy), *Histoires d'amour de l'Histoire de France*, 12 vol., Presses de la Cité, Paris, 1973.

BULAU (Frédéric), *Personnages énigmatiques, histoires mystérieuses*, 3 vol., Poulet-Malassis et De Broisse, Paris, 1861.

CASTELNAU (Jacques), *La Reine Margot*, Payot, Paris, 1945.

CASTELOT (André), *Les Battements de cœur de l'Histoire*, Le Livre contemporain, 1960. *L'Aiglon*, Perrin, Paris, 1961. *Marie-Antoinette*, Perrin, Paris, 1962. *Les Grandes Heures de Napoléon*, 10 vol., Perrin, Paris, 1965. *Joséphine*, Perrin, Paris, 1965. *Le Calvaire de Marie-Antoinette*, (Bibliothèque historique).

CASTRIES (Duc de), *Histoire de France des origines à 1976*, R. Laffont, Paris, 1977.

CHAFFANJON (Arnaud), *Napoléon et l'univers impérial*, Serg, 1963. *Histoires de familles royales*, t. I et II, Ramsay-Images, Paris, 1980. *Grandes familles de l'histoire de France*, Albatros, Paris, 1980.

CHURCHILL (Sir Winston), *Histoire des pays de langue anglaise,* Plon, Paris, 1957. 4 vol., trad. Armel Guerne.

COMMYNES (Philippe de), *Mémoires,* Gallimard, (La Pléiade), Paris.

DAUDET (Ernest), *Mémoires du comte Valentin Esterhazy,* Plon-Nourrit, Paris, 1905.

DECAUX (Alain), *Histoire des Françaises,* Perrin, Paris, 1972.

DONNAY (Maurice), *La Reine Margot,* Fayard, Paris, 1946.

DRUON (Maurice), *Les Rois maudits,* 6 vol., Plon, Paris, 1970.

DUCHÉ (Jean), *Histoire du monde.* Tome I : *L'Animal vertical,* Flammarion, Paris, 1958.

DUMAS (Alexandre), *Isabelle de Bavière.*

ERLANGER (Philippe), *Le Massacre de la Saint-Barthélemy,* Gallimard (Trente journées qui ont fait la France), Paris, 1960. *La Rose sanglante,* Perrin, Paris, 1961. *Charles VII et son mystère,* Perrin, Paris, 1973. *La Monarchie française,* Tallandier, Paris, 1975.

ERVILLE (Sylvain d'), *Isabeau de Bavière,* Carrefours de l'Histoire, 1958.

FAVIER (Jean), *Philippe le Bel,* Fayard, Paris, 1978.

GAVOTY (André), *Drames inconnus de la cour de Napoléon,* Fayard, Paris, 1964.

HACKETT (Francis), *Henri VIII,* Payot, Paris, 1930-1981.

HARVEY (John), *Les Plantagenêts,* Plon, Paris, 1960.

HASTIER (Louis), *Vieilles histoires étranges énigmes,* t. 5 : *Madame de Korff et Fersen,* Fayard, Paris, 1961.

HEIM (Maurice), *Charles VI le Fol,* Gallimard, Paris, 1933.

HÉRITIER (Jean), *Catherine de Médicis,* Fayard, Paris, 1980.

IMAM-GIGANDET (Georges), *Caroline de Brunswick,* Calmann-Lévy, Paris, 1955. *Caroline-Mathilde,* Cercle Historia, 1968.

KLINCKOWSTRÖM (Baron de), *Le Comte de Fersen à la cour de France,* Firmin-Didot, 1878.

LENOTRE (Georges), *Le Drame de Varennes,* Perrin, Paris, 1924. *La Petite Histoire,* « Femmes », Grasset, Paris, 1963.

LEVIS-MIREPOIX (Duc de), *Le Siècle de Philippe le Bel,* Amyot Dumont, 1954. *Le Roi n'est mort qu'une fois,* Perrin, Paris, 1965. *La France féodale,* Tallandier, Paris, 1974.

LEVRON (Jacques), *Le Bon Roi René,* Perrin, Paris.

MAUROIS (André), *Histoire d'Angleterre*, Fayard, Paris, 1937.

MONTANELLI (Indro), *Histoire de Rome*, éd. Mondiales, Paris, 1959.

NOLHAC (Pierre de), *Marie-Antoinette Dauphine*, Calmann-Lévy, Paris, 1878. *La Reine Marie-Antoinette*, Calmann-Lévy, Paris, 1892.

RAT (Maurice), *Les Dames du XVIe siècle*, Plon, Paris, 1955.

RAT (Maurice), « L'histoire vraie de Koenigsmark », in *Histoire pour tous. Grandes énigmes de l'Histoire*, éd. Les Amis de l'Histoire, 1968.

SAINT-PIERRE (Michel de), *Le Drame des Romanov*, 3 vol., Laffont, Paris, 1967.

SLOCOMBE (G.), *Henri IV*, Payot, Paris, 1930.

SÖDERHJELM (Alma), *Journal intime et correspondance du comte Axel de Fersen*, Grasset, Paris, 1939.

TREICH (Léon), « Le dernier rendez-vous de Philippe de Koenigsmark », in *Historia*.

TROYAT (Henri), *Pierre le Grand*, Flammarion, Paris, 1979.

VALLOTON (Henri), *Pierre le Grand*, Fayard, Paris, 1958.

WRIGHT (C.), *Les Amoureux de l'impératrice Joséphine*, Fayard, Paris, 1960. *Hortense, reine de l'Empire*, Arthaud, Paris, 1964.

ZWEIG (Stefan), *Marie-Antoinette*, (Livre de Poche, sans date).

TABLE

Composition et mise en page

NORD COMPO
multimédia

Cet ouvrage a été imprimé par
CPI Firmin Didot à Mesnil-sur-l'Estrée
pour le compte des Éditions Perrin
76, rue Bonaparte
Paris 6ᵉ
en mai 2011

Imprimé en France
Dépôt légal : juin 2011
N° d'édition : 2761 – N° d'impression : 104689